바이올린과 순례자

가문비나무의 노래 두 번째 이야기

바이올린과 순례자

마틴 슐레스케 지음 | 유영미 옮김

니케북스

융인 그리고 형상화

이 책에 실린 목판화를 조각하는 데 사용한 가문비나무 목재는 모두 바이올린 앞판을 제작하고 남은 것을 활용했습니다. 처음에는 바이올린의 측판에 쓰려고 마련해 놓은 보리수 고목으로 판화를 조각했습니다. 그러다가 화가이자 판화가인 슈미트로틀루프1884~1976의 목판화 전시회를 계기로 가문비나무 판목을 활용하게 되었습니다. 당시 부흐하임 미술관의 큐레이터로부터 슈미트로틀루프 전시회의 폐회 강의를 맡아 달라는 부탁을 받았는데, 마침 강의 주제가 '나무의 울림'이었던 까닭에 판목들을 집중적으로 연구하고 자세히 관찰하게 되었지요.

가문비나무의 단면에는 늦여름부터 늦가을까지 형성되는 딱딱한 추재秋材: 나이테의 둘레 부분와 봄에서 여름에 걸쳐 형성되는 부드러운 춘재春材: 나이테의 안쪽가 번갈아 자리 잡은 탓에 조각하기가 쉽지 않습니다. 가문비나무가 자기 목소리를 내는 것이지요. 창조 활동에 함께 하겠다는 뜻입니다. 예술가는 나무의 뜻을 기꺼이 수용할 뿐만아니라 의도적으로 활용합니다. 슈미트로틀루프는 나이테가 미치는 뜻밖의 영향이 상당히 두드러지는 목재를 사용합니다. 조각하기 어려운 가문비나무를 사용할 뿐 아니라, 나무가 자기 목소리를 낼 수 있도록 도와주기까지 합니다.

:

모든 것을 조각가 마음대로 할 수 없다는 점이 바로 목판화의 매력입니다. 나무가 자기 목소리를 내면서 공동 결정권을 행사하지요. 나뭇결을 살리면 저항 없이 길게 파낼 수 있습니다. 그 선은 나무의 특성을 간직하지요. 나뭇결을 거스르려면 반대 방향으로 칼을 대고 파 들어가야 합니다. 그러면 대개 나무의 섬유질이 찢기고 맙니다.

목판화는 다른 조각 예술과 다릅니다. 재료의 특성상 한 번 칼이 지나가고 나면 개선의 여지가 전혀 없기 때문입니다. 그러나 나무가 조각가의 의도에 나름대로 저항한다는 점이 바로 목판화의 매력이며, 이 때문에 목판화에는 두 가지 법칙이 공존합니다. 바로 '형상화形象化'와 '용인容認'입니다. 손은 눈에 보이는 것을 형상화하지만, 나무를 무시하고 제 마음대로 할수 없습니다. 손은 나뭇결의 특성을 용인해 주어야 하지요. 그렇기에 목판화는 가차 없이 형상화하는 차가운 예술이 아닙니다. 그렇다고 모든 것을 나뭇결이 만들어 내는 우연에 맡겨서도 안 됩니다. 손에 든 연장으로 원하는 형태를 만들어 가야 합니다.

내가 형상화한 것이 어떤 모습으로 나올지 마지막까지 알 수 없다는 것도 목판화의 특징입니다. 인쇄하는 순간, 종이와 잉크마저 자신의 의견을 보태니까요. 판목으로부터 종이를 떼어 내는 순간에야 비로소 기뻐해야 할지, 화를 내야 할지, 우연의 작용이 생각보다 더 강한 것에 놀라야 할지가 드러납니다. 나는 그렇게 형상화하는 동시에 용인하며 글과 짝을 이루는 목판화를 완성했습니다.

:

글 역시 자의적으로 형상화할 수 없습니다. 글을 쓰는 동안에는 직관이 자신만의 결을 드러냅니다. 생각이 글에 우악스럽게 개입하는 것이 아니라 글의 내용이 지각知覺되고, 받아들여지고, 수용되는 것입니다. 내적인 단어들과 영적인 이미지들은 내 의지대로 만들어 낼 수 있는 것이 아닙니다. 계산할 수도 없습니다.

나에게는 듣고 쓰는 일이 일종의 기도입니다. 바이올린을 만드는 사람으로서 나는 나무의 한계와 싸웁니다. 손기술의 부족, 즉 나 자신의 한계와도 싸웁니다. 울림을 비롯한 그 모든 놀라움과 싸웁니다. 그러나 언어는 다릅니다. 나는 진리와 싸웁니다. 진리에 언어의 옷을 입히는 일은 이성적인 사고를 넘어섭니다. 내적인 단어들은 이성의 작용을 초월하여 순수한 자유 그 자체로 가슴속에 떠오릅니다. 우리 안에서 만들어지는 무언가가 영적인 아름다움을 지닌 언어로 형상화되는 것이지요. 이는 직관과 영감이 자연스럽게 자기 목소리를 내고, 함께 결정한 결과입니다. 진실로 마음을 통과하는 경험들이 영적인 언어로 태어납니다.

용인 그리고 형상화. 글을 쓰는 데도 두 가지 법칙은 유효합니다. 나의 글은 듣는 마음을 훈련한 결과입니다.

잠자리에 들어서도 주를 기억하고

잠에서 깨어나서도 주를 생각합니다.

주께서 나를 도우셨기에

나 이제 주의 날개 그늘에서

즐거이 노래하고자 합니다.

— 시편 63:6~7

차례

다만 들음과 놀람을 위하여

다만 들음과 놀람을 위하여 잠잠해져라,
나의 깊고 깊은 영혼이여.
바람이 원하는 것을 자작나무가 흔들리기 전에
아는 것처럼.

침묵이 일단 네게 말하면
네 감각을 그것에 따르게 하라.
산들바람이 불면 네 몸을 맡길지니,
바람은 너를 위로하며 흔들어 주리라.

내 마음이여, 넓고 넓어져라.
네 생활이 풍요로워지듯이
생각하는 사물 事物 위에
나들이옷처럼 너를 활짝 펴라.

— 라이너 마리아 릴케
  1898년 1월 9일, 베를린 그루네발트에서

: 바이올린과 순례자

〈로렌츠와 참나무〉, 11.7×16.1cm, 2010

1
메타노이아
: 연마된 연장

바이올린이 완성되기까지, 거쳐야 할 작업 과정이 많습니다. 그 모든 과정에는 저마다 신비가 깃들어 있지요. 그런 작업 가운데 하나를 소개하겠습니다.

몇 년 전 추운 겨울날, 무늬가 뚜렷한 보스니아의 단풍나무로 첼로의 뒤판을 깎았습니다. 첼로를 깎는 데 사용한 연장은 알프스의 슈투바이 계곡에서 연마해 온 것이었고, 기다란 나무 손잡이는 고령의 마이스터Meister: 장인가 만든 것이었습니다. 손잡이의 끝은 대대로 둥글게 제작되었습니다. 끝부분이 복부 근육에 닿아야 하기 때문이지요. 연장을 움직이는 주체는 손이지만, 딱딱한 나무를 깎을 때마다 연장을 밀어 필요한 힘을 공급하는 역할은 배가 합니다. 팔 근육은 쉽게 피로해지므로 첼로 판을 자르고 깎아 내는 일을 도맡기에는 역부족이거든요.

그날은 평소보다 더 힘이 들었습니다. 세 시간 가까이 작업을 하다 보니 이마에서 땀이 비 오듯 쏟아졌습니다. '휴, 이번 나무는 유독 딱딱하군. 이토록 힘들었던 적은 별로 없었는데…….' 뒤이어 또 다른 생각이 들었습니다. '그래, 나무 문제가 아닐 수도 있어. 연장의 날이 무뎌진 거야.'

날을 연마할 때는 인내심을 갖고 신중히 작업해야 합니다. 우선 연마기로 날의 모서리를 대략 갈아 낸 다음, 물을 뿌려 가며 숫돌로 세심하게 벼려야 합니다. 적당한 힘으로 날을 벼리고 있는지는 손끝에 전해지는 저항과 소리를 통해 느낄 수 있습니다. 그렇게 양날의 거스러미가 제거되면, 연장은 새 힘을 얻습니다.

손에 쥐고 있던 연장을 살펴보니, 아니나 다를까, 생각보다 날이 뭉툭했습니다. 그러나 작업을 중단하고 싶지 않았습니다. 연장을 알맞게 연마하려면 시간이 꽤 걸리는데, 하던 일을 중단하면 흐름이 끊기기 때문입니다. 나는 혼잣말로 중얼거렸습니다. "이 정도면 아직은 괜찮아."

그때, 섬광처럼 한 가지 생각이 스쳤습니다.

"방금 뭐라고 했니?"

마치 하느님이 내 마음에 대고 직접 말씀하시는 것 같았습니다.

나는 놀라서 소리 내어 대답했습니다. "아직은 괜찮다고요."

그러자 갑자기 깊은 슬픔이 느껴졌습니다. 또다시 하느님의 음성이 들리는 듯했습니다.

"너희는 언제나 그렇게 말하는구나! 나는 너희를 연마하고 싶은데, 너희는 아직 괜찮다고만 하지."

이 메시지는 단순한 내면의 목소리가 아니었습니다. 하느님의 깊은 마음이 전해진 것이었습니다. '아직 충분해.' '아직 괜찮아.'라는 말은 인간의 생각입니다. 우리는 자신이 뭉툭해진 것을 알면서도 스스로를 연마하기는커녕 '아직 충분해.' '아직 괜찮아.' 하고 말합니다.

:

그날 이후 며칠간 집중해서 성서를 읽었습니다. 구약 성경의 한 편인 〈전도서〉를 읽다가 몇천 년 전에 나와 비슷한 경험을 한 사람이 있었음을 발견하고 놀랐습니다. "연장이 무뎌졌는데도 날을 갈지 않으면 힘이 더 든다. 그러나 지혜는 일을 제대로 하게끔 인도한다."〈전도서〉 10:10 신약 성서의 〈에베소서〉에서도 자신의 마음을 방치한 사람들을 '무뎌진 자', '감각이 없어진 자'라고 칭하고 있습니다. 나는 한동안 생각에 잠겼습니다. 이것은 하느님의 아픔에 동참하는 듯한 경험이었습니다. 인간의 마음이 '연마된 연장'과 같다는 생각이 들었습니다.

연마된 연장에 관하여 이야기를 이어 가기 전에, 하느님의 음성을 듣는 일에 관하여 한 가지 언급하고 싶습니다. 하느님의 음성을 듣는 것은 특별한 사람들만의 권리가 아니라, 모든 사람의 마음에 내재하는 능력입니다. 다만 그 능력을 깨닫고 꾸준히 연마함으로써 우리 안에서 그 힘이 무르익게 하는 것은 각자의 몫입니다. 하느님의 말씀은 사랑과 맞닿아 있습니다. 가슴에 사랑을 품은 사람만이 하느님의 진리를 들을 수 있습니다. 언젠가 한 지인이 말했습니다. "사랑 안에 있으면 모든 것이 말을 걸어온다."

: 무뎌진 마음

나의 경험을 마음의 눈으로 보면 여러 가지가 분명해집니다. 우리가 무딘 마음으로 살면 굉장히 힘이 들고 영혼이 피곤해집니다. 낙심과 체념, 부대낌과 걱정에 시달리다 보면 어느새 마음이 무뎌지기 마련입니다. 그러면 "해야 할 일이 산더미인 데다 인간관계도 어렵고⋯⋯, 사는 게 너무 힘들어!"라는 말을 내뱉게 됩니다. 하지만 사실은 사는 일이 힘든 것이 아니라, 마음이 무뎌진 것입니다. 연장이 무뎌졌는데도 날을 갈지 않으면 온 힘을 동원해 일해야 한다는 〈전도서〉의 가르침처럼 마음을 방치하고 가다듬지 않았기에 힘든 것입니다. 세상을 대하는 우리의 연장이 무뎌진 탓입니다.

　무딘 연장으로 나무를 깎으면 나무에 대한 감을 잃게 됩니다. 이는 바이올린 마이스터에게 비극입니다. 모든 나무는 자신만의 섬유 조직과 방사 조직을 가지고 있습니다. 따라서 나무마다 개성과 가능성이 다 다릅니다. 방사 조직은 나무의 심중심 조직과 살아 있는 부름켜 사이에서 방사형으로 발달한 세포들입니다. 이 조직은 곡선 모양의 바이올린 몸통을 가로 방향에서 튼튼하게 잡아 주며, 니스 칠을 했을 때 나뭇결을 돋보이게 합니다. 그런데 나뭇결이 이상하게 비틀린 방향으로 형성된 나무들도 있습니다.

　바이올린을 만들 때, 마이스터는 나무의 특성에 적절히 대처해야 합니다. 그런데 연장이 무뎌지면 나무에 대한 감도 점점 무뎌져서 적절한 굴곡을 만들어 낼 수 없습니다. 나무의 성격을 제대로 반영하지 못한 악기에는 울림이 없습니다. 잘 연마된 연장으로 일을 하면, 나무에 연장을 델 때마다 나무의 특성을 느낄 수 있습니다. 섬유 조직의 배열 방향에 따라 쓱쓱 하면서 막힘없는 소리가 나기도 하고, 써걱써걱 거친 소리가 나기도 합니다. 마이스터는 이 같은 나무의 목소리를 들으며 바이올린 몸통의 굴곡을 만들어 갑니다. 나무는 자신의 특성을 알려 주는 소리를 냄으로써 바이올린 제작에 참여하는데, 그 소리는 예리한 연장으로만 들을 수 있습니다.

:

우리 삶의 내적 법칙도 이와 다르지 않습니다. 뭉툭한 가슴, 무딘 마음으로 살면 자신에게 일어나는 일, 주변에서 일어나는 일에 대한 감을 잃게 됩니다. 마음은 수신 기관입니다. 우리는 마음에 수신된 말을 해석해 하느님의 뜻을 이 세상에 실현합니다. 그런데 무딘 마음으로는 아무것도 수신할 수 없습니다. 무딘 연장으로 일하는 바이올린 마이스터가 나무에 대한 감을 잃어버리듯, 무딘 마음으로 사는 사람은 자신이 하는 일이 옳은지, 제대로 하고 있는지 감을 잡을 수 없습니다. 그러면 정작 마음을 써야 하는 일을 등한시하고, 내버려 두어도 될 일, 하지 않아도 될 일에 지나치게 몰두하는 수가 있습니다. 삶의 매 순간에 깃든 의미를 알아차리지 못하고, 영적으로 깨어 있지 못하며, 현재에 살지 못합니다. 그러다 보면 부지불식간에 삶의 결을 거슬러 살게 됩니다. 그런 삶에는 울림이 없습니다.

무정하고 냉혹한 세상을 헤쳐 나가는 동안 뭉툭해지고 무뎌지는 일은 피할 수 없습니다. 살다 보면 실패하거나 실망도 하며, 우리가 처한 상황이나 인간관계에서 상처받기도 합니다. 시련과 문제에 봉착하기도 합니다. 그러다 보면 기쁨이 되어야 할 일들이 갑자기 무거운 짐으로 다가옵니다. 작은 실망이 반복되면서 우리를 뭉툭하게 만들었기 때문입니다.

　무뎌진다는 것은 마음의 힘이 약해진다는 뜻입니다. 소망이 흐려지고, 소명에서 멀어지며, 내적 기쁨을 잃어버린다는 뜻입니다. 나무를 상대로 일하다가 점점 무뎌지는 연장처럼, 우리도 세상을 상대로 일하다가 무뎌집니다. 무뎌진 만큼 점점 더 힘이 듭니다. 계속 일하는데도 성취감은 줄어들고, 오히려 지쳐 갑니다. 반대로 우리가 무뎌지지 않는다면 이는 일하지 않는다는 뜻입니다. "돌을 깨뜨리는 사람은 아플 수 있고, 나무를 쪼개는 사람은 다칠 수 있다."〈전도서〉10:9는 말이 있습니다. 세상은 우리에게 많은 것을 요구합니다. 좌절과 실망은 자국을 남깁니다. 우리가 부딪히는 세상이 우리를 변하게 합니다. 결국, 무뎌지는 것은 연장의 책임이 아닙니다. 그것은 피할 수 없는 일, 자연스러운 일입니다.

　사용하지 않은 연장만이 예리한 상태로 남습니다. 우리가 무뎌졌다는 것은 소명대로 사는 일이 녹록지 않았음을 보여 줍니다. 무뎌지는 것은 나쁜 일이 아닙니다. 무뎌진 마음을 버리려 하지 않는 태도가 나쁩니다. 아직 괜찮다고 혼잣말을 한 뒤, 슬픔이 밀려 왔던 까닭을 이제 알겠습니다.

: 잠시 멈추어야 할 때

연장을 버리려면 작업을 멈추어야 합니다. 마음을 버리기 위해서도 하던 일을 멈추어야 합니다. 가끔은 연장의 날을 본격적으로 연마해야 할 때도 있고, 그렇게 하려면 시간이 더 오래 걸리게 마련입니다. 우리 삶에 빗대면 이런 본격적인 연마는 일 년에 한두 번 작정하고 휴식을 취하거나, 수련 또는 피정을 떠나는 것과 같습니다. 하지만 매번 이렇게 할 필요는 없습니다. 때때로 날이 둔탁하게 느껴질 때, 숫돌에 몇 번 슥슥 문질러 주는 것만으로도 충분합니다. 즉, 몇 분간 마음을 버리는 시간을 가지면 되는 것이지요. 하던 일을 잠시 중단하고 사랑으로 침묵해 보십시오. 잠시지만 굉장히 유익합니다. 마음을 버리는 시간은 하느님 앞에 홀로 나아가기 위해 하던 일을 잠시 멈추는 시간입니다.

나는 마음이 산만하고 무뎌지면 작업장 옆에 마련해 둔 작은 방으로 들어갑니다. 예수가 말한 '골방'이지요. "골방에 들어가 문을 닫고 은밀히 계시는 아버지께 기도하라."〈마태복음〉6:6 나는 골방에서 하느님께 내 마음속 생각을 나누고 듣는 믿음을 배웁니다. 나는 침묵으로 기도하기와 하느님과 함께 침묵하기를 좋아합니다. 우리에게는 묻고 구하는 마음을 지킬 책임이 있으며, 마음을 연마할 책임이 있습니다. 지혜가 우리의 마음을 연마하도록 내맡기는 것은 품위 있게 자신의 상태를 책임지는 행위입니다. 예수는 "마음이 깨끗한 사람들에게 복이 있나니, 그들은 하느님을 볼 것이다."라고 말했습니다. 마음을 갈고 닦으면 깨끗해지겠지요.

:

침묵 속에서 우리는 마음의 귀로 듣습니다. 지혜가 우리에게 말합니다. "잠시 멈추어라. 하던 일을 중단하고 나의 친밀함을 구하여라. 네 행동이 너의 참모습에서 점점 멀어지고 있다면, 잠시 멈추어 마음을 연마하여라."

악기의 음이 맞지 않는데 열과 성을 다해 연주하는 것은 아무 소용 없는 일입니다. 맞지 않는 음정은 열성을 다한다고 상쇄되지 않습니다. 연주하기 전에 악기를 조율해야 합니다. 하늘은 우리가 조율되기를 원합니다. 연장이 둔탁하면 애를 쓰거나 천상의 복을 구해도 아무 소용없습니다. 일단 마음을 조율하고 벼려야 합니다. 더 많은 힘을 쏟을 것이 아니라 조율하고 벼리는 것, 이것이 복된 것입니다.

무디게 방치된 마음에는 진리가 깃들지 않습니다. 무뎌진 자신을 보면서 "아휴, 괜찮아. 이 정도면 충분해."라고 말하는 것은 자신의 가치와 존엄을 스스로 훼손하는 행위입니다. 고대부터 오늘날까지 위대한 영적 지도자들이 공통으로 이야기하는 것이 있습니다. 바로 '마음을 청결하게 하라'는 것입니다. 침묵하고, 비우고, 조율하고, 지혜가 우리를 벼리도록 내맡기기. 모두 사랑으로 침묵하며 마음의 소리에 귀 기울이는 행위입니다.

〈듣는 자〉, 11.6×12.7cm, 2010

: 이 빠진 연장

연장을 연마하지 않은 결과는 단순히 날이 무뎌지는 것으로 끝나지 않습니다. 무뎌진 날을 버리지 않고 계속 사용하면 군데군데 이가 빠집니다. 작은 쇳조각이 떨어져 나간 자리에는 틈이 생깁니다. 처음에는 아주 미세하지요. 하지만 딱딱한 나무는 그 미세한 틈에도 끼이고, 그러다 보면 날에서 더 많은 쇳조각이 떨어져 나갑니다. 이 빠진 칼날은 나뭇결에 생채기를 냅니다. 다시 말해, 나무가 손상됩니다. 이 빠진 칼날이 지나간 자리에는 흠집이 남습니다. 결국, 날을 한 번 댈 때마다 작품에 흠이 생기는 셈입니다.

우리도 마찬가지입니다. 이 빠진 마음으로 세상을 대하면 우리가 만나는 모든 것에 상처를 입히게 됩니다. 독선적인 태도, 인색함, 교만함, 비뚤어짐, 온갖 걱정과 불평불만…… 이 모든 것이 마음이 무뎌지고 이가 빠졌다는 증거입니다. 이런 마음을 계속 키워 나가면, 이 빠진 날이 나무를 할퀴듯이 우리의 이 빠진 마음도 세상을 할퀴게 됩니다. 우리가 만나는 모든 사람, 모든 상황, 모든 세상에 흠집을 내고 결국, 모든 것을 망쳐 버리고 말 것입니다.

이 빠진 마음 중에 대표적인 것이 바로 감사하지 못하는 마음입니다. 감사하는 마음은 충만함을 느끼게 하고, 감사하지 못하는 마음은 결핍을 느끼게 합니다. 이는 우리가 어떤 상황에 있건 매한가지입니다. 우리는 어떤 세계에서 살지 스스로 결정할 수 있습니다. 충만한 세계에서 살지, 결핍된 세계에서 살지 결정하는 것은 자신의 몫입니다. 상대방에게 감사할 줄 모르는 관계는 추해지고 힘들어집니다. 각자의 이 빠진 마음으로 서로 할퀴기 때문입니다.

문툭해지느냐 그렇지 않으냐는 중요하지 않습니다. 지혜가 우리의 마음을 연마하도록 내맡기느냐 그렇지 않으냐가 중요합니다. 바빌론의《탈무드》는 다음과 같이 말합니다. "참회하는 자가 서 있는 자리에 완전한 의인은 결코 설 수 없다."[1] 여기서 완전하다는 것은 문툭해지지 않는다는 뜻이 아니라, 벼리도록 내어주지 않는다는 뜻입니다.

: 과도하게 벼린 연장

칼을 연마할 때는 적절한 압력이 필요합니다. 쇠는 숫돌과 마찰하는 힘으로 벼려집니다. 언뜻 생각하기에 높은 압력을 가하면 날이 빠르게 벼려질 것 같지만, 꼭 그렇지는 않습니다. 너무 높은 압력을 가하면 쇠가 열을 받아 달아오르고, 달구어진 쇠는 물러집니다. 그런 부분은 검푸른 빛을 띠는데, 말하자면 그 부분이 타 버린 것입니다. 물론 심하게 벼린 연장도 계속 사용할 수 있고, 또다시 숫돌에 갈아 연마할 수도 있습니다. 하지만 한 번 타 버린 부분은 작업하다 보면 금방 다시 무뎌집니다. 성급한 마음과 너무 강한 압력 탓에 쇠가 약해져 버린 것입니다. 날을 연마하는 사람은 무엇보다 인내심을 가져야 합니다. 성급하게 굴다가는 자신이나 타인의 마음에 깃들어 있던 평화를 해칠지도 모릅니다.

우리의 삶에 빗대자면 쇠를 시퍼렇게 벼리는 것은 자신의 가치를 스스로 박탈하는 것과 같습니다. 우리는 예리함으로 뭉툭함을, 통찰로써 편견을, 참회로 잘못을, 회심돌이킴으로 죄를 극복합니다. 그러나 참회를 자기 비하와 혼동해서는 안 됩니다. 저주와 축복은 종이 한 장 차이인 경우가 많습니다.

식용 버섯과 독버섯은 언뜻 보아서는 구분하기 어렵습니다. 유심히 살펴야 그 차이가 보입니다. 자기 비하와 참회도 언뜻 보면 닮아 보입니다. 하지만 자기 비하는 우리에게서 존엄을 앗아 갑니다. 자기 비하는 마음의 독입니다. 사랑에 바탕을 둔 참회는 이와 다릅니다. 그 것은 우리가 거스르지 말아야 할, 우리를 변화시키는 하느님의 힘입니다. 참회는 뭉툭해진 연장을 연마하는 일이며, 음정이 어긋난 악기를 조율하는 일이고, 필요한 순간에 우리의 참모습으로 돌이키는 일입니다.

:

성서의 그리스어 원문에는 회심이 '메타노이아Metanoia'라는 말로 표현되어 있습니다. 메타노이아는 '생각하다noein'라는 말과 '변화하여meta: 후에, 넘어서'라는 말의 합성어로, 생각을 바꾼다는 뜻입니다. 다시 말해, 속사람이 변한다는 의미입니다. 메타노이아를 통해 우리는 은총의 원천으로 인도받으며, 상처받은 영혼을 치유하고, 뭉툭해진 마음을 다시금 연마할 수 있습니다. 그리스 정교회에서는 메타노이아의 개념을 땅을 향해 몸을 굽히는 행동과 연관 짓습니다. 가장 중요한 것이 무엇인지 생각하기 위해 우리는 무릎을 꿇어야 합니다.

메타노이아, 즉 돌이킴은 미래를 만드는 고귀한 행위입니다. 그 안에 현재의 불안과 근심을 잠재울 희망이 있습니다. 과거의 아픔 역시 현재의 평화를 방해합니다. 미래를 기대할 때 희망이 중요하다면, 과거를 돌아볼 때는 용서가 중요합니다. 참회만이 우리를 깨끗하게 하고, 돌이킴만이 거룩한 평온을 만들어 냅니다. 믿음만이 걱정을 이기며, 사랑만이 두려움을 딛고 일어서게 합니다. 우리가 현재를 살고 있지 못하다면, 현재의 삶이 자꾸 손가락 사이로 흘러 버린다면, 이는 우리에게 참회와 회심과 믿음과 사랑이 없기 때문입니다. 오직 참회와 회심, 믿음과 사랑의 삶을 살 때만 과거와 미래의 아픔, 두려움을 극복할 수 있습니다. 그럴 때 비로소 우리의 존재가 현재에 선물이 되고, 우리 또한 '지금 이곳'에서 하느님을 선물로 받게 됩니다.

:

날이 무뎌졌다고 연장 자체가 가치를 잃은 것은 아닙니다. 무뎌진 날은 지금까지 연장이 힘든 과정을 겪었음을 보여 주며, 다시 연마해야 한다고 역설하는 것일 뿐입니다. 성서가 죄를 이야기하고 인간을 돌이키고자 하는 것은 인간을 죄인으로 비하하고 낙인찍기 위함이 아닙니다. 인간을 '사랑하는 자'로 굳게 세우기 위함입니다. 비하하는 것이 아니라 가치 있게 하고자 하는 것이며, 심연으로 밀어 넣고자 하는 것이 아니라, 길을 보여 주려 하는 것입니다.

힘든 싸움 뒤에 조심스럽고 진심 어린 화해가 있고, 병을 앓은 뒤에 회복이 따릅니다. 마음의 돌이킴도 이와 같습니다. 메타노이아는 부러지고, 꺾이고, 쇠잔하고, 뭉툭해진 사랑이 다시 회복될 수 있다는 약속입니다.

믿음을 이야기하며 죄를 언급하는 까닭이 바로 이것입니다. 뭉툭해진 쇠를 비난하려는 것이 아니라, 그것을 연마하고자 함입니다. 마이스터의 손에 내맡겨진 연장이 다시 연마되듯이, 지혜에 내맡겨진 사람은 새롭게 사랑할 힘을 얻습니다. 그리하여 다시금 세상으로 나아가 세상에 복이 되는 도구로 살 수 있습니다. 다시 사랑할 힘이 생긴다는 것, 이것이 바로 하느님의 존재 증거입니다.

신약 성서에 등장하는 한 아름다운 이야기는 다음과 같은 놀라운 문장으로 끝맺습니다. "그녀의 많은 죄가 사해졌다. 그녀가 많은 사랑을 보여 주었기 때문이다. 용서받은 일이 적은 사람은 적게 사랑하느니라." 〈누가복음〉 7:47 예수가 말한 용서와 사랑의 상관관계를 알아차릴 때, 우리의 세계와 인간관계는 진정한 기적을 경험할 것입니다.

: 지나치게 민감한 영혼

그런데 시종일관 시선을 안쪽으로만 두는 사람들이 있습니다. 그들은 전혀 무뎌지지 않았는데도 계속해서 버리기만 하는 연장과 같습니다. 그런 사람들은 스스로를 인식하고 판단할 수 있다고 여깁니다. 그들의 마음은 세상을 향하지 않습니다. 오로지 자신만을 끊임없이 살핍니다. 계속해서 내면을 들여다보며 자신의 죄와 상처만 염두에 둡니다. 마치 스스로 심판하거나 치유할 수 있는 것처럼 말입니다.

하지만 우리 마음의 날이 어떤 상태인지 알려면 생각에 몰두할 것이 아니라 일을 해야 합니다. 고민만 하는 사람은 자신에게 과도하게 몰입합니다. 그런 사람에게 하느님은 이렇게 묻지 않을까요? "왜 그렇게 괴로워만 하느냐? 늘 스스로를 거부하고 비판하는 것도 일종의 자만이니라. 행여 스스로를 엄격히 대하는 데서 즐거움을 찾고 있지는 않으냐?"

철학자 마르틴 부버는 과도하게 벼린 연장과 같은 사람의 이야기를 들려줍니다.

'랍비 카짐의 아들과 랍비 엘리저의 딸이 결혼식을 올린 날, 카짐이 엘리저에게 말했다. "사돈, 이제 우리가 가까운 사이가 되었으니, 내 고민을 좀 들어주게나. 이것 보게. 어느새 머리칼도, 수염도 하얗게 셌는데 나는 아직도 속죄하지 못했다네!" 그러자 랍비 엘리저가 대답했다. "사돈, 자네 머릿속은 늘 자기 자신으로 가득 차 있구먼. 자신을 잊어버리고 세상을 좀 품어 보게나!"[2]

랍비 카짐은 자신을 지나치게 점검하는 사람이었습니다. '내 날은 얼마나 예리한가?' 그에게는 연장을 이용해 만들어 낼 작품보다 연장 자체가 더 중요했지요.

:

연장은 사용하면 무뎌지는 것이 당연합니다. 그렇다고 연장을 아예 사용하지 않으면 그 연장은 어떻게 될까요? 뭉툭해진 연장을 정말로 가치가 떨어진 것으로 보아야 할까요? 〈창세기〉의 시작 부분에는 "하느님이 지으신 모든 것을 보시니, 보기에 좋았다."〈창세기〉1:31 는 구절이 있습니다. 우리가 죄책감이라는 은신처에 숨으면 하느님은 우리를 어떻게 생각하실까요?

사람들은 자신이 망가진 존재라며 스스로 비하하는 데서 자기만족을 찾기도 합니다. 자신에 대한 거부를 일종의 자기 정체성으로 삼는 것이 이해되지 않는 바는 아니지만, 스스로 늘 불충분하다고 여기는 태도 역시 일종의 교만일 수 있습니다. 이것은 숙명적인 '에르고 숨 ergo sum: 고로 나는 존재한다'입니다. 즉, '나는 악하다. 고로 나는 존재한다. 나 자신을 거부하기에 나는 특별하다.'고 여기는 것이지요.

마르틴 부버는 자기 비하를 '악마의 유혹'이라고 했습니다. 자기 비하는 "네가 처한 상황에서 빠져나올 길은 없어."라는 거짓된 말로 자신을 방치하는 것이나 마찬가지입니다. 부버는 하시디즘Hasidism: 18세기에 폴란드와 우크라이나의 유대교도 사이에 일어난 신비주의적 경향의 신앙 부흥 운동에 대한 해석에서 다음과 같이 말했습니다. "정말로 잘못된 자기 숙고가 있다. 이는 사람을 회심으로 인도하지 못하고 도리어 회심을 가망 없는 일로 치부한다. 그리하여 회심할 수 없는 상태로 몰아가 교만의 힘으로 살도록 유도한다."[3]

늘 큰 것만 욕심내는 교만이 있습니다. 그런 교만에 빠진 사람은 열에 하나만 잘못되어도 전체가 잘못된 것이고, 모든 것이 분명하지 않으면 이해가 안 된 것으로 치부합니다. 이는 일종의 회피입니다. 대부분의 경우 큰 변화는 계획만 할 수 있을 뿐, 우리가 실현할 수 있는 것은 작은 변화들입니다.

하느님은 우리에게 무뎌졌다고 깨달을 수 있는 능력을 주었습니다. 그러나 자기 비하를 통해 지나치게 달아오르기를 원하지는 않습니다. 내가 사용하는 연장은 슈투바이 계곡에서 생산된 질 좋은 쇠로 만든 것입니다. 이런 쇠는 결코 그 가치를 잃지 않습니다. 다만 뭉툭해질 따름입니다.

:

예수회의 창시자 로욜라는 주요 저작인 《영적 수련 *Spiritual Exercise*》을 통해 자기 비하라는 악마의 유혹에 관하여 다음과 같이 이야기했습니다. "악마가 영혼을 거칠게 하는 데 성공하지 못하면, 반대로 영혼을 과도하게 섬세하게 하는 데 주력한다. 그리하여 너무나 섬세해진 영혼은 '죄가 없는 곳에서도' 끊임없이 모든 것을 죄로 보고, 결국 자기 자신을 스스로 참소讒訴한다."

한편, 로욜라는 '거친 영혼은 죄를 아무렇지도 않게 여긴다'고 했습니다. 비유하자면, 거친 영혼은 이가 빠진 연장으로도 계속해서 즐겁게 일을 해서 결국 나무를 망쳐 놓습니다. 반대로 과도하게 민감한 영혼은 늘 죄책감에 시달리며, 거룩한 요구로 말미암아 한순간에 타 버립니다. 날이 너무 얇고 민감하면, 열이 정체되는 곳에서 연장은 과도하게 달아오르다가 타 버립니다. 요즘 말로 '번아웃burn-out' 되어 버리는 것입니다.

과도하게 민감한 영혼은 행복한 삶, 거룩한 삶에 대한 기준이 너무 높습니다. 늘 초조한 마음으로 자기 심판에 몰두해 시퍼렇게 벼려지지요. 신약 성서는 스스로 책망하는 영혼을 향해 "하느님 앞에 잠잠해지십시오." 〈요한1서〉 3:19 "하느님은 모든 것을 아십니다." 〈요한1서〉 3:20 하고 다독입니다. 이것이 바로 삶의 해법입니다. 우리를 잘 아는 하느님의 품에 안기면 됩니다. 하느님이 우리를 싫어할 것이라는 오해를 거두면 하느님의 긍휼하심이 아픈 영혼을 치유할 것입니다. 그러면 조금 더 자비롭고 조심스럽게 스스로를 대할 수 있습니다. 사소한 일에 지나치게 마음을 기울이고 신경 쓰던 태도를 버릴 수 있습니다. 하느님의 영은 "네가 아니라, 하느님의 어린양이 세상의 죄를 지고 간다." 〈요한복음〉 1:29 는 말로 민감한 영혼을 어루만져 줍니다.

좋은 것, 선한 것을 보는 사람은 거룩한 평안을 누릴 수 있습니다. 하지만 멈추는 법을 배우지 못하면, 좋은 것과 선한 것을 보지 못합니다. 찬양은 좋은 것과 선한 것을 보게 하는 좋은 수단입니다. 찬양은 우리 안에서 움트는 선善의 산파입니다.

: 완벽하지 않아도 온전한 사람

민감한 영혼을 지닌 사람들이 '성화聖化'에 관하여 약간 오해를 하는 경우가 있습니다. 삶을 거룩하게 하라고 하니, 계속해서 자신을 손보고 온 신경을 자신에게 쏟아야 한다고 생각하는 것이지요. 가르멜 수

도회의 수도사 요하네스는 늘 자신에게만 매달리는 사람들에 관하여 다음과 같이 말했습니다.

"자기의 불완전한 모습에 몹시 안달하며, 상당히 분개하는 사람들이 있다. 겉보기에는 아주 겸손해 보인다. 하지만 조급하게 하루아침에 거룩해지고 싶어 한다. 큰 결심으로 야심 차게 나아가는 사람들이 많다. 그러나 이는 겸손한 것이 아니라, 자기 능력을 과신하는 것이다. 그렇기에 결심하면 할수록 더 자주 넘어지고, 더 많이 화가 난다."[4]

흔히 사랑하면 닮는다고 하지요. 이는 우리 삶의 신비로운 현상 중 하나입니다. 사랑하는 사람과 비슷해지는 경험은 기쁨이 됩니다. 예수를 사랑하면 예수의 형상이 우리 안에 자리 잡습니다. 그리하여 우리의 모든 삶은 거룩한 사랑의 표현이 됩니다. 억지로 애쓰는 삶이 아니라, 사랑하는 대상을 힘입어 살아가는 것입니다. 그렇기에 '삶에서 무엇을 사랑하는가?' 하는 물음이 중요합니다. 스스로를 만들고 변화시키려 노력하는 것보다 사랑하는 것이 중요합니다. 사랑으로 인해 우리 안에서 부지불식간에 변화가 일어납니다.

요하네스가 지적한 완전함에 대한 지나친 욕심은 자신의 의지력을 과신하는 데서 비롯합니다. 물론 인간의 의지는 우리를 행동하게 하는 놀라운 도구입니다. 유대교에서도 '인간이 있어야 할 자리는 행동하는 자리'라고 말합니다. 하지만 영혼을 변화시키는 일에 관한 한, 의지는 전적으로 쓸모없는 연장입니다. 의지는 우리를 원하는 모습으로 만들어 주는 마법의 지팡이가 아닙니다. 우리의 과도한 요구에는 창조적인 힘이 없습니다.

:

모든 나무는 자신만의 나뭇결을 지녔습니다. 바이올린 마이스터는 그 사실을 잘 알고 있습니다. 울림 있는 악기를 만들려면 나무가 지닌 역사와 개성, 상처 들을 느낄 줄 알아야 합니다. 그러기 위해서는 있는 그대로의 특성을 가엾게 여기는 마음, 자비로운 마음이 필요합니다. 이런 마음이 모든 것을 거룩하게 하는 창조적 힘입니다. 우리의 비틀리고 굽고 마디진 부분들, 어려운 일을 겪는 동안 여기저기 박인 굳은살, 그 밖의 모든 결점이 자비로운 마음 앞에서 거룩해집니다.

하느님의 지혜를 신뢰하는 사람이라고 해서 다른 사람들보다 더 좋은 결을 지닌 것은 아닙니다. 하지만 그는 자신의 결을 울리게 하는 존재가 마이스터임을 알고 있습니다. 나무가 바이올린 마이스터의 뜻에 맞추는 것이 아니라, 마이스터가 나무의 상태를 고려하는 것, 이것이 바로 바이올린 제작에 작용하는 신비입니다. 나무는 마이스터의 창조력에 자신을 내맡깁니다. 마찬가지로 자비와 긍휼에 힘입어 하느님의 지혜가 우리에게 임합니다. 하지만 스스로를 무자비하게 대하면, 이런 일이 일어나지 않습니다. 삶의 무게와 스트레스로 인해 비틀리고 구부러진 자신의 결을 있는 그대로 인정하지 않고, 언제나 더 좋은 상태만을 원하며 "더 나아져야 해!" 하고 요구하는 것은 편협한 태도입니다.

매사에 자신의 구부러진 결만 보이고, 약속된 울림에 대한 믿음은 없습니까? 그저 빛을 발하고, 거룩해지기만 원합니까? 과도하게 벼려 검푸르게 타 버린 연장도 숫돌로 다시 갈아 주면 빛이 나기는 합니다. 그러나 그런 식의 연마는 아무것도 약속하지 않습니다! 그런 연장은 속이 망가졌기 때문입니다. 너무 강한 힘으로 연마한 탓입니다. 왜 자신은 물론이고 주변 사람들까지 자기 기준에 맞추어 과도하게 벼리고자 애쓰나요?

선지자 느헤미야는 '우리의 욕심과 욕망이 우리의 힘'이라고 하지 않고, '하느님을 기뻐하는 것이 우리의 힘' 〈느헤미야〉 8:10 이라고 했습니다. 성서는 '거룩해지는 삶', 즉 성화에 비중을 두고 이야기하지만, 이는 스스로 힘써 성화에 도달하는 것이 아니라, 기쁨의 근원에 힘입어 사는 것을 의미합니다.

기쁨만이 영혼 깊은 곳에서 우리 자신을 변화시킵니다. 우리는 종종 변화를 깨닫지 못합니다. 변화는 우리의 의도와 상관없이 자연스럽게 일어나기 때문입니다. 기쁨은 우리 삶의 마이스터입니다. 그러므로 하느님을 기쁨의 원천으로 삼는 것이 중요합니다.

:

온전함. 과도하게 연마된 연장은 '온전함'과 '완벽함'이 서로 다름을 깨우쳐 줍니다. 완벽주의자는 끊임없이 자신을 연마해 하느님의 은총을 보충하고자 합니다. 자신은 아직 부족하다는 두려움이 그를 몰아가는 까닭입니다. 그러나 온전한 사람은 완벽하지 않습니다. 그는 예수가 발을 씻기게끔 내맡깁니다. 자신에게 그럴 자격이 없다는 마음을 억누르고, 자신의 존엄 안에서 평온을 누립니다. 무한히 겸허한 하느님의 은총이 자신의 마음을 어루만지게끔 하는 것, 그것이 온전한 상태입니다.

모든 것이 우리에게 사랑을 요구합니다. 바이올린의 재료인 나무까지도 나에게 하느님을 사랑하라고 부탁합니다. 작업대에서 그 사랑이 표현되기 때문입니다. 사랑하는 마음을 되찾는 것이 곧 벼려지는 것입니다. 하느님이 우리 안에서 구하는 것이 바로 사랑하는 능력입니다. 믿음은 사랑의 추구입니다. 마음을 연마하는 데 특별한 방법이 있는 것이 아닙니다. 그저 마음을 회복하면 됩니다. 회복된 마음에 믿음이 깃들고, 믿음으로 인해 다시금 사랑을 동경하게 되는 것입니다.

앞에서 이야기한 〈전도서〉 구절의 끝부분을 다시 생각해 봅니다. "하느님의 지혜는 일이 제대로 되게끔 이끈다." 이 지혜에 다가서는 데 필요한 것은 지식이 아니라 사랑입니다.

: 한 치의 의심도 없는 믿음

마음만이 아니라, 믿음도 너무 큰 압력을 받으면 과열될 수 있습니다. 조급하고 잘못된 생각으로 말미암아 시퍼렇게 날이 설 수 있습니다. 믿음에는 의심이 없어야 한다는 생각, 사랑에는 위기가 없어야 하고, 확신에는 불안이, 희망에는 흔들림이 없어야 한다는 생각…… 이런 생각은 영혼을 지나치게 연마합니다. 믿음에 해가 되는 것은 의심이 아니라, 의심이 조금도 끼어들어서는 안 된다고 바라는 욕심입니다.

때로는 아프고 힘든 일이 복이 될 수도 있습니다. 우리가 언제나 익숙한 답변을 내놓을 수 없는 것은 묻는 자로 남기 위함입니다. 친숙한 지식이 통하지 않는 것은 깨닫는 자로 남기 위함입니다. 스스로 새롭게, 더 깊이 이해하도록 자신에 대한 생각들이 흔들립니다. 그러므로 때로 의심은 믿음만큼 거룩합니다. 의심은 우리를 솔직하게 하고, 깨어 있게 합니다. 의심도, 믿음도 알지 못하는 밋밋하고 답답한 상태가 오히려 삶에 해롭습니다.

:

의심은 분명 힘든 일입니다. 그러나 전혀 의심할 줄 모르는 사람과 함께하는 것이 더 힘듭니다. 그것은 장애와 비슷합니다. 스스로를 의심할 줄 모르는 사람은 우물 안의 지식으로 주변 사람들을 불쾌하게 합니다. 아무런 의심이 없는 마음에는 밀어붙이는 힘도, 깊은 지혜로 인도하는 위기도, 불안하게 하는 진실도 깃들지 않습니다.

우리가 들어야 하는 말을 듣기 위해서는 불안이 필요합니다. 나는 이 사실을 위기를 통해 배웠습니다. 살아 있는 믿음은 우리에게 확신을 줄 뿐 아니라, 때에 따라 불안을 주기도 합니다. 이는 우리를 깨어 있게 하고 진실하게 하는 창조적인 불안입니다.

우리의 믿음에 하느님이 빠져있을 때, 의심은 거룩한 힘을 발휘합니다. 소중한 의식ritual이 사랑 없는 틀에 박힌 의례가 될 때, 하느님을 향한 사랑에 종교적 익숙함이 스며들 때, 과정을 통해 배우기를 중단하고 경직된 생각의 집 안에 둥지를 틀고 들어앉을 때, 믿는다고 말하면서 정작 하느님을 막아서고 그 결과를 종교라 부를 때, 의심은 거룩한 권위로 우리를 불안하게 합니다. 불안을 일으키는 의심이 없다면 우리는 부지불식간에 하느님을 잃어버릴 테니까요.

이럴 때 하느님은 우리에게 "나와 네 믿음을 혼동하지 말라." 하고 말합니다. 때로 의심은 하느님의 메신저가 되어, 비록 아프고 힘든 방식이지만, 우리에게 복이 됩니다. 그런 경우 하느님과의 진정한 관계를 회복하게 하는 것은 믿음이 아니라 의심입니다.

의심이 하느님의 메신저가 될 때, 의심은 우리에게서 확신을 거두어 갑니다. 그렇게 함으로써 우리가 꼭 들어야 할 말을 들을 수 있게 여지를 만들어 줍니다. 때가 되면 의심은 떠나갑니다. 더 이상 우리에게 의심이 필요 없을 때 작별을 고하지요. 의심이 떠나가는 것은 우리가 깨달은 것을 실행에 옮기기 시작했기 때문입니다. 진정한 관계를 다시금 회복했기 때문입니다.

：

때에 따라 확신을 잃어버리는 것은 혼란스럽지만 유익한 일입니다. 그러나 확신에 대한 동경 자체를 잃어버리는 것은 바람직하지 않습니다. 사랑을 간직하는 한, 의심은 위험하지 않습니다. 의심은 결코 무감각해지거나 구태의연해지지 않으려는, 사랑의 한 모습입니다. 무감각한 상태에서는 아픔도 느끼지 못한 채 사랑이 식어 버리니까요. 적당한 자극으로 우리를 일깨우는 의심은 곧 사랑입니다. 사랑으로 그분을 알아가는 것이 살아 있는 믿음일 것입니다. 우리는 경험이 아니라 사랑으로 기도함으로써 하느님을 만날 수 있습니다.

진정한 믿음이란, 사랑 안에서 기꺼이 불안과 맞닥뜨리는 자세가 아닐까요? 의심은 진리를 향한 절규입니다. 하느님이 이처럼 아픈 방식으로 우리를 인도할 수밖에 없을 때, 그분이 우리에게 믿음을 선사할 수 있도록 광야와 같은 시간에 기꺼이 자신을 내맡기십시오. 믿음을 잃게 되지는 않을까 너무 두려워하지 마십시오. 설령 믿음을 잃어버릴지라도, 하느님을 잃어버리는 일은 절대 없을 테니까요. 의심은 이렇게 말할 것입니다. "잠잠해져라. 이를 악물고 확신을 구하느라 믿음을 시퍼렇게 연마하지 말라. 스스로 잠잠히 구할 때 하느님이 네게 다가올 것이다."

2
음악
: 마음 조율

음악가들은 보통 사람들과 다릅니다. 내가 고객들의 특성을 받아들이기까지 시간이 꽤 걸렸지요. 보통 사람들이 어떤 일의 좋고 나쁨을 적어도 다섯 등급 정도로 나누어 판단한다면, 음악가들에게는 양극단만 있습니다. 울림이나 악기의 상태에 관하여 이야기할 때, 그들은 "엄청나게 좋아!"라거나 "지독하게 나빠!"라고 말합니다. "환상이다!"라고 하거나 "구제 불능이야!"라고 하지요. 그 중간 단계는 존재하지 않는 것 같습니다. 그러다 보니 바이올린 마이스터 역시 조율을 잘해 놓아서 구원자로 떠받들리다가도 순식간에 무능한 하인 취급을 받습니다. "아뇨, 그건 아니죠! 지금은 A현 소리가 이상하잖아요. 대체 뭘 하는 거예요? 제대로 좀 해 봐요." 그러다가도 내가 바이올린의 사운드포스트sound-post: 울림기둥를 미세하게 조정해, 의도했든 우연히 그랬든 간에 공명을 만들어 내면 곧바로 "그래요. 바로 그거예요! 놀라워요! 지금껏 이렇게 좋은 적은 없었어요. 정말 마법 같아요!" 하는 감탄이 뒤따릅니다.

이렇듯 중간은 없고 양극단만 있는 음악가들의 칭찬과 비판을 너무 마음에 담아 두면 이 직업에 종사하기 어렵습니다. 이런 일을 견디기 힘들어 정말로 일을 그만둔 사람들도 있습니다. 바이올린 마이스터는 나무의 결뿐 아니라, 음악가의 내밀한 영혼의 결에도 감정이입을 할 줄 알아야 합니다. 좋은 기술자가 되어야 할 뿐 아니라, 영혼의 마이스터가 되어야 합니다.

때로는 음 조절이 영 안 되고 그 일을 할 힘조차 없는 날이 있습니다. 그런 날이면 나는 조율 도구를 모두 연장걸이에 걸어둔 채, 기계실로 들어와서 띠톱으로 가문비나무를 자릅니다. 고객들의 기대에서 해방된 채 한숨 돌릴 수 있는 시간이 필요하기 때문이지요.

내가 상대하는 사람들이 음악가이지, 일반인은 아니라는 사실을 받아들이고 적응하기까지 10년은 족히 걸렸습니다. 나 자신이 음악가가 된 이후, 비로소 그들을 이해하기 시작했습니다. 물론 나는 내 고객들처럼 근사하게 연주하지는 못합니다. 하지만 작업장에서 만나는 좋은 악기들 덕분에 음악가들이 그런 극단을 경험하는 까닭을 이해할 수 있었습니다.

악기의 음에 관하여 그토록 까다로울 수밖에 없는 이유는 그들이 늘 무대에서 긴장해야 하는 탓이기도 하고, 일단 악기를 떠난 음은 두 번 다시 거두어들일 수 없기 때문이기도 합니다. 무엇보다 감정의 극단이 교차하는 가장 큰 이유는 음악가들이 음에 관하여 아주 민감하기 때문입니다. 당연한 일입니다. 그들은 특별한 순간에 모든 혼란에서 해방되어 악기와 온전히 하나가 되는 경험을 합니다. 그러다가 어느 순간 갑자기 그런 경험이 불가능해지면 이루 말할 수 없이 고통스러운 것입니다.

: 온전히 하나 되는 경험

악기와 온전히 하나 되면 놀라운 일이 일어납니다. 자신이 악기가 된 듯한 기분이 들지요. 이는 음악의 진정한 본질을 경험하는 드문 순간입니다. 분명 내가 악기를 연주하고 있지만, 마치 내가 연주되고 있는 듯한 느낌을 받습니다. 자신이 악기가 되는 것, 바로 이것이 연주자의 존재 방식입니다. 좋은 바이올린은 연주자를 취해서 그에게 공명으로 소통하는 것이 무엇인지, 음색으로 유희하는 것이 무엇인지 알려줍니다.

　나는 조율 의뢰를 받아 며칠간 맡았던 1712년산 '스트라디바리우스'를 통해 처음으로 그런 경험을 했습니다. 그때까지 나는 아주 힘 있고, 전달력이 강한 소리를 내는 악기를 제작해 왔습니다. 그런데 작업장에서 이 악기를 연주해 보고는 충격을 받았습니다. 그동안 내가 알던 강한 힘은 물론이고, 동시에 기막힌 부드러움이 느껴졌기 때문입니다. 한순간, 내 앞에는 두려움 없이 자유로운 공간이 펼쳐지고, 나는 감미로우면서도 힘 있는 울림에 휩싸였습니다. 이런 특별한 악기는 단순히 울림이 좋은 것이 아니라, 연주자가 특별하게 연주하도록 이끕니다. 두려움에서 해방되어 자신을 내맡긴 인간이 고유한 울림을 갖는 것처럼, 악기를 연주하는 사람이 특별하게 울리는 것입니다. 모든 것이 조화로울 때 해방감과 안정감이 찾아옵니다. 그럴 때 인간도 자신의 악기에서 특별한 목소리를 내게 됩니다.

합일의 순간에 악기는 몸의 일부가 됩니다. 몸을 통해, 손과 팔을 통해, 사랑하는 마음이 청각적으로 표현됩니다. 울림으로 말입니다! 바이올린이냐, 첼로냐, 플루트냐, 오보에냐, 오르간이냐는 중요하지 않습니다. 늘 같은 일이 일어납니다. 사람이 자신의 악기 위에서 노래하기 시작하는 것입니다.

이처럼 완전한 자기 망각의 순간은 삶에서 경험할 수 있는 가장 아름다운 시간입니다. 온전히 하나 되는 경험. 마치 진동하는 현과 활 사이의 접촉점이 물리적 과정이 아니라, 신체적 경험처럼 다가오지요. 음이 활을 빨아들입니다. 연주자로 하여금 연주에 취하여, 음에 흠뻑 빠져 울림을 조각하게 합니다. 울림의 매력은 기도의 매력과 비슷합니다. 우리를 동경으로 채웁니다.

:

작업하던 바이올린이 마침내 완성되면 나는 더 이상 일에 집중할 수가 없습니다. 농밀하고, 진하고, 풍성한 음에 대한 기억이 손에서 연장을 내려놓고 갓 태어난 바이올린을 잡고 울림을 탐색하도록 나를 이끕니다. 공명이 강한 바이올린은 손에 잡힐 듯 음을 빚어냅니다. 새로 내린 눈 위를 한 발 한 발 걸을 때마다 발밑에서 눈이 압축되는 느낌이라고 할까요? 음이 진하고 농밀하게 뭉쳐지는 느낌이 납니다. 특히 G현가장 낮고 깊은 소리를 내는 줄의 좋은 음들은 정말로 어둡고 농밀하고 압축된 느낌으로 울립니다. 주세페 과르니에리가 만든 바이올린 '과르니에리 델 제수'는 특히나 낮은 음에서 불그레한 울림을 갖습니다. E현가장 높은 소리를 내는 줄에서는 은빛으로 빛납니다. 거칠고, 강하고, 커다란 음이지요. 울림은 진하고 현재적顯在的이어서, 도저히 한눈을 팔 수 없습니다.

그런 울림에 공존하는 부드러움과 힘은 성령을 경험하는 순간을 상기시킵니다. 하느님을 가까이하는 진한 내적 경험은 부드러운 동시에 강한 힘이 느껴지는 경험입니다. 서로 모순되는 특성이 공존하지요. 이것이 바로 위협적이지 않은 힘의 신비입니다. 그 힘은 조심스레 노크하며, 부드럽게 우리의 신뢰를 구합니다. 좋은 악기들이 가진 부드러움과 힘의 동시성은 상대를 굴복시키려 하지 않는 은총의 본질과 닮았습니다.

성령은 우리를 억지로 복종시키지 않습니다. 한없는 겸손으로 우리를 찾아옵니다. 우리가 찾아다니는 것이 아니라, 우리를 찾아옵니다. 우리는 주의 깊게 스스로를 살피며, 우리의 신뢰와 이해를 구하는 그 손길을 맞이합니다. 우리는 발견하는 주체가 아니라, 발견되는 대상입니다. 그것이 부드러움의 본질입니다.

:

강함과 부드러움의 상호 보완성은 조화로운 대립이라는 내적 법칙을 따릅니다. 좋은 바이올린의 울림은 열정적이면서도 결코 날카롭지 않습니다. 어두우면서도 칙칙하지 않습니다. 거칠지만 저속하지 않습니다. 높은음에서는 섬세하지만, 절대 얄팍하지 않습니다. 감미롭지만 천박하지 않습니다.

강한 바이올린은 연주할 때 강하게 저항합니다. 그러나 이때의 저항은 거역하는 것이 아닙니다. 강한 바이올린은 굴복하는게 아니라, 자신을 내줍니다. 내주지만, 굴종하지 않습니다. 이런 헌신은 말할 수 없이 고상하고 고급스럽습니다. 스스로 까발리지 않고 신비를 간직하지요. 좋은 바이올린은 강한 공명으로 신선하고 생동감 있는 울림을 빚어냅니다. 무엇보다 여리게piano 연주할 때 그 진가가 느껴집니다. 약한 악기는 저항하지 않습니다. 굴종할 뿐입니다. 어떤 위험도 없습니다. 그러나 아무 일도 일어나지 않습니다.

좋은 바이올린으로는 활털 한 가닥만 있어도 마음을 위로하는 음을 낼 수 있습니다. 특히 낮은 현의 높은 자리바이올린의 현은 브리지 쪽으로 갈수록 높은 음이 난다에서 그렇지요. 강한 현은 포르티시모fortissimo: 매우 세게에서 만족스럽게 저항합니다. 음은 미끄러지지 않습니다. 활을 느리게 쓸 때 음이 브리지bridge: 현악기의 줄을 받치고 있는 부품에 거의 달라붙어 있다시피 합니다. 마치 한 가닥 솜털의 무게로 1톤짜리 철 덩어리를 가르는 듯합니다. 이제 활은 손의 힘이 아니라, 진하고 적절한 음을 통해 인도됩니다. 공명의 저항을 통해 강한 힘으로 제동이 걸립니다. 그 힘 안에서 연주자는 악기의 카리스마를 경험합니다. 연주자는 악기의 카리스마를 마음에 두고, 존중해야 합니다. 강한 악기의 눈높이에 맞추어 연주하는 것은 카리스마 있는 대결입니다.

:

여러 해 전, 조율을 위해 작업장에 온 스트라디바리우스를 연주하는 소리를 아내가 듣고는 "그 울림을 들으니 꿈꾸는 것 같아." 하고 말했습니다. 이 말은 영혼에 와닿는 울림에 대한 가장 아름다운 묘사가 아닐까요? 그런 울림에서는 음악 본연의 카리스마가 펼쳐집니다. 음악이 우리를 영혼의 근원으로 인도합니다. 그곳은 아무것도 이해할 필요가 없고, 부인할 필요도, 물을 필요도 없는 장소입니다. 그냥 이해되기 때문입니다. 그런 일이 일어날 때, 사람은 음악의 의미를 저절로 알게 됩니다.

치유력을 지닌 울림이 있습니다. 우리 안의 상처를 위로하고 소생시키고 변화시키는 울림. 나는 음악은 하늘이 인간에게 준 것이라고 믿습니다. 쉽지만은 않은 세상을 견디게끔 하늘이 준 선물이라 믿습니다. 울림에 부어진 기도가 바로 음악이라고 확신합니다.

그러므로 악기에 이상이 생겨, 이 모든 일이 불가능할 때 밀려오는 낙심은 그만큼 더 고통스러울 수밖에 없습니다. 연주자는 한순간에 음악가가 아니라, 그저 악기를 다루는 사람이 되어 버립니다. 연주 기법적인 한계와 악기의 낯선 울림에 봉착해 몹시 딱한 처지가 됩니다. 인위적으로 음을 만들어 내고 울림을 끌어내기 위해 최선을 다하지만, 결국 힘만 들고 마음도 얼룩지고 맙니다. 뭔가가 맞지 않기 때문입니다.

잘못 제작되었거나 조율이 잘못된 바이올린은 형언할 수 없는 타성에 젖습니다. 음이 죽어 있습니다. 타성은 나쁘게 작용하지 않습니다. 다만 좋은 작용이 일어나지 못하게 방해합니다. 타성은 죄악입니다. 타성에 젖으면 사람은 제약을 느끼고, 노래하기를 중단합니다. 모든 것이 힘들어집니다. 이런 충격을 받은 음악가들이 내게 조율을 맡기러 옵니다. 그들은 대개 머리끝까지 고통으로 출렁이는 모습으로 작업장에 옵니다. 절망에서 헤어나지 못하는 것은 아닌지 두려울 지경입니다.

: 무력함을 인정할 용기

음악가에게 음이 어긋난 악기를 연주하는 것은 마치 비행하다가 갑자기 그 기술을 잊어버린 것과 같습니다. 이런 상황에는 단계나 등급이 없습니다. 양극단만 있을 뿐입니다. 울림이냐 타성이냐, 노래냐 두려움이냐, 합일이냐 낙심이냐. 그들에게는 비상飛上하거나 그러지 못하거나 둘 중 한 가지 결과만 있습니다. 바이올린은 연주자의 목소리이거나 그렇지 않거나 둘 중 하나입니다. 마찬가지로 바이올린은 연주자의 몸이거나 그렇지 않거나 둘 중 하나입니다. 연주자는 음악가이거나 단순히 악기를 다루는 사람이거나 둘 중 하나입니다. 악기와 합일되어 있느냐 분리되어 있느냐, 자신이 연주되느냐 아니면 힘들게 억지로 연주하느냐……

　나는 힘들게 내 작업실을 찾아오는 음악가들의 마음 상태를 어느

덧 이해하게 되었습니다. 수년간 친숙해진 악기와의 합일이 갑자기 불가능할 때, 음악가들은 충격에 휩싸입니다. 음악가들이 자신의 악기를 사랑하고 그로 인해 고통받는 모습을 보며 나는 진정한 음악가가 된다는 것이 무엇인지 배웠습니다. 어쩌면 우리 삶의 본질적인 것들은 사랑과 고통을 통해서만 배울 수 있지 않을까요?

때로 교만해 보이는 태도는 사실 어찌할 바를 모르기 때문입니다. 음악가들이 큰 연주회나 중요한 녹음을 불과 몇 시간 앞두고, 초조하고 절망한 상태로 내 작업실을 찾아오는 경우가 더러 있습니다. 한 바이올리니스트는 순회 연주를 위해 출국하는 날, 비행기 출발 시각을 불과 네 시간 앞두고 나를 찾아왔습니다. 그는 자신의 스트라디바리우스가 모든 음이 막혀 있다며, 비행 일정을 연기해야 할 것 같다고 안달복달했습니다. 악기를 점검해 보니 브리지가 조금 틀어져 있을 뿐이었습니다. 결국, 최소한의 침습浸濕 조치로 바이올린과 바이올리니스트 모두 서로 간에 다시금 조화를 이루었지요.

:

어떤 바이올린 제작자들은 음악가들의 까다로운 요구와 기대에 시달리다가 냉소적으로 변하거나 체념해 버리기도 합니다. 바이올린 마이스터 모임에서 음악가들에 대한 뒷얘기가 얼마나 자주 오가는지 놀라울 정도입니다. 충분히 이해가 갑니다. 정신이 아득하고 무력해지는 경험을 자주 하다 보면 누구라도 그렇게 될 수 있습니다.

하지만 이런 무력감은 꼭 필요한 자극입니다. 그래야 열린 상태, 즉 주어지는 것들을 받을 수 있는 상태가 되기 때문입니다. "뭘 어떻게 해야 할지 모르겠어. 이 악기에는 뭐가 필요하지?" 이렇게 자신의 무지를 인정할 때만 과제를 맞닥뜨릴 수 있습니다.

나의 경우, 무지를 인정할 용기가 없을 때, 거룩한 순간이 주는 약속을 느끼지 못하고, 악기를 제대로 조율할 수도 없습니다. 조율은 그냥 기계적으로 하는 일이 아닙니다. 객관적인 데이터를 불러올 수 있는 성질의 일이 아닙니다. 오로지 들으면서, 두려움 없이 자유로운 상태로, 울림에 잠겨야 합니다. 나는 이런 순간에 나 자신을 연장으로 여깁니다. 나는 장인의 손길에 인도받는 연장입니다. 그렇기에 단지 받을 수밖에 없습니다.

지식이나 능력보다 느끼고 받아들이는 태도가 더 중요한 상황이 있습니다. 자신이 할 수 있는 일이 아무것도 없다고 느낄 때, 인간은 무력해집니다. 그러나 이런 무력함은 두려워하지 않아도 됩니다. 이 같은 무지를 긍정하는 태도야말로 꼭 필요한 것을 받아들일 준비가 되었다는 뜻이니까요. 일어나야 할 일에 풍부한 감수성으로 마음을 여는 것, 그것은 유익한 무력함입니다. 생각을 통제하지 않고 받아들일 수 있는 상태가 되는 것입니다.

이성으로 상황을 장악할 수 없을 때, 어떻게 해야 할지 모를 때, 억지로 하려고 해도 되지 않을 때, 자신의 무력함을 기꺼이 인정하면 '영감의 문'이 열립니다. 영감에 이르려면 주어지는 것을 받아들일 수 있는 상태로 자신을 열어 두어야 하기 때문입니다. 자기 힘으로 할 수 있다고 믿는 한, 우리는 영감에 이르지 못합니다. 나는 그런 태도로 악기를 조율하고 난 뒤에, 너무나 지친 나머지 며칠 동안 단순노동밖에 할 수 없었던 경험이 여러 번 있습니다.

: 세상의 근원, 음악

악기의 울림과 온전히 하나 되는 경험은 원초적 사랑과 맞닿아 있습니다. 지금부터 그 이야기를 조금 해 보려 합니다. 울림을 경험하는 것보다 생명의 근원에 더 깊이 다가서는 방법은 없는 듯합니다. 울림은 창조의 근원입니다. 연주자와 악기 사이의 합일은 우리의 근원과 만나는 경험입니다. 다시 말해, 울림의 경험은 생명의 창조 행위와 맞닿아 있습니다.

〈창세기〉의 창조 이야기를 읽다 보면, 나는 이 세상이 노래를 통해 생명으로 빚어지는 모습을 상상하게 됩니다. 우주의 크고 작은 모든 것이 진동을 통해 존재합니다. 활로 그은 현이 진동하며 울리듯이, 우주의 모든 것은 각각 서로 다른 파장과 스펙트럼, 진동 형태와 궤도를 지닙니다.

"태초에 땅은 황량하고, 비어 있었다. 어둠이 깊음 위에 있었다. 하느님의 영이 수면 위에 감돌았다." 이것이 성서의 첫 구절입니다. 여기 나오는 '감돈다'는 말은 히브리어의 'rachaph'라는 단어로, '진동하다'라고 번역할 수 있습니다. 우주의 모든 구조를 이루고, 물질을 결합하는 역할을 담당하는 것이 바로 진동이지요. 현대 물리학의 기초

이론인 양자역학은 19세기 말의 삭막한 물질주의를 그 토대부터 뒤흔들었습니다. 양자역학은 물질의 가장 작은 차원은 물질로 이루어진 것이 아니라, 영적으로 진동하는 구조에서 '일어난다'고 이야기하기 때문입니다.

현재 전하는 가장 오래된 그리스어 번역본 구약 성서 〈셉투아긴타 *Septuaginta*〉는 창조 이야기의 첫 문장을 '황량하고, 비어 있었다'고 번역하지 않고, 좀 더 적확하게 '보이지 않고, 형체가 없었다'고 번역했습니다. 이는 양자역학의 인식과 아주 가깝습니다. 양자역학의 견해에 따르면 보이는 것은 물질적으로 '존재하는' 것이 아니라, 영적으로 '일어나는' 것이기 때문입니다. 물리학자 하이젠베르크의 제자인 한스 페터 뒤르는 우주의 가장 작은 입자는 '일어나는 것passierchen'[5]이라고 봅니다. 그러므로 성서의 첫 구절은 '하느님의 음악이 눈에 보이는 창조물로 드러났다'는 말이 아닐까요?

중국의 문헌 중에 '꽃피는 남쪽 나라에서 온 진리의 책'이라는 뜻을 지닌 작품이 있습니다. 장자의 글로, 중국 정신사의 가장 아름답고도 어려운 작품으로 꼽히지요. 이 문헌에는 '천상의 음악이 우주를 두르고 있다'[6]는 표현이 있습니다. 인도의 〈바가바드기타*Bhagavadgītā*〉는 '신의 노래'라는 뜻입니다. 그렇다면 나무, 식물, 돌, 인간…… 이 모두가 형체를 입은 음악이 아닐까요? 그 음악은 다름 아닌 신의 사랑일 것입니다. 그러므로 생명의 음악을 탐구하고, 배우고, 우리 삶의 노래와 울림을 통해 해석하는 일은 우리에게 허락된 권리이자, 신성한 의무입니다.

:

악기를 연주하는 사람은 근원적인 의미에서 사랑을 궁구하고 탐구하는 사람이라고, 나는 확신합니다. 그는 창조의 신비에 접근할 수 있습니다. 음악 안에 살지 않는 사람은 그곳으로 다가갈 수 없습니다. 악기를 연주하는 일은 영적 의식을 일깨우는 행위입니다.

〈창세기〉에는 '아담'으로부터 7대손인 '유발'이라는 사람이 등장합니다. "그는 수금과 퉁소를 잡는 모든 자의 조상이다." 〈창세기〉 4:21 바로 이 구절에 등장하는 '그'이지요. 그의 형제 '두발가인'은 '구리와 쇠로 여러 가지를 만드는 자', 즉 대장장이의 조상입니다. 옛날 사람들에게 일반적이었던 사냥꾼과 농부를 제외하고 성서에 등장하는 첫 번째 직업이 바로 음악가입니다! 음악가는 악기를 제작했고, 그로써 인간 세상에 새로운 울림을 들여왔습니다.

최초의 음악가는 아마 남달리 몽상적인 사냥꾼이었을 것입니다. 그는 활을 쏠 때 실수로 손가락으로 활줄을 건드렸다가, 그것에서 나는 신기한 울림에 자못 놀랐을 테지요. 아마도 그날 저녁, 가죽을 씌운 거북 등딱지에 팽팽하게 활줄을 연결해서 퉁겨 보았을 것입니다. 그렇게 현이 선사하는 조화로운 음을 발견한 뒤에는 현에 음색을 선사하는 공명도 발견했겠지요.

모닥불 주변에 둘러앉은 부족 구성원들은 처음에는 그를 보고 웃었을지도 모릅니다. 덜떨어진 몽상가로 치부했을 겁니다. "저런 막을 씌운 거북 등딱지로 어떻게 영양을 사냥해?" 하지만 잠시 뒤에 그들은 입을 다물고, 그동안 알지 못했던 울림에 귀를 기울였을 것입니다. 무언가 본질적인 것이 '일어났기' 때문입니다. 최초의 악기에서 퍼져 나오는 울림과 함께 그 저녁, 그들은 처음으로 유용한 사냥을 넘어서 유용성이 없는 아름다움을 발견했을 것입니다.

처음으로, 공격하는 동물이 포효하는 소리나 위험에 처한 생명의 두려움에 찬 외침이 아닌, '노래'를 들었을 것입니다. 그들의 뇌에서 1억 개의 신경 세포를 지닌 청각 피질이 여느 때처럼 활성화되었습니다. 그러나 그것은 경고의 메시지가 아니었습니다. 좋은 것이었습니다. 도망칠 이유가 없는 소리였습니다! 마침내 그들은 자리에서 일어나 울림에 움직임을 선사했습니다. 도망치거나 공격하는 움직임이 아니라, 들은 것을 '춤'으로 표현한 것입니다.

고고학에 따르면 최초의 악기는 약 5만 년 전에 제작되었다고 합니다. 악기를 처음 연주하게 된 시기는 언어가 최초로 등장한 시기와 맞아떨어지지요. 인간이 음성과 악기로 동물들의 소리를 모방하기 시작하면서 인간은 또한 자신을 반추하기 시작했습니다. 울림과 더불어 인간의 의식이 시작된 것입니다. 아마도 우리는 인정하고 싶은 수준 이상으로 다른 영장류 동물들과 비슷한 존재일 것입니다. 그러나 원숭이와 달리 인간은 음악을 합니다.

〈창세기〉가 음악가를 모든 직업 중 제일 처음으로 언급한 까닭은 음악의 경험, 즉 울림·춤·리듬·노래를 통해 창조주의 웃는 얼굴이 인간에게 비치기 때문이 아닐까요? 거룩함에 이르는 길은 유용성을 뛰어넘을 때만 열립니다. 음악이 그 첫 번째 증거입니다. 음악에는

〈춤추는 여인〉, 10.6×11.2cm, 2010

말이 필요 없습니다. 이 세계에서 경험하는 것에 답하기 위해 반드시 언어가 필요하지는 않습니다.

: 마음으로 듣는 연습

내가 독립해서 처음으로 작업장을 가졌을 때가 기억납니다. 그 시절, 한 젊은 바이올리니스트가 숨 막히게 아름다운 바이올린을 가지고 왔지요. 1729년에 베네치아의 바이올린 명인 도메니코 몬타그나나가 제작한 것이었습니다.

바이올리니스트는 벌써 수년째 이 바이올린을 연주하며 아껴 왔는데, 문제가 생겨서 힘들어하고 있었습니다. 그는 브람스의 바이올린 협주곡을 연주하는 순회공연 중이었습니다. 그런데 바이올린이 포르티시모에서 탄력성이 떨어지고, 조음ansprache: 연주자가 어려움 없이 음을 낼 수 있는 상태이 잘 안 된다고 설명했습니다. 오케스트라 전체를 상대로 자신을 관철해야 하는 순간에 자꾸만 울림이 막혔지요. 바이올린을 살펴보니 새로운 브리지와 울림기둥을 제작해서 넣어줄 필요가 있었습니다.

브리지나 울림기둥처럼 작은 부품들이 악기의 핵심을 건드립니다. 브리지는 장식적으로 조각된 얇은 단풍나무 조각으로, 현의 진동을 바이올린 몸통에 전하는 중요한 요소입니다. 양쪽의 귀, 가운뎃부분의 하트 모양 구멍, 그리고 몸통과 맞닿는 두 다리가 섬세하게 조각된

브리지는 고도로 민감한 울림 필터로 작용하지요. 허리 부분에 0.5밀리미터의 변화를 주는 것만으로도 현의 첫 고유 진동수가 몇백 헤르츠나 달라집니다. 이런 작용을 통해 브리지는 바이올린 고음부의 조음에 본질적인 영향을 끼칩니다.

울림기둥 역시 천부적인 매개 요소입니다. 대개 치과의사들이 쓰는 거울과 튜닝 해머tuning hammer를 이용해, 앞판과 뒤판 사이 바이올린 몸통에 이를 고정하지요. 이때, 울림기둥의 긴장도나 경사도에 조금만 변화를 주어도 악기의 공명이 확 달라집니다. 그래서 이탈리아의 바이올린 제작자들은 울림기둥을 '아니마anima: 혼'라고 부릅니다. 울림기둥이 바뀌면 바이올린의 특성이 달라집니다. 좋은 바이올린일수록 울림의 크기, 조음 가능성, 음색 조절 등이 까다롭습니다. 자칫 망쳐놓을 가능성도 높지요. 반면, 나쁜 바이올린은 상당히 너그럽습니다.

⋮

몬타그나나의 바이올린을 손보게 된 그 흥분된 나날에 나는 이 악기를 철두철미하게 연구했습니다. 그러는 동안 이 악기의 아름다움에 사로잡혔고, 몬타그나나의 바이올린은 나의 첫 번째 위대한 스승이 되어 주었습니다.

그 작업을 통해 나는 올바른 것을 배우는 일보다 잘못된 버릇을 없애는 일이 훨씬 어렵다는 사실을 깨달았습니다. 특히 도제 기간에 형성된 편협하고 천편일률적인 표상들을 버릴 수 있었습니다. 만약 앞판과 뒤판의 곡선과 에프 홀f-hole: 바이올린 앞판에 뚫려 있는 f자 모양의 두 울림구멍을 완고하게 만들었다면 이 바이올린은 울리지 못했을 것입니다. 몬타그나나는 경직된 이론의 틀에서 한 걸음 나아가 이 바이올린을 매우 과감하게 만들었습니다. 도제 기간에 나에게 밴 편협함이나 소심함과는 거리가 멀었습니다. 나는 이 바이올린을 통해 G현 특유의 따뜻하고 그윽하며, 숭고하고 검붉은 음색이 어떻게 만들어지는지 배웠습니다.

바이올린을 울리게 하는 것은 무엇일까요? 악기를 만들다 보면 부지불식간에 울림에 관한 실수를 저지르기도 합니다. 괜찮습니다. 실수 자체는 나쁘지 않습니다. 단지 잘못을 깨닫지 못하는 아둔함이 나쁩니다. 깨닫지 못하면 발전이 없고, 다음에 만드는 악기도 전혀 개선되지 않기 때문입니다. 그렇다고 한순간에 높이 비약飛躍해야만 하는 것은 아닙니다. 급진적으로 비약하지 않고, 자기 스타일을 충실히 유지하는 것도 중요합니다.

당시 나는 몇 주에 걸쳐서 도면 작업을 했고, 그 뒤로 12년간 같은 모델의 바이올린을 만들어 왔습니다. 그때부터 지금까지 이 모델로 140여 대의 바이올린을 만들었지요. 나는 형태와 다양성 면에서 나에게 어떤 가능성이 허락되는지를 점점 이해해 나가고 있습니다. 기본형을 바탕으로 하되, 조금씩 새로운 변화를 주어 모든 바이올린을 만들고 있습니다.

매번 새로운 도면으로 작업했다면, 한꺼번에 너무 많은 변화를 주어야 했을 테고, 그랬다면 아무것도 배우지 못했을 것입니다. 가능성이 너무 다양했을 테니까요. 제한된 것에 집중하지 않으면, 진정한 배움도 없습니다. 아무런 제한 없이 매번 새롭게만 하는 일은 훈련 과정이 빠진 도약과 같습니다. 그렇게 작업하면 경험이 아니라 우연에 의존하게 되지요. 내가 제작하는 바이올린이 지닌 특유의 울림은 커다란 도약을 통해서 탄생한 것이 아니라, 의식적으로 작은 걸음을 디딤으로써 이루어진 것입니다. 그렇게 작은 것들이 모여서 나에게 본질적인 가르침을 주었습니다.

:

바이올린을 만드는 일은 마음으로 듣는 연습을 하는 생생한 학습 과정입니다. 겉으로 울리는 소리 외에 내적인 울림까지 들을 줄 알아야 합니다. 듣는 일이 모든 과정에 동반됩니다. 나는 악기가 완성되기 한참 전부터 마음의 귀로 울림을 듣습니다. 몇 달 동안 작업하다 보면 나무와 점점 긴밀한 관계가 되어 갑니다. 처음 나무를 깎을 때, 울림 구멍을 파낼 때, 각 과정에서 연장을 쓸 때마다 대팻날의 소리를 들으며 지금 어떤 나무를 대하고 있는지 느낍니다. 같은 둥치에서 나온 나무라 해도 음향속도와 밀도와 진동의 폭 등이 아주 달라서, 경직된 틀과 도면으로는 작업할 수 없습니다.

나무는 고유의 음을 통해 자신의 특성을 드러냅니다. 막 탄생하는 악기는 심음heart tones으로 자신에게 어떤 마무리 작업이 필요한지 알려 줍니다. 심음을 들으려면 바이올린 앞판과 뒤판의 마디선node line을 잡고, 배antinode를 두드려 보면 됩니다. 마디는 진폭의 변화가 가장 작은 곳이고, 배는 진폭의 시간적 변화가 가장 큰 지점이지요. 따라서 그 인터벌interval: 시간적 간격을 통해 마무리 작업이 궁극적인 수준에 도달했는지, 아니면 좀 더 나아가야 하는지 파악할 수 있습니다.

나무의 강도와 에프 홀의 형태에 변화를 줌으로써 심음을 적절히 처리하는 법을 배우는 데는 오랜 시간이 필요합니다. 홀을 파내는 연장과 대팻날로 나무를 영 점 몇 밀리미터만 더 깎아도 음악적 인터벌이 변합니다. 다섯 번째 고유음이 너무 낮으면, 울림에 화려함이 깃들지 않습니다. 두 번째 고유음이 너무 높으면, 바이올린은 깊고 자유로운 호흡을 잃어버리고 맙니다. 그러면 울림이 따뜻하지 않습니다.

마무리 작업에서 도가 지나치면 조심성이 부족했을 때와 비슷한 결과를 빚게 됩니다. 그렇게 마무리된 바이올린에서는 차진 음이 나지 않습니다. 음이 상당히 조잡하고 둔탁해집니다. 지나친 패기도 경계해야 하지만, 소심함 역시 울림을 망칠 수 있습니다. 욕심이 많으면 너무 멀리 나가지만, 소심하면 충분히 나가지 않기 때문입니다. 너무 과해질까 봐 겁먹은 나머지 너무 일찍 만족하고 맙니다. 몇 군데 마무리 작업에서 한계점까지 파고들지 않으면, 작고 날카롭고 편협한 소리를 내는 결과물이 탄생합니다. 바이올린 마이스터는 지나친 패기도, 지나친 소심함도 경계해야 합니다. 둘 다 똑같이 해롭습니다.

적절한 균형이 중요합니다. 마무리 작업을 할 때는 아주 섬세한 차이에도 신경 써야 하기에 작업 중인 나무의 음향속도를 잘 파악해야 합니다. 뒤판과 앞판의 심음은 서로 균형을 이루어야 합니다. 바이올린의 특징이 되는 공명과 울림을 이루는 데는 수백 가지 요인이 영향을 줍니다. 그 모든 요소가 적절하게 균형을 이루어야 합니다. 겉으로 드러나지 않는 내적인 요소들까지 모두 들어맞을 때, 즉 너무 지나치지도, 부족하지도 않을 때만 좋은 바이올린이 탄생합니다.

높은 음역을 잊어버리고 낮은음에 집중하다 보면, 악기는 마지막 순간에 노래를 못하게 됩니다. 생기도, 힘도, 광휘도 없는 울림이 만들어집니다. 반대로 낮은 음역을 잊어버리면, 악기는 마지막에 따뜻함을 잃고 맙니다. 날카롭고 천박하게 울리지요. 그러므로 G현과 E현을 늘 똑같이 신경 써야 합니다. 바이올린의 아름다운 음색은 균형 잡힌 심음에서 나옵니다. 마이스터는 그것을 들을 줄 알아야 합니다. 나는 주로 저녁이나 밤에만 그 울림을 들을 수 있습니다. 나무의 울림에 몰두할 수 있을 정도로 조용해진 다음에 말입니다.

:

바이올린을 제작할 때 꼭 갖추어야 할 중요한 조건이 있습니다. 바로 '고요함'입니다. 나무의 목소리를 '듣는 능력'이 곧 기술입니다. 홀 작업용 연장이 앞판에서 부지런히 대팻밥을 만들어 낼 때, 어느 순간 앞판에서 고유음이 들립니다. 줄로 가장자리를 둥글게 다듬다 보면 앞판에서 쉭쉭 하며 큰 소리가 나기 시작합니다. 조각칼로 베이스바 bass-bar: 앞판 내부의 G현 부분에 기다랗게 붙어있는 바를 만들 때도 나무는 자기 목소리를 냅니다. 이 밖에도 악기를 만드는 모든 과정에서 나무는 끊임없이 자신을 알립니다. 특히 베이스바를 만드는 동안 앞판이 내는 소리의 변화는 아주 뚜렷합니다. 악기가 요구하는 마지막 수준에 이를 때까지 음색은 계속해서 변하며 연장을 독려합니다.

대패 소리가 특히 잘 울리는 순간이 있습니다. 마치 나무를 군더더기로부터 해방하는 느낌이라고 할까요? 이런 순간에 나는 마음속 귀로 악기의 울림을 듣습니다. 분명 나무를 대패질하고 있지만, 쉭쉭 하는 이 소리는 단순한 대패질 소리가 아니라, 농축된 울림입니다. 그러나 이런 순간에도 도를 넘으면 안 됩니다. 여기서 너무 나가면, 울림은 힘을 잃어버려 마지막에 둔중하고 특징 없는 소리만 남습니다.

대패의 거친 울림 속에서 나뭇결과 수선髓線: 줄기의 중심부에서 주변을 향해 나오는 방사선상의 조직. 침엽수의 수선은 대개 맨눈으로 확인할 수 없을 정도로 작다을 느낄 때면 나무와 단둘이 대화를 나누는 기분이 듭니다. 완성된 바이올린은 바로 그 대답이 형태를 갖춘 것이지요. 쉭쉭거리는 소리는 자유롭고 힘차고, 색깔이 있어야 합니다. 나무와 연장의 울림을 듣지 못하는 사람은 자신이 무엇을 더 해야 하는지 알 수 없습니다.

내 작업장은 조용한 곳에 있습니다. 그런데 한동안 주변에서 벌어지는 운하 공사 때문에 시끄럽고 들썩거렸던 적이 있습니다. 몇 주 동안 공사 소음이 신경을 건드렸지요. 나는 일을 하기는 했지만, 작업이 제대로 되고 있는지 경청할 수가 없었습니다. 손끝에 눈과 귀가 있다면, 갑자기 그것들이 다 멀어 버린 것 같았습니다.

고요를 사랑해야 합니다. 그렇지 않으면 나무의 울림을 들을 수 없습니다. 해면처럼 고요를 흠뻑 빨아들이고, 작열하는 태양에 데워지는 바위처럼 고요를 취해야 합니다. 몇 년 전에 함께 일한 동료 한 사람은 내 작업장의 적막함을 견디기 어려워했습니다. 그녀는 적막을 피하려고 일하는 동안 이어폰을 귀에 꽂고 음악을 듣곤 했습니다. 이는 말도 안 되는 일입니다. 음악을 틀어 놓고 어떻게 나무의 쉭쉭거림과 연장의 울림을 듣는단 말입니까? 나는 그녀가 좋은 바이올린 제작자가 되려면 이런 습관을 고쳐야만 한다고 생각했습니다. 안 그러면 나무가 들려주는 이야기를 감지하는 법을 배우지 못할 테니까요. 나무의 이야기를 듣지 못하면 마무리 작업을 할 때 이미 충분하게 나아갔는지, 반대로 더 나아가야 하는지 어떻게 알 수 있을까요? 도면을 신뢰하는 것으로는 충분하지 않습니다. 도면은 평균치로부터 탄생한 것이며, 생명 없는 법칙입니다. 법칙은 나무의 생기를 빼앗고, 그저 평균적인 악기로 만듭니다. 나는 숨 막히게 까다로운 나무로 악기를 만듭니다. 그런 나무에는 저마다 다른 기준이 필요합니다.

: 나를 통하여 울리는 소리

'person 인격'이라는 말은 'per ~을 통하여'와 'sonum 음'이라는 단어로 이루어진 복합어입니다. 그러므로 어원에 따르면 person, 즉 '인격'이라는 말은 '통하여 울리다'라는 뜻입니다. 당신을 통해서는 어떤 소리가 납니까?

:

여러 해 전, 열두 살 소녀를 위한 바이올린을 만들어 달라는 의뢰를 받았습니다. 그 소녀의 부모는 딸의 바트미츠바bat mitzvah: 유대교에서 12~14세 된 소녀의 성인식 때 바이올린을 선물하고 싶다고 했지요. 그들은 시카고에서 나의 작업장을 찾아왔습니다. 우리는 울림에 관하여 의견을 나누었습니다. 대화 끝에 그들은 바이올린 내부에 붙이는 라벨에 '쉐마 이스라엘Shema Israel'을 헌사로 적어 달라고 부탁했습니다.

다른 바이올린 장인들처럼 나도 악기를 완성하고 나면 이름과 장소, 제작연도를 적은 라벨을 몸통의 안쪽에 붙입니다. 이 라벨에 나는 늘 성서의 한 구절을 헌사로 적습니다. 대개 그 악기를 제작하는 동안에 머릿속을 맴돌았던 말을, 그래서 일종의 내면의 울림으로 내가 그 악기에 주어서 떠나보내고 싶은 그런 구절을 선택합니다. 악기를 완성해서 울림을 들어보고 나서야 비로소 어떤 말을 적을지 결정할 때도 있지요. 그렇게 적어 준 헌사를 통해 놀라운 경험을 여러 번 했습니다. 그저 내 느낌대로 적어 준 말이 알고 보니 고객이 늘 마음에 담고 지내는 삶의 신조였던 적도 몇 번 있었고, 세월이 흐르면서 내가 적어 준 헌사가 고객에게 특별한 의미가 된 경우도 있었습니다.

하지만 이번에 적어 줄 구절은 내가 선택한 말이 아니라, 그 가족이 원하는 말이었습니다. 나는 확신이 서지 않았습니다. 그도 그럴 것이 쉐마 이스라엘은 성서에서 엄청나게 강력한 구절 중 하나이기 때문입니다. 〈신명기〉에 나오는 구절로, '들어라, 이스라엘아.'라는 뜻을 지닌 이 말은 유대교의 핵심이 되는 신앙 고백입니다. 유대교 신자들은 매일 아침에 기상한 뒤와 저녁에 잠자리에 들기 전, 이렇게 하루두 번씩 쉐마를 암송하며 기도를 드립니다. 적잖은 순교자들이 이 말을 읊조리면서 죽음의 길을 걸어갔습니다.

내가 주저하자 그 가족은 랍비와 상의했고, 랍비는 나에게 안심하고 그 구절을 써 주기 바란다는 뜻을 전해 왔습니다. 그리하여 나는 이 강력한 구절을 바이올린 안쪽에 적어 주었습니다. "들어라, 이스라엘아. 우리의 주 하느님은 유일하시다. 그러므로 너는 마음과 뜻과 정성을 다해서 너의 주 하느님을 사랑해야 한다."〈신명기〉6:4~5

이 구절은 다음과 같이 이어집니다.

"오늘 내가 명하는 이 말을 네 마음에 새겨 두어라. 이 말을 자녀에게 들려주어라. 길을 갈 때나 잠자리에 누워 있을 때, 일어날 때, 이 말을 읊조려라. 이 말을 네 손목에 표징으로 묶고, 이마에 표지로 붙여라. 네 집 문설주와 대문에도 적어 두어라."

어느 때에, 어딘가에, 우리 삶을 통해 울리는 심음이 있다면 바로 여기에 있을 것입니다. '당신은 하느님과 이 세상에 당신의 사랑을 어떻게 보여 주고자 합니까?' 이보다 거룩한 물음은 없을 테지요. 인간에게 주어진 최고의 계명이 '들어라'는 말로 시작하는 것은 우리가 진정 마음으로 듣는 사람이 될 때만 하느님의 말씀을 들을 수 있고, 그의 뜻을 이룰 수 있기 때문이 아닐까요. 당신은 이런 계명에 어떤 삶으로 응답하고 싶습니까? 당신을 통해 어떤 소리가 날까요?

:

바트미츠바에 맞추어 완성된 그 바이올린은 지금은 숙녀가 된 레아와 수년간 함께했고, 그녀 삶의 일부가 되었습니다. 몇 주 전, 그녀의 아버지가 소식을 전해 왔습니다. 레아가 곧 음대에 들어갈 예정이라고 하더군요. 그녀가 진로를 선택하는 데는 그다지 큰 결심이 필요 없었다고 합니다. 그저 "넌 바이올린을 연주할 수 있는데, 왜 굳이 다른 걸 고민하지?"라고 자문했을 따름이라는군요.

바이올린을 완성해 시카고로 떠나보낸 직후에도 레아의 아버지에게서 편지가 왔었습니다.

"쉐마 바이올린이 자꾸 나를 유혹하네요. 나의 불쌍한 가브리엘리⋯⋯. 새로운 바이올린으로 모든 걸 할 수 있어요. 헨리크 셰링이 바흐를 연주할 때, D현에서 때때로 높은 자리를 짚은 이유를 이제 알 것 같아요. 가브리엘리는 그 부분에서 울림이 없거든요. 당신이 만든 바이올린은 그 부분에서 거대한 음이 펼쳐져요. 음악적으로 의도하는 모든 것을 곧장 울림으로 바꾸어요. 그러면서 개성도 아주 뚜렷하군요. 단순히 바이올린을 켠다기보다는, 이 바이올린과 함께 연주하게 된다고 할까요? 게다가 이 얼얼한 음이라니! 하이페츠나 칼라스처럼요! 아, 정말 레아가 부러워요. 이 바이올린을 갖게 된 뒤로 레아는 전보다 훨씬 빠른 속도로, 더 잘 배우고 있어요. 슐레스케 씨, 당신 말이 백번 맞습니다. 바이올린이 가르쳐 주네요. 음을 내는 건 말할 것도 없고, 무한한 배음倍音으로 레아는 정말로 탁월하게 연주하고 있어요."

이런 소식 다음에는 반가운 걱정거리가 따라왔습니다. 레아의 아버지는 변호사였는데, 상당한 수준의 바이올리니스트이기도 했지요. 그는 오래된 이탈리아제 바이올린 '가브리엘리'를 가지고 있었습니다. 하지만 어느 순간부터 호시탐탐 딸의 악기를 들고 연주하려고 하는 바람에 결국, 레아가 아빠를 설득해 새로운 바이올린을 의뢰해 왔습니다. 레아는 자기 악기를 독차지하고 싶었던 것이지요. 레아의 아버지는 자신이 원하는 울림과 저항, 개성, 조음, 음색 등을 상세히 적어 바이올린 제작을 의뢰했습니다. 특히 그는 소리가 크게 나기보다는 음색이 다채로웠으면 좋겠다고 했습니다. 그러나 이 모든 설명 끝에 이렇게 적었습니다. "바이올린을 연주하는 행위가 곧 기도가 되는, 연주하며 기도할 수 있는 그런 바이올린을 만들어 주십시오."

그 뒤, 내 작업장에서 새로 탄생한 바이올린 가운데 레아의 아버지에게 적합하다 싶은 것이 마음에 짚이기까지 2년여의 세월이 걸렸습니다. 그는 다시 한번 아내와 함께 나의 작업장을 찾아왔지요. 그에게 건넨 악기는 레아의 악기보다 힘은 약간 덜했습니다. 그 대신에 굉장히 감각적인 음을 냈지요.

몇 주 뒤에 다시금 편지가 도착했습니다. 그런 편지를 열어 볼 때면 늘 양가감정이 느껴집니다. 무슨 내용이 기다리고 있을지 모르니까요. 기쁜 소식일지, 뜨악한 느낌이 드는 내용일지, 감사일지, 낙심일지……. 그는 다음과 같이 적어 보냈습니다.

"대단한 바이올린이군요. 이런 바이올린으로 연주할 수 있다는 건 정말로 특권이 아닐 수 없습니다. 바이올린을 놓을 수가 없어요. 중독성이 있어요. 물론, 좋은 의미로요. 매일 새로운 차원이 드러납니다. 전에는 악기가 나의 일부라고, 내 몸, 내 목소리의 일부라고 느껴 본 적이 없었어요. 복합적이면서도 아주 고요하고, 맑네요. 우리 부부가 선생님 작업장에서 느꼈던 평화로움이 그대로 전달되는 듯합니다. 연주할 때마다 마음이 평온해져요. 바이올린과 내가 앞으로 어떻게 성장해 갈지 흥미로워요."

편지를 읽으며 마음이 얼마나 가벼워졌는지 모릅니다. 앞서 말했듯이 악기를 만들다 보면 정반대의 일도 생기게 마련이니까요. 감사와 안식의 순간에 마음은 한숨 돌립니다.

:

하지만 늘 좋은 일만 있지는 않습니다. 실망스러운 경험은 오랜 시간 나를 붙들고 놓아주지 않습니다.

몇 년 전에 젊은 바이올린 전공자가 부모와 함께 나를 찾아왔습니다. 곧 음대에 들어갈 예정이었지요. 그녀는 내 바이올린 중 하나를 며칠간 가져가서 테스트해 보았습니다. 그 악기는 막 완성된 것이었는데, 어쩌면 나와 너무 섣불리 이별했는지도 모르겠습니다. 그 학생도 뭔가 반신반의하는 느낌이었습니다. 그런데도 그녀는 2주 뒤에 그 바이올린을 사겠다고 했습니다.

그러고 나서 1년 정도 흘렀을까, 어느 날 그녀의 어머니에게서 다시금 연락이 왔습니다. 그러고는 모녀가 함께 작업실에 왔는데, 학생은 내게 인사도 하는 둥 마는 둥 했습니다. 기분이 상당히 안 좋아 보였습니다. 형식적이고 냉랭한 인사가 몇 마디 오간 뒤에 어머니가 말했습니다. "이 바이올린, 도로 가져가세요! 이것 때문에 우리 딸의 커리어가 엉망이 됐다고요!"

〈기도하는 여인〉, 12.5×19.2cm, 2012

그녀는 딸이 그동안 참여한 콘서트에서 전혀 성과를 거두지 못했는데, 전적으로 바이올린 탓이라고 했습니다. 그리고 바이올린이 어떻게 안 좋은지 혹평을 했지요. 그 학생은 대학생이 되자마자 자존심이 깎이는 경험들을 한 것이 분명했습니다. 어려서부터 신동 소리를 듣고 칭찬받기를 당연하게 여기며 자란 탓에 같이 공부하는 학생들도 모두 그렇게 신동 소리를 들었으며, 저마다 솔리스트의 꿈을 이루고자 매진하고 있다는 통찰을 하기가 어려웠던 것 같습니다.

나는 바이올린을 당장 돌려받는 대신, 하루 동안 작업장에 가지고 있으면서 그 악기의 공명에 몰두해 보았습니다. 울림이 서러브레드 thoroughbred 품종의 말처럼 뜨거운 피를 가지고 있었지요. 가히 존경할 만했습니다. 말을 다룰 때, 그의 강한 기질을 존중하면 말은 그 기질을 기수를 위해 펼칩니다. 악기도 마찬가지입니다. 악기의 기질을 존중하지 않으면 울림이 막히거나 달아나 버립니다. 그 사실을 잘 알지만, 나는 바이올린의 사나운 성질을 조금 가라앉혔습니다. 악기가 좀 더 나긋나긋하고 유화적인 성질을 지니도록 앞판의 가슴 부분에 약간 변화를 주었습니다. 이는 악기의 힘을 조금 앗아 버리는 일입니다. 연주자가 무엇을 줄 수 있고, 무엇을 견딜 수 있는지는 기질과 성격의 문제입니다.

이 만남에서 받은 아픔을 회복하기까지 약간의 시간이 걸렸습니다. 모든 연주자는 악기를 상대로 투쟁할지 봉사할지 결단해야 합니다. 마음의 소리가 악기의 울림을 통해 드러납니다. 그 소리는 사랑하는 마음의 소리일 수도 있고 축복하는 마음, 자아도취적인 마음, 함께

춤추는 마음, 상투적이거나 케케묵은 마음의 소리, 영적으로 깨어 있는 마음의 소리일 수도 있습니다.

: 공명이 강한 악기

울림이 강한 악기를 연주할 때는 어쩔 수 없이 공명에너지와 씨름해야 합니다. 공명은 아름다움을 선사하는 동시에 고난을 주지요. 이 힘겨루기는 물리적으로 피할 수 없습니다. 현이 균일하게 진동하는 것을 공명이 방해하기 때문입니다. 그래서 진동을 통제하기가 힘들어집니다. 동시에 공명은 악기가 빚어내는 모든 아름다움의 원인이기도 합니다. 음악가는 악기와 하나 되어 공명과 계속해서 의사소통을 합니다. 이는 좋은 바이올린이 가진 뛰어난 재능이자 힘입니다. 하지만 악기의 재능은 연주자의 과제가 되는 법. 재능이 뛰어난 악기일수록 연주할 때 힘을 적절히 제어하기가 어렵습니다.

　좋은 악기에는 카리스마가 있습니다. 연주자에게 자신을 내주지만, 굴복하지는 않습니다. 공명이 강할수록 악기를 길들이기는 힘들지만, 펼쳐지는 울림에는 기품이 있습니다. 연주자가 악기의 힘과 강한 기질을 다룰 줄 알 때, 울림의 불꽃놀이가 시작됩니다. 용기 있는 음악가들은 악기의 공명과 상호작용하는 고유한 경험을 무척 사랑합니다. 그런 경험을 통해 음악가들은 악기의 개성, 생동감, 힘, 저항, 고집, 조음 가능성 및 숭고함과 만납니다.

반대로 공명이 약한 악기는 그저 복종만 합니다. 활에 저항하지 않습니다. 말을 잘 들으니 연주하기가 쉽습니다. 그런 악기에서 나오는 소리는 무언가 잘못될 위험이 없습니다. 하지만 그 단조롭고 무해한 소리는 식상하고 형편없는 울림에 불과합니다. 길들일 필요가 없는 악기를 연주하는 것은 시간 낭비일 뿐입니다. 힘들여 제어할 것은 없지만, 그만큼 보상도 적습니다. 그 안에는 생명이 없습니다.

:

모든 음악가에게 꼭 맞는 바이올린을 만들어 주는 것은 불가능합니다. 울림이 강한 내 바이올린을 시험 삼아 연주해 보겠다며 가지고 간 한 바이올리니스트가 몇 주 만에 도로 작업장으로 찾아왔습니다. "이 바이올린은 나한테는 별로예요."라고 말하며 악기를 돌려주었습니다. 이틀 뒤에 막 음대를 졸업한 바이올리니스트가 또 다른 악기를 가져왔습니다. 그녀 역시 그 바이올린을 사지 않기로 했다며, "난 이 바이올린이 무서워요."라고 말했습니다.

나는 상당히 혼란스러워서 한 친구에게 그 이야기를 했습니다. 오랜 세월 솔리스트로서 힘들지만 충만한 길을 걸어온 친구였지요. 그는 두 바이올린을 연주해 보더니 한마디로 명쾌하게 결론을 지어 주었습니다. 내 바이올린은 솔리스트에게 잘 맞는다고 하더군요. 그 바이올린들은 겁이 날 정도로 에너지를 잡아먹지만, 이는 곧 울림으로 변화시킬 수 있는 카리스마를 지녔다는 뜻이라고 했습니다. 자기의 스트라디바리우스도 모두가 다 연주하기 좋다고 말하지는 않는다며,

그런 까다로운 바이올린은 아무 생각 없이, 혹은 우물쭈물하며 대충 연주할 수 있는 악기가 아니라고 덧붙였습니다.

나는 까다로운 음악가와 강한 악기의 관계를 하느님과 인간의 관계에 비유하고 싶습니다. 그냥 굴종하는 믿음은 하느님도 반기지 않을 것입니다. 탐구하지도 묻지도 않고 안주하는 믿음은 공명이 약합니다. 그런 믿음으로는 하느님을 사랑할 수 없습니다. 사랑으로 인해 고통받을 준비가 되어 있지 않기 때문입니다. 그런 믿음은 힘도 없고 아름답지도 않습니다. 신앙은 인간의 일방적인 굴종이 아니라, 하느님과의 상호작용입니다. 거룩한 카리스마적 상호작용입니다. 성서에도 "나는 너희의 기도를 들었고, 너희 눈물을 보았다."라고 기록되어 있지 않던가요.

: 쉽게 만족할 수 없는 일

완벽한 울림을 찾기 위해 음악가와 함께 일할 때면, 악기 제작자든 음악가든 그 누구도 일찌감치 만족하지 않습니다. 더 나은 소리가 날 때까지 몇 번이고 같은 일을 반복할 때도 있지만, 기꺼이 그 과정을 받아들입니다. 그럴 때 우리는 모두가 만족하는 최상의 울림에 도달할 수 있습니다.

그런데 시종일관 편하게 살려고만 하는, 그래서 자신의 가능성을 도무지 최대한 발휘하려 하지 않고 그저 자기 몸을 아끼고 조금이라도 더 자기 시간을 확보하려고만 하는 사람들이 있습니다. 그런 사람들은 종종 '완벽주의는 독이니 경계하라'고 내게 충고합니다. 하지만 나는 그런 사람들의 충고는 거부합니다. 그저 '편안하기' 위해 불완전한 상태를 변호하는 것은 그다지 바람직하지 못한 평온입니다.

편안함의 많은 부분이 태만과 게으름으로 이루어지지요. 그들은 입버릇처럼 '편하게 지내라'고 조언하지만, 나는 차라리 내 마음을 더 몰아붙이는 쪽을 택하겠습니다. "너 자신을 내주어라. 네가 원하는 것을 반드시 이루어야 한다는 강박에 얽매이지 말아라. 너는 좌절할 권리가 있다. 그러나 최선을 다해라. 너무 쉽게 만족하지 말아라." 이렇게 스스로를 타이르겠습니다.

:

인간은 편안함을 통해 인생길을 그르칠 수 있습니다. 나는 열정적인 삶이 성공적인 삶이라고 생각합니다. 'passion'이라는 단어에는 '정열'과 '수난'이라는 두 가지 뜻이 있습니다. 얼마 전에 나는 철학자 로페르의 편지를 받았습니다. 로페르는 자신이 한스 페터 뒤르의 말년에 함께했다고 이야기하면서 다음과 같이 써 보냈습니다.

"우리는 인생길의 일부를 함께 걸었습니다. 우리는 '코무니오communio: 교제, 사귐의 길path'에 들어섰지요. 뒤르는 전에 다른 친구와의 대화에서 이 말을 사용했는데, 나는 이후 '길'이라는 말이 무슨 뜻인지 깨달았습니다. 길, 즉 'path'라는 단어는 그리스어의 'pathos'로부터 왔습니다. 그것은 수난이자 열정을 의미합니다."[7]

나는 이 말에 동의합니다. 약속된 것을 위해 어느 정도 고난을 겪을 마음이 없고서는, 진정 자신의 인생길을 걸을 수 없습니다. 나는 열정이자 정열을 그렇게 이해합니다. 마음과 뜻과 힘을 다해 살아가는 것이 중요하다면, 나는 지치고 낙심하는 일도 기꺼이 감수하고 싶습니다. 적당주의에 안주해 산다면 낙심에 빠질 일은 없겠지만, 그런 삶에는 기쁨과 행복도 없을 테니까요.

행복과 낙담의 경계는 아주 가깝습니다. 자신이 할 수 있는 한계 가까이까지 나아가는 사람, 바로 그 자리에서 자신의 불완전함과 화해할 준비가 되어 있는 사람의 경험과 충고는 내게 깊은 인상을 줍니다. 최선을 다해서 경계 가까이 나아가고, 그 상태에서 불완전함을 받아들이는 것이 바로 헌신의 기술입니다. 이런 것이 자만이라면 나는 기꺼이 자만하겠습니다. 강하고 진실한 사람들의 예를 통해 자만이라는 말에서 좋지 않은 뜻을 좀 몰아내고 싶습니다.

반대로 겸손함이 비겁함과 게으름을 가리는 수단이 될 수도 있습니다. 겸손함을 앞세워 재능으로 받은 것을 파묻는다면 겸손은 죄가 됩니다. 진정한 겸손은 '감사하며 재능을 펼치는 것'이지, '자신을 작게 만드는 것'이 아닙니다. 물론, 겸손은 거룩한 인간의 본질적인 특징이지만, 이는 자기 자신을 보잘것없는 인물로 만든다는 의미가 아닙니다. 오히려 겸손은 진정 사랑할 줄 아는 사람의 본질이며, 따라서 진정한 영성의 본질입니다.

사랑은 상대의 아름다움을 보고, 묻혀 있는 아름다움을 드러냅니다. 겸손한 사람은 상대의 가치를 드러냅니다. 겸손한 사람으로 부름

받았다는 것은 다른 이의 아름다움과 가치를 발견하게 해 주는 산파가 된다는 뜻입니다.

:

내 주변에는 울림이 좋은 바이올린을 제작하는 동료들이 있습니다. 그런 사람들은 내게 자극이 되기도 하고, 때로는 나를 겁먹게 하기도 합니다. 늘 내게 영감을 주지요. 그러나 그런 사람들보다는 그저 적당히만 하는 사람이 더 많습니다. 자신을 기꺼이 내주려는 마음이 있어야만, 그런 적당주의의 물결을 뛰어넘을 수 있습니다.

나는 작업대에서 일하고, 추구하고, 애쓰고, 물음을 던지는 일에 내 생명을 내줍니다. 여가를 희생하며 힘들게 일하고 난 다음에 요통으로 고생하기도 합니다. 끊임없이 아름다움을 궁구하고, 구조와 공명으로 실험을 하지요. 나는 내가 도달할 수 있는 울림에 내 생명을 겁니다. 이런 희생에는 힘이 있습니다. 내가 무엇을 위해 힘을 다하는지 알고 있기 때문입니다. 하지만 그러려면 편안한 삶만을 추구하고 싶은 환상과 결별해야 합니다.

나는 '지칠 줄 모른다'는 말이 싫습니다. 소명의 삶을 산다고 해도 지치기 때문입니다. 하지만 우리는 지쳐도 포기하지 않겠다고 결단할 수 있습니다. 어떤 길을 간다는 것은 실망을 통과하는 일이며, 그 일을 스무 번쯤 실패했다 해도 계속하는 것을 의미합니다. 그럴 때 나는 절대 아무렇지 않은 듯 홀가분하지 않습니다. 굉장히 낙담하지요. 그럼에도 나는 섣불리 포기하지 않을 것입니다. 실망을 회피하면 성장할 수 없습니다. 고통 없는 삶은 진부함을 넘어서지 못합니다. 그러므로 소명의 길을 가는 사람은 좌절을 받아들여야 합니다. 좌절은 배움과 훈련에 필수적으로 따르는 현상임을 이해해야 합니다. 좌절은 아프지만 복이 되어 우리가 가는 길에 동행합니다.

:

어느 날, 바이올리니스트 율리아가 오래된 이탈리아제 악기를 가지고 작업장에 왔습니다. 훌륭한 악기인데 브리지 때문에 기술적인 문제가 약간 생긴 상태였습니다. 안토니오 스트라디바리와 동시대의 거장인 지오반니 바티스타 과다니니가 만든 그 바이올린은 보기 드물게 강한 악기였습니다. 몸통의 공명과 고음부의 화려함이 내가 지난 몇십 년간 연구해 온 최상의 바이올린들과 겨루어도 손색없었습니다.

　율리아는 드보르자크 바이올린 협주곡의 몇몇 패시지passage: 중요한 멜로디 라인을 연결하는 경과구를 연주했는데, 연주는 정말로 주체적이고, 힘 있고, 기품 있었습니다. 탄탄한 근육과 윤기 흐르는 검은 가죽을 지닌 야생 재규어가 쉭쉭거리며 작업실을 통과하는 모습을 보는 듯했습니다. 그녀는 그 순간에 동물 사육사가 된 듯했습니다. 그런 악기를 연주하려면 악기 몸통에서 나오는 강한 공명 때문에 음 하나하나에 상당한 에너지를 들여야만 합니다. 이 같은 악기는 생각 없이 연주할 수 없습니다. 아주 섬세한 비브라토vibrato: 음을 상하로 가늘게 떨어 아름답게 울리게 하는 기법에서도 배음들이 색깔을 확실히 드러내기 때문에 현을 누르는 왼손으로 무엇을 해도 되고, 무엇을 하면 안 되는지를 정확히 알아야 합니다. 그것은 음의 밀도와 손의 힘에 완전히 도취해야만 알 수 있습니다.

　새로 제작한 바이올린에 현을 끼우고 나서 첫 음을 연주할 때, 나는 그 소리에서 맹숭맹숭한 느낌을 받기보다는 기왕이면 놀라는 편을 더 좋아합니다. 내가 만든 바이올린이 집고양이 같은 악기가 아니라 야생 재규어 같은 악기이기를 바랍니다. 처음에 좀 지나치다 싶은 느낌이 나중에 약속된 잠재력을 보여줍니다. 그런 소리는 대부분 아직 다듬어지지 않아서 나는 것입니다. 그러면 이제부터 쉽게 만족할 수 없는 작업이 시작됩니다. 조율에 들어가는 것이지요. 나는 대개 아무런 방해거리도 없고 작업을 중단할 필요도 없는 밤에 조율 작업을 시작합니다. 밤이 되면 내 몸도 꽤 지쳐서 딱 한 가지 일에만 집중할 정도의 체력만 남아 있지요. 그러면 모든 감각과 생각의 결이 울림을 적절히 조절하는 데만 집중됩니다.

　그런데 갖은 노력에도 불구하고 악기가 더 개선될 여지를 주지 않고 계속 단조로운 소리만 내는 경우가 있습니다. 그럴 때면 나는 장작을 패거나, 칠감_{塗料}을 끓이거나, 산책하러 나갑니다. 이런 악기는 그저 적당히 살고 안주하는 삶을 연상시킵니다. 바이올린이 연주자의 에너지를 전혀 받아들이지 않아서 아무런 표정도 보여 주지 않는 것보다 더 나쁜 상태는 없습니다. 고유의 생명이 없는 악기는 그저 맹숭맹숭하게 울리고, 굴종할 뿐입니다. 미지근한 믿음과 맹숭맹숭한 악기는 겁이 많고 기대하는 바가 없다는 면에서 서로 비슷합니다.

: 노래하는 마음

악기를 제작하거나 조율할 때, 그 일을 의뢰한 사람의 연주를 듣고 느껴 보는 것은 참으로 중요합니다. 연주자들이 악기를 손보기 위해 내 작업장에 오면 나는 이야기를 길게 나누는 대신 그들에게 악기를 연주해 보라고 부탁합니다. 무엇을 연주하면 좋겠냐고 물으면 나는 세 가지 연주를 요청합니다.

첫째, 당신이 여기 온 이유를 알려줄 수 있는 연주. 즉, 무엇이 문제입니까? 둘째, 당신이 왜 그 악기를 좋아하는지를 내가 알아차릴 수 있는 연주. 즉, 내가 그 악기에서 절대로 앗아 버려서는 안 되는 것이 무엇입니까? 셋째, 활로 조작하지 않는 선에서, 비브라토 없이 음계를 연주하기. 다시 말해, 악상 표현과 무관하게 악기의 공명 특성을 알 수 있는 연주를 들려주세요.

여기서, 두 번째 연주가 가장 중요합니다. 선곡만 보아도, 그 음악가가 특히 좋아하는 것이 무엇인지, 그의 내면에서 무엇이 살아 움직이는지 알 수 있기 때문입니다. 많은 연주자가 곧장 G현의 고음부로 빠져들어, 시벨리우스나 세자르 프랑크의 소나타 중 일부를 들려주고는 합니다. 그들이 브리지 근처에서 공명을 최대로 끌어내는 것을 보면 조율할 때 절대로 악기에서 힘을 앗아버리면 안 된다는 사실이 분명해집니다.

어떤 음악가들은 E현의 달콤함과 섬세함을 통해 부드러움을 최대한으로 끌어냅니다. 이런 연주는 악기가 음색의 다채로움과 조음 가능성을 절대로 잃어서는 안 된다는 것을 말해 주지요. 어떤 경우에도 일차원적이고 진부하고 뻔한 방향으로 조율해서는 안 됩니다.

또 어떤 음악가들은 모차르트 바이올린 협주곡의 전반부를 연주하는데, 음들이 진주처럼 알알이 공간에 부어집니다. 그런 연주자들이 사랑하는 것은 꾸밈없는 순수한 표현과 직접성, 경쾌함임을 알 수 있습니다.

:

오래전에 친분을 맺은 한 첼리스트는 거장 니콜로 아마티의 첼로를 사용하고 있었습니다. 그는 자신이 무엇을 중요하게 생각하는지 보여 주고자 첼로를 옆으로 치워놓고 자신이 추구하는 음을 노래하기 시작했습니다. 자신의 악기에서 발견한 아름다움과 추함을 목소리로 보여 준 셈이지요. 단순히 나쁜 것을 제거해야 한다고 말하는 대신, 그는 그렇게 기쁨을 주는 음과 손을 볼 필요가 있는 음을 목소리를 통해 보여 주었습니다.

장자의 비유에 이런 구절이 있습니다. "완벽한 음악은 먼저 인간의 규칙에 따라 만들어지고, 다음으로 하늘의 가르침을 따른다. 다섯 가지 덕과 조화를 이룬 다음, 저절로 되는 상태로 넘어간다."[8] 저절로 되는 것, 또는 도가道家에서 이야기하는 신성한 무위無爲는 모든 것이 자연스럽게 이루어지는 상태를 말합니다. 그렇다고 해서 인내와 훈련을 통해 악기를 배우는 과정이 필요 없다는 뜻이 아닙니다. 이 말은 외적으로 혹은 기술적으로 '인간이 정한 규칙을 좇아' 실력을 쌓고, 내적으로 혹은 영적으로 '하늘의 가르침'을 신뢰하는 가운데, 악기와 하나가 되어 '연주되는' 경지를 뜻합니다. 사랑을 통한 자기 망각, 악기와 하나 되어 마음의 날개를 펴고 그 날개 위에 실려 가는 것이지요.

그날 첼리스트의 노래가 인상적이었던 까닭은 그가 노래를 잘해서가 아니라, 직접적이고 진지했기 때문입니다. 의식적으로 깊이, 울림 있는 삶을 살아가는 인간의 노래였기 때문입니다. 그는 자기 목소리의 모든 요소를 동원해 자신이 추구하는 것을 나에게 보여 주었습니다. 사랑하며 살아가는 영혼은 좋은 울림으로 자신을 드러냅니다.

:

2년 전부터 내가 만든 바이올린으로 연주하고 있는 한 바이올리니스트는 다음과 같은 메시지를 보내 왔습니다. "몇몇 음악가들이 그러더군요. 당신의 바이올린으로 자신들의 목소리를 발견했다고요. 당신의 바이올린은 나에게도 목소리를 주었습니다. 그뿐 아니라, 하느님의 음성을 들을 수 있게 해 줘요. 아마도 그 둘은 같은 것일 테지요." 그렇습니다. 정말로 같은 것입니다. 그녀가 경험한 것은 사랑의 합일이니까요.

바이올린을 만드는 과정에서 가장 멋진 경험은 한 인간의 울림을 느끼는 것입니다. 내 손을 떠나간 바이올린의 목소리는 한 영혼의 노래가 될 것입니다.

악기의 울림에 집중하다 보면, 음들이 마음눈 앞에서 특정한 색깔과 형태를 입을 때가 있습니다. 때로는 음을 통해 어떤 일화가 연상되는 등 '내적인 영상'이 생겨납니다. 그처럼 놀라운 음색에 잠기려면 피상적으로 들어서는 안 됩니다. 훈련과 집중이 필요한 일이지요. 음악을 들을 때 내 머리는 거대한 두 귀로만 이루어져 있습니다. 양쪽 귀 사이에 있는 다른 모든 것은 사라집니다. 음악의 울림에 젖어 있는 동안 과거의 일, 꿈, 잡념, 사소한 걱정거리 등이 머릿속에서 사라지지 않는다면, 듣는 행위의 진정한 의미를 모르는 것입니다. 듣는 행위는 사랑입니다. 말하는 행위와 달리, 듣는 것은 자신으로부터 돌아서는 행위입니다. 앞서 이야기했듯 쉐마 이스라엘이 토라tôrāh: 유대교에서 '율법'을 이르는 말의 최고 계명으로서, '들어라'는 말로 시작하는 까닭도 그 때문일 것입니다.

:

악기 제작자는 악기가 탄생할 수 있도록 돕는 사람입니다. 이 일에는 생각보다 훨씬 많은 의미가 깃들어 있습니다. 악기는 한 인간이 마음을 쏟아부을 그릇으로, 하늘의 손이 빚은 것입니다. 그렇기에 악기를 만드는 일에는 치유의 힘이 있습니다.

바이올린 마이스터로서 최근 몇 년간 음악가들과 만난 경험 중 가장 아름다운 만남으로 꼽고 싶은 일화가 있습니다. 스위스 출신의 요제핀은 작고 귀여운 용모를 지닌 젊고 섬세한 바이올리니스트입니다. 그녀를 처음 만난 것은 요제핀이 열세 살 때 부모님과 함께 나의 작업장을 찾아왔을 때였습니다. 이제 작은 악기들을 뒤로하고, 온전한 4/4 사이즈 악기를 사용할 나이가 되었기에, 부모님은 나의 작업장에서 딸의 바이올린을 하나 마련해 주고자 했지요. 이후 요제핀은 바이올린을 전공했고, 훌륭한 스승들에게 훈련을 받았습니다. 그렇게 요제핀이 자라는 모습을 지켜보며 나는 그녀의 자신감 넘치고 진솔한 음에 경탄했습니다. 그녀가 내는 소리는 제어되지 않은 강한 힘과 농밀함을 발산했습니다.

어느 해, 드레스덴에서 열린 음악 캠프가 기억납니다. 오랜만에 요제핀의 힘을 느낀 시간이었지요. 그날 나는 새로 만든 바이올린을 가지고 갔는데, 캠프를 마친 뒤 요제핀이 그것을 한번 연주해보고 싶어 했습니다. 마침 한 오르가니스트가 자신의 연습실로 활용하고 있는 큰 교회로 몇몇 음악가들과 우리를 데려갔고, 요제핀은 그곳에서 새 바이올린을 시험해 보았습니다.

네 현 위의 첫 화음과 함께 커다란 울림이 시작되자, 오르가니스트가 오르간이 놓인 단상으로 풀쩍 뛰어올라 그녀와 함께 즉흥연주를 하기 시작했습니다. 요제핀은 앞쪽 성가대석에 있었고, 오르가니스트는 그녀와 족히 40미터는 떨어진 파이프오르간 단상에 있었습니다. 얼마나 멋진 시합이었는지 모릅니다! 요제핀은 오르간에 굴하지 않고 곧추서서 한 음 한 음 매력적인 멜로디로 맞섰습니다. 아무도 상대가 무엇을 연주할지 미리 알지 못했습니다. 모든 것이 순간적으로 이루어졌고, 즉흥연주가 예배당 안에 울려 퍼졌습니다. 예배당이 하나의 공명체가 된 것처럼, 정말 형언할 수 없는 울림이 공간을 가득 채웠습니다. 중간에 오르가니스트가 "뭐야, 바이올린 맞아?"라고 외치며, 음전音栓: 오르간에서 바람이 들어가는 각종 음관의 입구를 여닫는 장치. 음색

또는 음넓이를 바꾸는 구실을 한다을 모두 동원했습니다. 그래도 요제핀은 굴하지 않았습니다.

커다란 울림과 그에 필적하는 강력한 오르간의 시합을 보는 것은 정말이지 즐거운 일이었습니다. 마지막에는 모두가 할 말을 잊었습니다. 그런 긴장감 넘치는 즉흥연주는 처음이었습니다. 두 악기와 두 마음이 서로 하나가 되어 어우러진 만남이었습니다. 나는 그때 이 가냘프고도 강한 바이올리니스트에게는 정말로 강한 바이올린이 필요하다는 사실을 깨달았습니다.

:

하지만 요제핀은 여전히 청소년 시절에 쓰던 악기로 연주를 했습니다. 그 악기는 이미 요제핀의 힘에 더는 부응해 주지 못하고 있었습니다. 결국, 대학을 졸업할 무렵 그녀는 내게 악기를 의뢰했지요. 나는 그녀에게 걸맞은 악기를 만들고자 최선을 다했습니다. 하지만 딱 이것이구나 싶은 바이올린이 나타나기까지는 무려 2년이 걸렸습니다. 그 바이올린은 요제핀의 품위, 진지함, 힘, 신앙, 사랑에 부응할 것 같았습니다. 몸통의 공명이 워낙 강해서 연주자가 활로 도전하면 강한 저항으로 맞서는, 그런 악기였습니다. 도전과 저항의 신비를 허락할 뿐 아니라 그것을 추구하는, 그런 바이올린이었습니다.

마침내 우리는 약속을 잡았습니다. 나는 늘 그랬듯 상당히 설렜습니다. 요제핀이 도착했고, 바이올린을 시험해 보았습니다. 나는 소스라치게 놀랐습니다. 그녀에게서 그런 소심한 연주는 처음 보았기 때문입니다. 소심하고 불안했고, 음이 기어들어 갔습니다. 여러 군데서 깨끗하지 못했습니다. 그녀는 음에 몰입하지 못했고, 피상적이며 불안한 연주를 선보였습니다. 작업장에 도착해서 인사할 때부터 상당히 의기소침해 보였는데, 연주할 때는 더욱 그렇게 보였습니다. 악기가 그녀에게 너무 낯설고 강한 듯했습니다. 요제핀은 스트레스를 많이 받는 듯했고, 악기를 연주하는 것 자체가 그녀를 풀 죽게 하는 것 같았습니다.

우울한 드라마가 족히 한 시간 동안 계속된 뒤, 우리는 점심을 먹으러 갔습니다. 요제핀에게 그동안 무슨 일이 있었는지 듣고 싶었지요. 식사하러 가기 전에 나는 그녀를 힘들게 하는 E현을 약간 조절한 다음 악기를 옆으로 치워 놓았습니다. 그녀는 지난 몇 달간 무슨 일이 있었는지 들려주었습니다. 많은 굴욕을 경험했고 낙심했고 충격을 받았다고 했습니다. 다른 사람들 같으면 몹시 분통을 터뜨렸을 텐데, 그녀는 조용했습니다. 하지만 기가 꺾여 있었습니다.

우리는 식사를 마치고 다시 작업장으로 왔습니다. 이제 잃을 것이 없었습니다. 그녀는 지난 몇 달간 참담한 경험을 했고, 자신을 새롭게 발견해 나가려면 시간이 필요할 것 같았습니다. 지금 상태에서는 이 악기가 그녀에게 맞지 않은 것이 분명했습니다.

요제핀은 이 까다로운 악기를 말없이 집어 들더니, 첫 소절을 연주하며, 숭고함이 느껴지는 자세로 곧추섰습니다. 차이콥스키 바이올린 협주곡의 시작 부분이었습니다. 그 순간 그녀는 악기의 강함에 맞서려는 듯 보였습니다. 음이 빛을 발하며 타오르기 시작했습니다. 전체적인 장면에서 놀라운 긍지가 느껴졌습니다. 요제핀이 날개를 펴고, 자신이 진정 누구인지를 보여 주려는 것 같았습니다. 작은 체구를 가진 야심 찬 영혼이 추구하는 울림이 정말 아름답다는 생각이 들었습니다!

그녀는 빛났고, 행복해했습니다. 우리는 이 카리스마 넘치는 대결 뒤에 고요를 만끽했습니다. 위대한 바이올리니스트와 그에 필적하는 악기! 이런 강력한 악기를 제작하는 것은 내게도 드문 일이었고, 악기는 그녀에게 잘 어울렸습니다.

:

그런데 잠시 뒤에 또 혼란스러운 일이 있었습니다. 나는 비슷한 시기에 바이올린을 하나 더 완성했는데, 그 바이올린도 한번 테스트해 보라고 그녀에게 주었습니다. 역시나 공명이 강한 바이올린이었지요. 그러나 좀 더 나긋나긋했습니다. 이 바이올린을 몇 분간 연주하던 요제핀이 연주를 중단하고 말했습니다. "이건 연주하기가 훨씬 쉽네요!" 그녀는 자못 혼란스러워했습니다. 그녀를 이런 상황으로 몰아넣은 것이 약간 후회되었습니다. 나는 그녀에게 다시 한번 들어 볼 테니 두 악기를 차례로 연주해 보라고 부탁했습니다.

요제핀이 두 대의 바이올린을 차례로 연주하자 내 마음눈 앞에 두 개의 영상이 떠올랐습니다. 요제핀이 저항이 덜한 바이올린을 연주하는 동안 내 마음속에서 탄생한 이미지는 말할 수 없이 진부한 것이었습니다. 하지만 그녀가 다시금 첫 번째 악기를 연주했을 때, 나는 영원히 잊을 수 없는 장면을 보았습니다. 그녀가 바이올린을 연주하자, 날개 달린 새하얀 유니콘이 조심스레 다가오더니 요제핀을 등에 태우고, 함께 커다란 날개를 치며 공중으로 올라갔습니다. 그녀가 들려주는 울림에서 그런 이미지가 떠올랐고, 거룩함과 순수함이 느껴졌습니다.

나의 결정은 분명했습니다. 요제핀도 차이를 느꼈습니다. 생각과 이성으로 해결되지 않고, 상황이 이해되지 않을 때, 때로는 마음눈이 이성에게는 허락되지 않는 방식으로 우리를 인도합니다. 이미지는 마음의 언어입니다. 관찰과 경청은 같은 것입니다.

요제핀은 저항이 큰 바이올린을 선택했습니다. 그 바이올린이 그녀에게 더 많은 힘을 요구하리라는 것을 알면서도 말입니다. 며칠 뒤, 그녀에게서 편지가 왔습니다.

"두 대의 바이올린을 연주하게 해 주시고, 시간도 많이 내주셔서 정말 고맙습니다. 다시 한번 진심으로 감사드려요. 그 시간을 통해 많은 걸 생각했어요. 이 바이올린은 정말이지 놀라워요. 전철을 타고 중앙 역으로 가는 길에 눈물이 쏟아졌습니다. 어떤 악기에도 이런 애정을 느낀 적이 없어요. 그 모든 세월을 뒤로하고 드디어 제 악기를 만났습니다."

3
영감
: 듣는 마음

작업을 하다 보면 때때로 특별한 순간이 찾아옵니다. 손에 들린 연장의 느낌이 예기치 않게 달라지는 순간이지요. 홀 작업을 할 때, 혹은 바이올린 맨 끝부분의 스크롤을 만들 때, 에프 홀을 뚫을 때 그런 느낌이 들기도 합니다. 연장을 연마할 때나 그 밖의 공정에서도 그런 순간이 찾아올 수 있지요. 그럴 때 손에 든 연장은 더 이상 도구가 아닙니다. 생명 없는 차가운 물체가 아니라, 내 몸의 일부가 됩니다. 연장이 손 안에 아주 자연스럽게 놓여서 마치 손이 그만큼 확장된 듯한 느낌이 들지요.

그런 순간을 매번 경험하는 것은 아닙니다. 그러나 그런 느낌이 올 때 작업은 완전히 달라집니다. 모든 일이 굉장히 자연스럽게 일어나며, 도중에 다른 생각이 들지도 않습니다. 반드시 이렇게 또는 저렇게 해야 한다는 판단이 끼어들지 않습니다. 손은 연장의 인도를 따르고,

눈은 그 모습을 가만히 지켜볼 따름입니다. 시간이 얼마나 흘렀는지도 알 수 없고, 아무런 압박도 느껴지지 않습니다. 작업 과정이 오롯이 내맡겨집니다.

이런 순간에는 모든 것이 목적을 초월합니다. 단지 아름다운 바이올린을 만들기 위해 나무를 깎는 것이 아니며, 그저 날을 날카롭게 하려고 연마하는 것이 아닙니다. 날을 벼려야 한다는 목적이 연마 결과를 좌우하지 않습니다. 바이올린을 만들어야 한다는 목표가 굴곡을 좌우하지도 않습니다. 작업 과정 그 자체로 충만합니다. 내 손이 확장되어, 작업 도구에까지 신경과 근육이 생기고 따뜻한 피가 흐르는 느낌이 듭니다. 계획과 판단이 아니라, 자연스러운 조화가 일을 좌우합니다. 연장이 주도권을 넘겨받고, 손은 묵묵히 따라갑니다. 모든 것이 조화를 이루는 아름다운 순간에는 아무것도 통제할 필요가 없습니다. 의식은 깨어 있지만, 지식으로 일을 조절하지는 않습니다.

이같이 특별한 순간을 경험하는 것도 바이올린 제작의 중요한 과정입니다. 직관적인 길이라 부를 수 있지요. 하지만 직관이 전부는 아닙니다. 악기를 만드는 데는 여러 가지 중요한 길이 있습니다.

: 네 가지 길

일상의 사건들을 유심히 관찰하다가 인간이 인식깨달음에 이르는 길에는 네 가지가 있음을 알게 되었습니다. 이성, 경험, 직관, 영감의 길입니다. 나는 이 네 가지 길을 두루 살펴보는 가운데 특히 네 번째 길, 즉 영감의 길에 관하여 조금 더 자세히 이야기하려 합니다. 이 길이 다른 길보다 더 중요해서가 아니라, 많은 사람이 이 길에서 자신의 능력을 제대로 발휘하지 못한다고 생각하기 때문입니다. 우리가 발휘할 수 있는 인식의 힘을 최대한 활용하지 않으면, 결국 우리는 도달할 수 있는 경지보다 뒤처진 곳에서 멈추게 됩니다. 나는 우리가 영적으로 진보해 나가야 한다고 생각합니다. 이런 진보의 여정은 인식의 네 번째 길인 영감과 맞닿아 있지요.

우리가 가는 길은 우리가 어떤 것에 애정을 두는지에 따라 달라집니다. 모든 여정에는 각기 다른 사랑이 필요하며, 사랑 없이는 그 길을 갈 수 없습니다. 그러므로 우리는 어떤 길을 가야 하는지 물을 것이 아니라, 우리가 어떤 종류의 애정을 가졌는지 물어야 합니다. 사랑은 우리가 가는 길에 대한 내적 동의입니다. 무엇을 어떻게 인식해야 하는지 묻기보다 우리 삶에 어떤 방식으로 사랑을 표현하면 좋을지 물어야 합니다. 그것이 우리의 길을 결정하기 때문이지요. 소명의 길을 가는 동안 사랑을 방해하는 것이 무엇인지 알기 위해 자신의 내면을 탐구해야 합니다. 이것이 바로 '자기 인식'입니다.

자, 우선 인식의 네 가지 길에 관하여 간단히 살펴볼까요?

:

이성. 인식의 첫 번째 길은 이성입니다. 이성적인 사고는 자연의 법칙을 따르지요. 이 길의 바탕에는 삶의 법칙을 탐구하고, 존재의 질서를 궁구하고자 질문하는 사랑이 있습니다. 우리 몸에서 이성적인 사고를 상징하는 곳은 머리입니다. 머리는 사물이나 현상의 관계를 꿰뚫어봅니다. "나는 생각한다. 고로 나는 존재한다." 이것이 이 길의 모토motto 입니다.

경험. 인식의 두 번째 길은 경험입니다. 경험적 인식의 토대는 실험입니다. 따라서 이 길을 가려면 실망에 굴하지 않는 사랑이 필요합니다. 실험에는 시행착오가 따르게 마련이니까요. 경험적 탐구를 상징하는 신체 부위는 손입니다. 손은 온갖 사물을 만져 보지요. 이 길의 모토는 "나는 탐구한다. 고로 나는 존재한다."입니다.

직관. 인식의 세 번째 길은 직관입니다. 직관적 인식은 경험에서 나옵니다. 이 길에서는 자기를 잊고 세상에 일어나는 일에 주의를 기울이는 것이 중요합니다. 우리는 인류가 만들어 온 풍요로운 경험의 보고寶庫와 무의식으로 연결되어 있습니다. 그래서 일련의 일들이 맞아떨어질 때 직관을 느낍니다. 직관적 인식을 상징하는 신체 부위는 배입니다. 이 길의 모토는 "나는 느낀다. 고로 나는 존재한다."이지요.

영감. 인식의 네 번째 길은 영감입니다. 영감을 통한 인식은 은총을 따릅니다. 이 길은 받아들임의 길이며, 예지像知적인 사랑이 필요한 길입니다. 이 사랑은 묻고 듣는 가슴에 깃듭니다. 우리 삶에 무슨 일이 일어나야 하는지 듣고자 하는 마음에 영감이 찾아오기 때문입니다. 직관이 풍요로운 경험의 보고에서 나온다면, 영감은 가난한 마음에서 나옵니다. "받지 않으면, 내게는 아무것도 없습니다."라는 말과 일맥상통하지요. 영감을 통한 인식을 상징하는 신체 부위는 가슴입니다. 그리고 "나는 받는다. 고로 나는 존재한다." 이것이 이 길의 모토입니다.

:

머리, 손, 배, 가슴은 하나의 몸을 이룹니다. 그러므로 영감의 통로가 막히면 우리는 장애를 느끼고, 고통받습니다. 인식에 이르는 네 가지 길은 '듣는 사랑의 네 가지 방식'이라고 부를 수 있습니다. 나는 이 길들을 바이올린 제작 과정에 비유하고 싶습니다. 바이올린을 만드는 일이 다른 일보다 특별하기 때문이 아니라, 단지 내가 사랑하는 일이기 때문입니다. 누구에게나 자신이 사랑하는 영역이 곧 삶의 학교가 되니까요. 동시에 이 일은 내가 고통받는 영역이기도 합니다. 사랑과 고난은 모순이 아닙니다. 서로 반대쪽에 있는 개념일 뿐입니다. 나는 아름다움과 고통만이 인생의 진리를 가르쳐 준다고 확신합니다.

자, 이제 인식에 이르는 네 가지 길과 그 길이 우리에게 약속하는 것들을 소개하겠습니다.

: 이성의 길

인식의 첫 번째 길은 이성입니다. 이성적 사고는 자연의 법칙을 따릅니다. 묻고 시험하는 사랑, 자기 비판적인 사랑이 이성적 사고의 바탕을 이루지요. 이성은 무엇에도 매수되지 않습니다. 이성은 진실을 가려낼 줄 압니다. 이성적 사고는 존재의 질서를 탐구하고, 그것을 기준으로 세상을 파악합니다.

:

울림의 토대가 되는 음향법칙을 더 잘 이해하고자 나는 도제 기간을 마치고 마이스터 시험을 보기 전에 추가로 대학에서 물리학을 공부했습니다. 그리고 바이올린의 진동형태에 관하여 졸업 논문을 썼지요. 울림에 영향을 주는 다양한 요소 사이의 연관성을 공부하고, 그것을 공식으로 표현해 내는 것은 참으로 만족스러운 일이었습니다.

헬름홀츠 공명기Helmholtz resonator의 공식은 이성적 사고의 놀라운 예입니다. 바이올린의 부피와 에프 홀의 크기, 판의 강도에 따라 바이올린의 공명 메커니즘이 어떻게 달라지는지, 그로써 G현의 따뜻하고 깊은 음이 어떻게 만들어지는지를 이 공식으로 모두 설명할 수 있으니까요.

몇 가지 기본 사항을 이해하면 공연히 시행착오를 거듭하지 않아도 됩니다. 20세기의 물리학 거장 중 한 사람인 토도르 카만이 '좋은 이론보다 실용적인 것은 없다'고 한 말도 이런 맥락입니다. 좋은 이론은 바이올린을 제작할 때 꼭 명심해야 하는 지침이 됩니다. 이것이 바로 이성을 통해 질서를 인식하는 경우이지요.

:

그런데 오늘날의 포스트모더니즘 정신은 자칫 세상에는 진리도, 지침도 없으며 모두 제 나름의 진실을 가져도 되는 듯한 분위기를 풍깁니다. 포스트모더니즘은 '당신이 좋다고 느끼는 것, 그것이 진리'라고 외칩니다. 이러한 시대일수록 명료한 이성적 사고가 필요합니다. 이성은 포스트모더니즘이 동반하는 불합리하고 미성숙한 현상을 분별할 줄 압니다.

이성적 인식은 혼란 속에도 신앙을 지켜 주는 버팀목이 됩니다. 신앙이 이성을 포기하면, 그것은 창조주를 무시하는 셈이기 때문입니다. 유대교에서는 좋은 학문이란 하느님의 지혜를 찬양하는 것이라고 말하지요. "여호와여, 주께서 하신 일이 어찌 그리 크고 많은지요. 주께서 지혜로 그것들을 다 배열하셨으니……."〈시편〉104:24 "주께서 옛적에 땅을 세우시고, 하늘도 주의 손으로 만드셨습니다."〈시편〉102:26

음악음향학 국제 학회에 참가했을 때의 일입니다. 어느 날 저녁 소모임에서 가브리엘 바인라이히와 함께 이야기를 나누었습니다. 바인라이히는 이 분야에서 권위 있는 물리학자입니다. 한 참가자가 그에게 신앙과 학문이 서로 모순되는 것은 아니냐고 물었습니다. 그가 물리학자로서 대학에서 물리학을 가르치는 동시에, 신학을 공부한 뒤 성공회 교회의 설교자로 자원봉사 활동을 하고 있다는 사실을 모두 알고 있었기 때문입니다. 바인라이히는 잠시 생각한 뒤 이렇게 대답했습니다. "나쁜 학문과 나쁜 종교만이 서로 모순됩니다. 좋은 학문과 좋은 종교는 결코 서로 모순되지 않습니다."

그렇습니다. 이성적 사고는 증거와 주장을 구분하고, 알곡과 쭉정

이를 구분하지요. 이성적 사고는 증명되지 않은 주장은 증거가 아니라 가정일 뿐임을, 최악의 경우 그것은 정말 무의미하며, 지탱할 수 없는 구조물이며, 관념적 허상이자 망상일 뿐이라는 사실을 일깨워 줍니다.

: 경험의 길

인식의 두 번째 길은 경험입니다. 경험적 탐구는 실험에 기반을 둡니다. 아직 이해하지 못한 것을 시험하지요. 경험의 길에는 겸손함이 뒤따릅니다. 세계를 단순한 개념이나 공식으로만 파악하기에는 진실은 너무 복잡하고, 이성은 한계가 있음을 알기 때문입니다.

지금까지 인류가 파악한 자연법칙은 세계를 이해하는 데 충분하지 않습니다. 우리는 과거 몇백 년간 개진된 이론 중 많은 것에 쓴웃음을 짓습니다. 마찬가지로 세월이 더 흐른 후에 후손들도 지금 우리의 인식에 대하여 황당한 웃음을 터트릴지도 모르지요. 인류는 묻는 자로서 순례의 길을 가고 있으며, 진중한 실험들을 통해 대답을 찾아 나가고 있습니다. 우리는 세계라는 책을 읽어 나가고 있습니다.

모든 경험은 우리 앞에 펼쳐지는 사건과 그것을 풀어 가는 과정 간의 긴밀한 소통입니다. 이해할 수 없는 것을 연구하는 일은 매력적입니다. 우리는 대답하기보다 귀 기울여 듣습니다. 내적 경청은 실험의 본질입니다. 우리는 자연법칙에 귀를 기울입니다.

:

경험주의자는 모든 이론이 임시적이며, 현재의 가설은 오류일 수도 있음을 압니다. 그다지 중요해 보이지 않는 것들이나 기존의 이론에 모순된다고 무시해 온 것들을 선입견 없이 자세히 살펴보는 가운데 중요한 발견을 이룬 경우도 많습니다. 새로운 일을 시도하고 경험하는 것은 외로운 사랑입니다. 이런 사랑에 몸을 던지는 사람들은 자신의 관찰과 확신을 해묵은 세계상에 맞추기를 거부합니다. 새로운 발견에 충실하게, 당장 인정받지 못하더라도 기꺼이 고독하게 인류의 잘못된 사고를 뒤흔듭니다.

좋은 경험주의자가 되려면 아무리 큰 실망에도 굴하지 않을 정도로 실험을 사랑해야 합니다. 경험적 인식은 시행착오를 통해 진실을 알아 가는 과정이기 때문입니다. 나는 지난 5년간 52가지 형태의 브리지를 시험하고, 음향적으로 측정해 보았습니다. 양쪽에 귀가 있고 중앙에 하트 모양 구멍이 뚫린 전통적인 형태의 브리지가 이미 몇백 년간 사용되고 있지만, 나는 이런 모양이 바이올린의 울림에 최선은 아니라고 확신합니다. 더 나은 형태가 분명 있을 것입니다. 그러나 나는 52번의 실험을 모두 실패했고, 원하는 결과에 이르지 못했습니다. 어쩌면 53번째 브리지가 돌파구가 될지도 모르는 일입니다. 그렇기에 나는 이 실험을 계속할 것입니다.

경험의 길을 가려면 꿋꿋해야 합니다. 그렇지 않으면 그 길을 갈 수 없습니다. 소망이 실망과 낙심보다 더 커야 합니다. 나는 경험적 탐구에 몰두할 때 가슴이 뜁니다. 도장塗裝이 바이올린의 울림에 미치는 영향을 탐구하기 위해 나는 지난 몇십 년간 작은 실험실에서 몇백 개의 나무 표본을 가지고 서로 다른 초벌칠과 도장을 시험했습니다. 12세기의 호두유와 아마인유를 주재료로 한 기름진 도료에서, 18~19세기의 휘발성 도료와 현대의 알코올 도료를 거쳐, 20~21세기의 합성수지 도료에 이르기까지, 다양한 칠감을 손수 제조하여, 도장이 나무의 역학적 특성에 미치는 영향을 연구했습니다.

칠 두께, 칠감을 바르는 방법, 나무의 선 처리, 침투 깊이, 건조 과정…… 이 모든 것이 울림에 영향을 미칩니다. 칠감이 적합하지 않으면 1백 시간 넘게 힘들여 제작한 바이올린을 단 몇 초 만에 망가뜨릴 수 있습니다. 반대로 음향학적으로 바람직한 도장은 잡음을 제거하고 울림을 가다듬어 주지요. 표본 목재들은 어마어마한 정보를 제공합니다. 수집한 데이터로부터 정보를 끌어내는 것이 경험주의의 박동이지요. 그렇게 해서 안개가 걷힙니다. 정확한 원인이나 법칙은 여전히 설명할 수 없을지라도 그 영향은 겉으로 드러납니다.

물리학을 공부하던 시절에 있었던 일이 하나 생각납니다. 어느 날 유기화학 수업이 끝난 후, 교수에게 바이올린 도료의 고분자화합물에 관하여 물어보았습니다. 나의 도료 혼합법을 음향학적으로 발전시키려면 화학적으로 어떤 변화를 주면 좋을지 힌트를 얻고 싶었기 때문입니다. 내가 도료 혼합법을 설명하면서, 약간의 화학적 처치를 통해 기대할 수 있는 효과에 관하여 이야기를 시작하자, 교수는 몇 마디 듣다가 손을 내저었습니다. 그런 것은 너무 복잡하며, 별로 알려진 바가 없다는 대답이 돌아왔지요. 내가 설명하는 혼합법은 과학보다 연금술에 가까우며, 그런 것을 알아내려면 열심히 실험해 보는 수밖에 없다고 했습니다.[9]

:

창조는 미지의 세계로 용감하게 뛰어드는 일과 같습니다. 새로운 것을 창조하려면 이미 아는 것, 할 수 있는 것을 넘어서야 하기 때문입니다. 모르는 것은 모든 창조 과정의 전제입니다. 늘 확실한 일만 하면, 우리가 하는 일은 기껏해야 소심한 결과물이 되고, 최악의 경우 무의미한 일이 됩니다. 하느님을 믿는 것은 무의미함에 대한 저항입니다. 스스로에게 기대할 수 있는 것보다 더 많은 것을 염두에 두는 일입니다.

시편 기자는 "내가 밤에 생각하고 계획하며 내 마음으로 이야기합니다. 내 영이 캐묻습니다."〈시편〉77:6라고 기록했습니다. 이렇게 시험하는 사랑은 실망하거나 체념하지 않습니다. 창조란, 자신의 능력과 지식을 넘어서는 무엇인가가 탄생하는 활동임을 알기 때문입니다. 다시 말해, 경험적 사랑은 기적을 염두에 두는 것입니다. 자신의 창조물이 자신을 넘어서게끔 은총을 구하는 일입니다.

그러나 자꾸만 실패를 거듭한다면 어떻게 낙심을 견딜 수 있겠습니까? 낙심으로 주춤하지 않으려면, 우리가 구하는 은혜가 '실패의 은혜'임을 알아야 합니다. 경험의 길은 우리의 유일한 과제가 다시 일어서는 것임을 가르쳐 줍니다. 이를 알면, 계속하는 것이 무의미해 보일 때도 중단하지 않고 나아갈 수 있습니다. 은혜와 협력하십시오. 창조주와 팀을 이루는 것이 무엇인지 알게 될 것입니다. 은총과 함께하는 것은 자기 자신을 넘어서서, 예상할 수 있는 것보다 더 많은 것을 탄생시키겠다는 야심 찬 결심입니다.

작업장과 실험실에서 내가 하는 일은 기도 그 자체입니다. 악기의 소리가 곧 마음의 소리가 되는 작품을 순전히 내 힘만으로 어떻게 만들 수 있겠습니까? 은총이 작용하지 않으면 아무도 그렇게 할 수 없습니다. 은총의 힘보다 더 근사한 것은 없습니다. 작업장과 실험실은 다른 세계입니다. 작업장은 우리의 내면세계가 아름다움과 만나는 공간이고, 실험실은 연구하는 공간입니다. 하지만 둘 다 똑같이 매력적입니다.

:

나는 도제 기간을 마친 뒤, 나의 멘토이자 유명한 음향학자인 헬무트 A. 뮐러 밑에서 일하면서 모달해석modal analysis을 알게 되었습니다. 고유 진동수를 해석하는 이 경험적 방법은 항공 기술에서 나온 것으로, 그전에는 아무도 바이올린 제작에 이런 해석을 적용하지 않았지요. 하지만 이제 바이올린의 모든 진동형태를 눈에 보이게 구현할 수 있습니다. 진동형태에 따라 울림이 달라집니다. 모달해석을 통해 내가 추구하는 좋은 울림의 원인을 밝힐 수 있게 되었습니다. 진정 궁금했던 문제의 답을 발견하는 일이 얼마나 큰 행복이었는지요!

이 작업을 통해 나는 바이올린이 어떻게 진동하는지를 눈으로 확인했습니다. 낮은음에서는 숨 쉬듯 가만가만 움직이는 공명이, 중간음에서는 몸체가 비틀리는 듯한 공명이, 높은음에서는 작은 진동의 섬들이 시각적으로 확인되었습니다. 실험을 통해 파동의 다양한 배(진폭이 가장 큰 지점)와 마디(진폭이 0인 지점)로 이루어진 알록달록한 지도를 얻었습니다. 그렇게 다채롭고 천재적인 진동의 형태를 처음으로, 두 눈으로 직접 보는 일은 거의 계시에 가까웠습니다. 지금까지 숨겨져 있던 것을 비로소 보았으니까요.

요즘도 나는 작업장에서 이 방법을 이용합니다. 눈앞에 보이는 진동의 형태는 악기를 만드는 동안 내가 범한 오류를 깨닫게 하고, 새로 배우게 합니다. 나는 부족함이나 결함과 타협하는 식으로 만족을 구하지 않습니다. 더 나은 만족은 배움을 통해 구할 수 있습니다. 지금까지 내가 제작한 바이올린들은 나쁘지 않았습니다. 하지만 그중에 아주 만족스러운 것은 없었습니다. 만족이란, 어쩌면 창조적이지 못한 상태일 수도 있습니다. 힘들더라도 너무 일찍 만족하지 않는 것이 좋습니다.

마음은 만족이 아니라 감사를 통해서 건강해집니다. 그리고 경험주의적 연구자라고 해서 매번 시행착오를 겪지는 않습니다. 때로는 시행의 결과로 기쁨을 경험하기도 합니다.

:

우리에게는 창조적인 영에 대하여 창조적으로 보답할 책임이 있습니다. 인간이 하느님의 형상으로 만들어졌다는 성서의 구절을 떠올려

봅니다. 하느님의 형상으로 산다는 것은 바로 창조성을 발휘하며 산다는 뜻이 아닐까요? 하느님은 우리에게 한 곳에서 정체하기만 하는 부정적인 영을 주지 않으셨습니다. 하느님이 우리에게 준 것은 소망과 사랑과 창조성이 넘치는 젊은 영입니다. 이런 영을 포기하는 것은 늙기로 작정한 것이나 마찬가지입니다.

나는 성령은 젊은 영이라고 믿습니다. 성령은 늘 새로운 것, 신선한 것을 배출합니다. 그의 지혜에는 유희적인 면이 있습니다. 성서의 〈잠언〉에는 모든 것을 탐구하는 지혜가 일인칭 화자가 되어 하느님과 자신의 관계를 이야기하는 부분이 있습니다. "영원자가 세상을 창조하기 전, 태초부터 나지혜를 가지셨으며, 땅을 짓기 전에 나부터 세워 주셨다. 그때 나는 그의 곁에서 기능공 노릇을 하여 그를 기쁘게 했으며, 항상 그 앞에서 뛰놀았다."〈잠언〉8:22, 30 신약 성서 역시 성령에 대하여 이와 비슷하게 이야기합니다. "성령은 모든 것을 살피므로 하느님의 깊은 비밀까지도 알아낸다."〈고린도 전서〉2:10 그러므로 우리도 삶을 탐구하며 즐거워하는 경험의 길을 가야겠지요.

: 직관의 길

세 번째 길은 직관입니다. 이 장의 서두에서 손이 연장을 인도하지 않고, 연장이 손을 인도하는 행복한 상태에 관하여 이야기했지요. 직관의 길을 갈 때, 바로 그런 자연스러운 조화가 이루어집니다.

바이올린을 만드는 과정에서 직관적 깨달음은 중요한 몫을 합니다. 이를 한마디로 설명하자면 '이유도 모르는 채 옳게 한다'고 말할 수 있습니다. 그것은 애쓰지 않고 얻는 직관적 깨달음입니다. 제작하는 악기가 늘어날수록, 나는 더 자주 그런 경험을 합니다. 아주 자연스럽게 그런 일이 일어납니다. 앞판과 뒤판의 볼록한 모양은 한두 시간 아무 생각 없이 그 일에 매진할 때 최상의 형태로 탄생합니다. 마치 취해 있다가 깨어나는 듯한 느낌이 듭니다. 이런 일은 일의 흐름에 완전히 몰입했을 때 일어납니다. 이때 만약 인위적인 생각이 끼어든다면 저절로 빚어지는 그 아름다움을 파괴할지도 모릅니다. 점점 드러나는 아름다운 형태를 보며 환희를 느끼는 가운데 일은 직관적으로 흐름을 탑니다. 눈은 순도 높은 작업을 지각하기만 하면 됩니다. 모든 것이 조화롭습니다. 애써 바로잡을 필요가 없습니다. 그저 느끼면 됩니다.

:

직관적인 삶은 현재 일어나는 현상에 관하여 일일이 설명하지 못합니다. 그런 일은 증명할 수 있는 것이 아닙니다. 지식이 아닙니다. 직관적 인식 방법은 자신의 행동에 이유를 댈 수 없다는 점에서 이성적, 경험적 인식 방법과 다릅니다. 그렇다고 아무것도 모르는 채 제멋대로 행동한다는 뜻이 아닙니다. 직관은 어마어마한 경험의 보고에서 길어 올려지기 때문입니다.

직관에 관하여 대학 시절의 경험을 하나 이야기하려 합니다. 그 사건은 내게 직관이 무엇인지를 가르쳐 준 작은 계시의 순간이었습니다. 당시 우리 수학 교수는 그 분야의 상당한 권위자였습니다. 게다가 몹시 까다로워서 그의 수업을 듣는 학생 중 절반쯤은 거듭 낙제를 하곤 했지요.

명확하게 닫힌 해解가 없는 문제의 경우 풀이 방법이 다양합니다. 여러 방법 중에서 가능성 있어 보이는 것을 택해 문제를 풀다가 그 길이 잘못되었음을 깨닫게 되기도 합니다. 애석하게도 대개 30분쯤 문제를 풀어 나가야 그런 깨달음이 찾아오지요. 그러면 처음으로 돌아가 다른 방법으로 접근해야 합니다. 하지만 시험을 볼 때는 시간이 제한되어 있으므로 그런 헛수고는 정말이지 치명타가 됩니다.

우리는 많은 방법 중 올바른 길을 택하려면 어떤 기준들에 주의하면 되는지 배우고 싶었습니다. 그래서 몇몇이서 머리를 맞대고 특히나 어려운 문제를 고안해 내서, 다음 강의가 시작되자마자 교수에게 내밀었지요. 그는 그렇게 도전받는 일이 기쁘다는 듯한 표정으로 잠시 생각하더니, 혼자 중얼중얼하면서 칠판에 해당 알고리즘을 채워 넣기 시작했습니다. 마치 큰 고민 없이 쇼핑 목록을 메모하는 듯한 태도였습니다.

몇 분 뒤에 그가 풀이를 마쳤습니다. 우리는 그에게 왜 그 방법을 선택했느냐고 물었지요. 잠시 정적이 흐르는 동안 우리는 이제야말로 속 시원한 해결 방법을 듣고, 앞으로는, 특히 시험 시간에 헛수고를 들이지 않아도 되기를 바랐습니다. 그는 커다란 칠판 앞에 가만히 서서는 자신의 풀이를 훑어보았습니다. 그러고는 양념이라도 으깨는 것처럼 엄지와 집게, 가운뎃손가락을 비벼댔지요. 그가 그렇게 침묵을 지킨 다음에 내뱉은 말은 영영 잊을 수 없는 뜻밖의 말이었습니다. "그냥 그렇게 느껴지는 건데……."

이 일은 천재적 직관이 무엇인지 보여 주는 인상적인 경험이었습니다. 한 분야의 진정한 능력자는 그가 이해할 수 있고, 이유를 댈 수 있고, 전달할 수 있는 것보다 훨씬 더 많은 것을 알고 있습니다. 자기 본연의 모습이 될 때, 그는 설명할 수 있는 지식에 의지하지 않고 직관적인 경험의 보고에서 물 만난 고기처럼 자유롭게 헤엄칩니다.

이런 식으로 우리를 인도하는 내적 지식은 의식적으로 접근할 수 있는 것이 아닙니다. 지난 세월 동안 특정 분야에서 살며, 사랑하며, 견딘 온갖 경험으로부터 주조되는 것입니다. 어떤 분야에 정말로 정통하고 능숙한 사람은 그 일에 예리한 직관을 발휘할 수 있습니다. 그의 지식과 능력은 숨 막히도록 자연스러운 결과물을 만들어 냅니다.

:

위대한 학자들도 이런 직관에 관하여 이야기합니다. 물리학자 한스 페터 뒤르의 이야기에 따르면 스승 하이젠베르크는 진행하던 연구가 결정적인 지점에 다다르면 왕왕 손을 내저어 모두 입을 다물기를 요구했다고 합니다. 더러는 여러 날을 침묵해야 할 때도 있었습니다. 양자역학의 새로운 인식을 옛 물리학의 구식 언어로 망가뜨리지 않기 위해서였습니다.

우리 안에는 쉬지 않고 떠들어 대는 지성과는 다른 깊이로 존재하는 것들이 있습니다. 이성은 종종 직관보다 나중에 등장하곤 합니다. 경험이나 직관, 영감을 통해 암시된 것을 해석하고 이해하는 일이 이성의 역할이기 때문입니다.

하이젠베르크는 〈정확한 자연과학의 아름다움〉[10]이라는 강연에서 직관적 인식이 얼마나 특별한지 언급했습니다. 그는 "직관적 인식이란 이성적 사고를 거치지 않은 직접적인 인식이며, 그 근원은 아름다움에 대한 경이"[11]라고 이야기했습니다. 또, 이러한 인식의 단계에서는 "명확한 개념이 차지하던 자리를 강렬한 이미지들이 대신한다. 이것들은 생각이 아니라, 그림처럼 나타난다."[12] "적절한 표상이 떠오르는 순간, 마음속에서 뭐라고 형언할 수 없는 강도 높은 과정이 일어난다."[13]라고 말했습니다.

하이젠베르크는 케플러에 관해서도 언급했습니다. 케플러는 그의 저서 《우주의 조화 Harmonices Mundi》에서 이성적 추론으로 설명할 수 없는 현상을 감각적으로 인식하는 것을 '꿈에서 깨어나는 듯한' 기분에 비유했습니다. 하이젠베르크는 이처럼 사고 과정을 거치지 않는 인식의 본질을 "만들어 낼 수 있는 것이 아니라, 저절로 일어날 수밖에 없는 것"[14]이라고 표현했지요.

본질적인 일이 저절로 일어나는 경험은 창조적인 작업을 할 때 느낄 수 있는 최고의 행복입니다. 모든 창조 과정은 여러 국면으로 이루어지지만, 중요한 일이 저절로 일어나는 그 특별한 순간들은 정말로 커다란 내적 보상이 됩니다.

예수의 비유 중에도 이를 보여 주는 구절이 있습니다. "사람이 땅에

씨를 뿌리고, 밤낮 자고 깨고 하는 사이에 씨가 나서 자라되, 그것이 어떻게 된 일인지 모른다. 땅이 저절로 열매 맺게 하기 때문이다."〈마가복음〉 4:26

창조적 순간, 직관적 순간은 강요하거나 억지로 짜낸다고 경험할 수 있는 것이 아닙니다. 우리 안에 여백이 있어야 합니다. 그래야 본질적인 것들이 우리에게로 와서 빈 곳을 채웁니다. 걱정과 근심을 가득 안고 살아가면 마음속 보물에 이르는 통로가 막힙니다. 자신이 아는 것에만 몰두하기 때문입니다. 걱정과 두려움은 우리가 확신하는 곳으로 길을 안내하지만, 그곳에서는 창조적인 일이 일어나지 않습니다.

:

앞에서도 이야기했듯, 인식의 네 가지 길을 가려면 각각의 길이 요구하는 고유한 사랑을 지녀야 합니다. 그러기 위해서는 각각의 길에 필요한 덕목을 익혀야 하지요. 직관의 길에는 두려움에서 벗어나 신뢰하는 태도가 필요합니다. 그래서 직관은 우리 삶을 신뢰의 학교로 인도합니다. '너는 인도받고 있다. 현존하는 지혜가, 유희적이고 탐구적인 지혜가 너를 감싸고 있다. 거룩한 힘이 네가 보내는 신뢰에 응답한다. 그러니 지혜가 너의 믿음을 발견할 수 있게 하라. 근심 걱정을 거두고, 지혜를 신뢰하라.' 직관은 이렇게 우리를 가르칩니다.

직관적 인식과 행동은 신뢰를 바탕으로 하는 '거룩한 무지' 상태에서 일어납니다. 어떻게 해야 할지 모르는 채 열린 상황으로 들어가는 것은 용기 있는 행동입니다. 바이올린을 만들 때도 이 같은 용기가 필요합니다. 나는 아는 것이 별로 없는 상태에서, 왜 그런지 몰라도 올바르게 느껴지는, 적합한 형태를 만들어 내야 합니다. 악기를 만들거나 조율하는 과정에서 일을 그르칠 가능성은 무한합니다. 알고 있는 지식을 바탕으로 결정할 수 있는 일은 아주 적습니다. 자신을 신뢰하지 못하면 직관의 인도를 받을 수 없습니다.

그렇다고 직관을 자의적인 것으로 여긴다면, 오해입니다. 직관적 행동은 제멋대로 하는 것이 아닙니다. 당장 이유를 설명할 수는 없지만, 그 순간에 악기가 무엇을 원하는지 듣고 느끼는 것, 그것이 직관입니다. 그러기 위해서는 언제든 나 자신이 연장이 되어 악기가 원하는 대로 올바르게 작업할 수 있다고 믿어야 합니다. 물론 작업 도중에 얼른 실험실로 가서 악기의 공명을 측정할 수도 있습니다. 나는 실제로 그렇게 하기도 합니다. 그러나 본질적인 것은 측정을 통해 알 수 없습니다. 바이올린이 영혼의 울림을 지니게 될 것인지는 측정한다고 드러나지 않습니다.

충분히 알지 못하는 상태로 행동하는 것은 자못 기가 꺾일 수 있는 일입니다. 무력감과 불안감이 엄습해 오기도 하지요. 그런데 나는 지식에만 의존할 때 오히려 기가 꺾입니다. 반대로 지식의 모자람을 인정하고 직관을 신뢰하면 한계를 느끼고 풀 죽는 대신 부족함을 통해 겸손을 배우게 됩니다.

바이올린 제작 과정은 신뢰를 배우는 학교입니다. 나는 내 손이 올바른 일을 하고, 내가 하는 작업이 유익한 봉사가 되리라 믿습니다.

악기가 연주자의 목소리가 되어 줄 테니까요. 이런 소망 없이 단순한 지식에만 의존하면 나의 작업은 길을 잃고 맙니다.

장자의 말을 빌려 보겠습니다. "그대는 날개 달려 날아다니는 피조물을 안다. 그러나 날개 없이 어떻게 날 수 있는지는 아직 모른다. 그대는 지식을 갖춘 지혜로운 사람들을 안다. 그러나 지식 없이도 어떻게 지혜로울 수 있는지는 아직 모른다."[15]

서서히 이루어지는 직관과 순간적인 영감을 신뢰하지 않고, 지식에만 의존해 본질적인 일을 처리하는 것은 미숙한 행동입니다. 잘 만들어진 악기가 연주자의 손에 들리면, 사람들의 마음을 일으켜 세워주고, 강하게 하고, 위로하는 강력한 힘을 발휘할 수 있습니다. 이런 힘은 신뢰에서 나옵니다.

:

하지만 이 모든 과정을 낭만적으로만 생각해서는 안 됩니다. 작업대 앞에서 느끼는 강한 직관은 고통스러운 경험에서 나오는 경우가 많습니다. 음악가들이 요구하는 수준이 너무 높을 때, 그 부담스러운 요구는 나를 힘들게 하는 동시에 직관을 자극합니다. 그래서 종종 작업대가 기도의 자리가 됩니다. 작업을 하다 보면 마음 깊은 곳에서 도움을 구하는 외침이 수시로 터져 나옵니다. "나는 너무나 부족합니다! 내가 무엇을 해야 할까요?" 그러면 기도 중에 떠오르는 생각들이 나를 인도합니다.

"모든 것을 알 필요는 없단다. 잘 인도받는 것도 훌륭한 기술이지.

자신을 내맡겨야 해. 부담을 기꺼이 받아들이고, 지혜를 신뢰하며 너를 내맡기려무나." 지나친 부담으로 무력감을 느낄 때일수록 더욱 신뢰하고 내맡겨야 합니다. 올바른 길로 인도받을 것을 믿으면 다시 도전할 용기가 생깁니다.

직관의 길을 가는 것은 안전한 땅을 떠나 미지의 세계로 걸어가는 것과 같습니다. 두려움을 헤치고 나아가려면 믿음을 잃지 말아야 합니다. 그러기 위해 걱정과 불안을 극복하는 연습이 필요합니다. 여기서 극복한다는 것은 억눌러 이긴다는 뜻이 아닙니다. 걱정과 불안이 가득한 가운데서도 올바른 길로 인도받아 뚜벅뚜벅 걸어 나가는 것을 의미합니다. 신뢰하는 자만이 인도받을 수 있습니다. 불안하고, 기죽고, 상한 영혼은 치유를 원합니다. 신뢰는 치유의 시작입니다.

: 영감의 길

직관의 길이 경험을 따른다면, 영감의 길은 은총을 따릅니다. 이 길에서는 지식은 말할 것도 없고, 지금까지의 경험이나 직관으로 해낼 수 없는 일들이 일어납니다. 일상의 한가운데서 일어나는 직접적인 통찰, 구원의 순간, 행복한 인도, 섭리, 계시 등이 그런 일이지요.

영감은 우리가 흔히 '천국'이라고 하는 영적 우주와의 내적인 협연을 통해 나타납니다. 영감은 우리를 둘러싼 수많은 가능성 중에서 '하느님의 뜻이 이루어지리라'는 기도로 점철됩니다. 영감의 길을 걸으면 이성적, 경험적, 직관적 길에서 알 수 없었던 방식으로 삶을 경험하게 됩니다. 〈성 베네딕트 규칙〉에서는 이를 '영적 기술'[16]이라고 표현했습니다.

:

영적 감각. 우리가 몸담은 세계에서 살아가기 위해 우리의 신체에 감각이 있듯이, 하느님의 영과 함께하기 위해 우리의 영에도 감각 기관이 있습니다. 성서는 영적 감각 기관을 통해 하느님과 함께한 수많은 경험을 들려줍니다.

만약 누군가 눈이 멀거나 귀가 먹었다면 이 같은 장애는 노력해서 회복할 수 있는 것이 아닙니다. 장애를 딛고 씩씩하게 살아가고자 애를 쓸 수는 있지만, 애쓴다고 해서 시력이 회복되는 것은 아닙니다. 눈이 열려야 보이지요. 마음의 감각도 마찬가지입니다. 마음으로 듣고 보는 것은 배워서 습득할 수 있는 기술이 아니라, 우리 삶에 작용하는 은총입니다. 은총은 우리에게 듣고, 보고, 받으라 하고, 우리는 은총에 응합니다. 그렇게 우리는 하느님을 믿는 동시에 그분과 함께 살아가는 방법을 배웁니다. 외적인 삶에서 보이지 않고 들리지 않는 것이 심각한 장애가 되듯이 마음의 눈, 마음의 귀가 닫힌다면 영적 삶에 심각한 장애가 됩니다.

우리 안에는 하느님을 느낄 수 있게 스스로 열어 놓거나 닫을 수 있는 장소가 있습니다. 바로 마음입니다. 은총을 기꺼이 받을 수 있을 만큼 마음이 성숙할 때, 우리는 하늘과 사랑하며 협력하는 것이 무엇인지 배우게 됩니다. 신약 성서에 기록된 바울의 편지에는 다음과 같은 구절이 있습니다. "하느님이 너희에게 지혜와 계시의 영적 감각을 주어 하느님을 알게 하시고, 하느님이 너희를 어떤 소망으로 부르셨는지 깨달을 수 있도록 그가 너희의 마음눈을 밝혀 주시기를 바라노라." 〈에베소서〉 1:17~18

연주자의 손에 들린 활이 바이올린의 현을 자극하면, 이 자극이 바이올린 몸통에서 공명을 만납니다. 인간의 마음도 바이올린 같은 공명체입니다. 마음은 삶이라는 콘서트 무대에서 연주되는 민감한 악기입니다. 바이올린은 몸통의 공명을 통해 현의 진동에 음색을 입혀 소리를 만들어 냅니다. 우리는 하느님의 공명체입니다. 우리를 울리게 하는 것은 믿음입니다. 우리 마음이 믿음의 공명으로 울릴 때, 우리는 하느님을 볼 수 있습니다.

하늘이 주는 자극이 인간의 마음에서 공명과 만나면, 그 자극은 우리의 사랑을 통해 구체적인 삶으로 변합니다. 다시 말해, 하느님의 뜻이 '하늘에서처럼 이 땅에서도' 이루어지는 것이지요.

:

예지적 사랑. 영감의 길을 가는 데는 '예지적 사랑'이 필요합니다. 그 사랑 안에는 하느님에 대한 사랑의 번민이 있습니다. 예지적 사랑은 거룩한 이의 현존을 경험하고 그의 뜻을 실현하고자 뻗어 나가지요. 하느님을 향한 동경 없이는 하느님의 길을 갈 수 없습니다.

성서 가운데 〈다니엘서〉에 예지적 사랑이 잘 드러납니다. 다니엘은 세상에 일어나는 일을 그대로 받아들일 마음이 없습니다. 자신이 그 일을 이해하지 못하는 것을 그냥 넘기지도 않습니다. 그리하여 그는 하느님께 간청합니다. 그러자 천사가 다니엘에게 말합니다. "네가 마음을 다하여 깨닫고자 한 날부터 네 말이 하느님께 가 닿았다."〈다니엘서〉10:12 하느님은 구하는 사람에게 나타납니다. 듣는 사람에게 말씀하시고, 사랑을 실천하는 사람을 통해 자신을 증명합니다.

어떻게 하면 영감 있는 삶을 살 수 있는지 그 방법을 배울 수는 없습니다. 영감 있는 삶은 사랑의 표현이기 때문입니다. 우리는 사랑을 연습하고, 그 사랑 안에서 성숙해 갈 수 있습니다. 어떤 인간도 하느님을 발견할 수 없습니다. 다만 우리가 사랑 안에 머물면 하느님이 주신 것들을 바탕으로 삶을 펼쳐 나갈 수 있습니다. 우리가 찾는 것은 '찾아지는 것'이고, 발견하는 것은 '발견되는 것'입니다. 영감은 하느님과의 결속에서 비롯한 기적입니다. 영감은 받는 것입니다.

우리는 다양한 방식으로 영감을 받습니다. 시각으로, 청각으로, 이미지로, 느낌으로, 관계로, 비유적인 사건으로 영감의 순간을 경험합니다. 때로는 기도 공동체 안에서 경험하기도 하지요.

: 시각적 영감

나는 몇 년에 걸쳐 새로운 종류의 공명판을 개발하는 연구 프로젝트를 진행했습니다. 연구 기간에 특허를 다섯 개나 받았지요. 지인들이 내 프로젝트의 성공을 확신하며 기꺼이 후원자가 되어 주었고, 바이에른 경제부의 지원금도 받았습니다. 모든 것이 전도유망해 보였습니다.

나는 세세한 음향학적 방법을 동원해 그전까지 아무도 적용하지 못한 영역까지 실험을 진행했습니다. 바이올린 마이스터 교육을 받은 경험 덕분에 까다롭고 어려운 실험을 끈기 있게 해 나갈 수 있었으며, 물리학을 전공한 덕분에 학문적 방법과 사고에도 친숙해질 수 있었습니다. 나는 수백 가지 구조를 연구하고, 경험적 공식을 개발하고, 연관 도표를 일목요연하게 작성했습니다. 그 결과를 바탕으로 드디어 새로운 악기를 위한 복합적인 공명판의 구조를 개발할 단계가 되었습니다. 나뭇결, 비등방성, 층의 구성, 강도의 분포, 판의 굴곡, 윤곽선의 변화 등 정말로 무수히 많은 조합이 가능했습니다. 나는 공간성, 힘, 강약 조절 등에서 악기 제작 역사의 진보를 이룰 새로운 악기를 개발할 수 있다는 희망에 부풀어 있었습니다.

하지만 실험을 통해 소중한 경험적 지식을 얻었음에도 나는 계속해서 좌절을 맛보았습니다. 정말이지 낙심할 수밖에 없었습니다. 대단한 것을 개발하고자 길을 나섰는데, 몇 년씩이나 실패를 거듭하고 있었으니까요. 서기 500년 이래로 인류가 바이올린을 만들고 있지만, 나는 그 소리가 아름다움과 치유력 면에서 아직 잠재력을 다 발휘하지 못했다고 확신합니다.

이런저런 수많은 시도와 실패 뒤에 결국, 나는 이상적인 형태에 가까운 앞판을 완성했습니다. 고유주파수 분포를 통해 모든 영향 요인이 올바르게 배합되었음을 확인했지요. 그러나 그때까지도 나는 뒤판을 개발하지 못하고 있었습니다. 뒤판에 중요하게 작용하는 공명체계는 앞판의 것과 전혀 다릅니다. 즉, 뒤판을 개발하려면 처음부터 다시 도전해야 했지요. 하지만 여기까지 오는 데만 해도 너무 오랜 시간이 걸렸고, 재정도 거의 바닥나 있었습니다. 돈을 아끼려고 무리하게 작업하는 바람에 체력도 거의 소진된 상태였지요. 앞판의 실험을 통해 많은 것을 배웠지만, 뒤판에 똑같은 노력을 들이기는 불가능했습니다.

나는 몹시 초조해졌습니다. 내적 활력을 잃었고, 외적 수단도 거의 떨어져 새로운 뒤판을 기껏해야 두 번 정도 더 만들어 볼 수 있는 자금만 남아 있었습니다. 더 이상 이렇게는 못 하겠다는 생각마저 들었습니다.

:

어느 날 오후, 그렇게 지친 상태로 산책을 나섰습니다. 원래는 잠시 숨만 돌릴 생각이었는데, 걷다 보니 산책이 상당히 길어졌습니다. 새로운 악기를 개발하기 위한 수년의 노력은 나를 정신적으로 몹시 지치게 했습니다. 결국 나는 모든 것을 하느님의 발 앞에 던져 버렸습니다. 특별한 바람이나 간구 같은 것은 없었습니다. 무언가를 간절히 구하기에는 너무 지치고 마음이 상했기 때문입니다. 나는 정말로 그냥 던져 버렸습니다. 기도하기에도 너무 지쳐서 처음에만 잠시 기도하다가 이후에는 침묵으로 일관했습니다. 내적으로 아무 말 없이 오랫

동안 숲을 걸었습니다. 마음이 잠잠해지는 것이 느껴졌습니다. 아무 것도 기도하거나 간구하지 않아도 된다는 깨달음은 참으로 기분 좋은 것이었습니다. 나는 그 고요에 편안히 잠겼습니다.

그렇게 두 시간쯤 지났을까, 악기에 관한 생각이 조금도 안중에 없었는데 불현듯 나의 마음눈 앞에 특정한 패턴이, 어떤 구조가 떠올랐습니다. 내가 그때까지 시험하고 개발했던 것과는 전혀 다른 구조였지요. 접근 방식부터 완전히 달랐습니다. 전혀 생각해 본 적이 없는, 정말 천부적인 패턴이었습니다. 나는 그 이미지를 잊어버리지 않으려고 마구 달려서 작업장으로 돌아왔고, 마음눈으로 본 것을 스케치하고 메모했습니다. 다음 날부터 그 구조에 충실하게 바이올린 뒤판의 원형을 만들었지요.

마침내 뒤판이 완성되었습니다. 공명 특성을 측정해 보니 고유 진동 분포가 목표했던 것과 완전히 일치했습니다. 그전까지 한 번도 경험하지 못한 일이었습니다. 첫 번째 시도에서 성공한 것입니다.

내적으로 인도받는 경험은 참으로 행복했습니다. 그러나 동시에 혼란스러웠습니다. "'보십시오. 저는 여러 해 동안……'〈누가복음〉15:29 물리학을 공부하고, 음향학 법칙을 배우고, 연구 프로젝트를 진행하며 계속해서 공명판의 구조를 만들어 왔습니다. 하지만 그러한 노력은 아무런 열매도 맺지 못했고, 돌파구조차 찾지 못했습니다. 그런데 그저 기도하는 마음으로 산책하러 나갔을 뿐인데, 그때 해답을 찾다니요?"

〈네 천사의 검을 만들라〉, 11×17.3cm, 2012

: 두 가지 은총

나는 아버지 같은 친구에게 이 경험을 들려주었습니다. 신학교 교수를 지내다 퇴직한 분으로, 평소에도 나는 그와 즐겨 이야기를 나누곤 합니다. 지혜롭고 열린 마음을 지닌 분이거든요. 그는 내가 맺은 결실을 진심으로 기뻐해 주는 한편으로 내가 혼란스러워한다는 것을 알아차렸습니다. 내가 그에게 하느님이 우리를 놀리시는 거냐고 물었기 때문입니다.

"우리는 그저 기도만 하면 된다는 뜻인가요? 우리가 연구하고 애쓰는 모든 과정이 아무것도 아니고, 오직 지혜가 그것을 능가하고 대신한다는 뜻인가요?"

그는 잠시 생각에 잠겼다가 나에게 되물었습니다. "자네가 오랫동안 연구하지 않았다면, 숲에서 갑자기 이미지가 떠올랐을 때 그것을 이해할 수 있었겠는가?" 그렇습니다! 그 모든 노력이 없었다면 내가 보는 것이 무엇인지 전혀 파악하지 못했을 것입니다.

"그러니까 그 긴 세월이 꼭 필요했다네." 이것이 그가 말한 핵심이었지요.

그는 또 한 가지 사실을 알려 주었습니다. 성서는 기본적으로 서로 다른 두 가지 은총에 관하여 이야기하고 있다고 했습니다. 하나는 복을 주는 은총입니다. 연구에 몰두한 몇 년 동안 나는 나 자신을 내주었고, 나의 작업은 성숙해 갔습니다. 극적인 일은 일어나지 않았습니다. 그러나 복된 현존이 언제나 나와 함께하고 있었습니다.

두 번째는 구원하는 은총입니다. 때때로 설명할 수 없는 순간들이 있습니다. 은총이 놀라운 방식으로 일에 개입하여, 새로운 것을 만들고 변화를 일으키는 순간들이지요. 이런 구원 행위는 성서의 이야기 속에만 있는 것이 아니라 실제 우리 삶에서도 일어납니다.

이것이 바로 성경에서 말하는 '카이로스Kairos'의 순간입니다. 평소에는 불가능했던 일이 카이로스의 순간에 일어날 수 있습니다. 그런 순간들을 통해 우리는 자기 자신을 넘어섭니다. 이렇게 구원하는 은총은 종종 새로운 단계로 들어가는 문턱에서 작용합니다. 예수가 공생애公生涯 시작에서 전해준 메시지는 '때가 찼고'〈마가복음〉1:15 라는 말로 시작됩니다. 그 시점이 바로 카이로스입니다. 숲에 갔던 그날, 내 삶의 작은 우주에도 때가 찬 것이었습니다. 내가 오랫동안 연구하고 노력한 뒤에 구원의 순간이 도래해, 그토록 알고 싶었던 구조가 마음눈 앞에 나타난 것입니다. 카이로스가 내 삶에 들어온 것입니다.

:

때로는 그냥 믿고 해독하는 용기 또는 지친 마음만 있으면 됩니다. 세계는 아는 자에게 말하지 않고, 묻는 자에게 대답합니다. 우리는 아는 자로서 세계에 관하여 이야기하지만, 묻는 자로 살면 세계가 우리에게 말을 걸어옵니다. 하늘은 아는 자에게 이야기하지 않고, 구하고 찾는 자에게 이야기합니다. 하늘은 잘 아는 자에게 계시하지 않고, 합당한 이유로 자신의 지식을 무익하게 여기는 자에게 계시해 줍니다. 빈 마음으로, 애타는 '무익함'을 하늘에 올려드리는 자에게 말입니다.

잘 안다는 확신은 우리를 귀먹게 합니다. 마음을 비우고 듣는 태도가 필요합니다. '하늘에 주파수를 맞출 시간을 나의 귀에 선사해야 한다. 하느님이 나에게 말씀하시도록 고요해지는 것이 아니라, 초조하고 불안하고 낙심하고 간절히 구하는 사랑의 마음을 하늘에 올려드릴 수 있도록 고요해져야 한다.' 그날의 산책은 이 같은 깨달음을 전해주었습니다.

빈 마음을 지니려면 한참 동안 산책해야 할지도 모릅니다. 간구를 잊을 만큼 긴 시간이 필요할 수도 있습니다. 장자는 이렇게 말합니다. "귀와 눈으로 세계를 인식할 수 있을 것이다. 하지만 네 영에서 모든 지식의 광기를 몰아내야 한다. 그러면 초감각적인 것이 네게 와서 머물 것이다. 그가 어떻게 너를 거절하랴? 이것이 새롭게 창조하는 길이다."[17]

: 영감이 깃든 믿음

미텐발트에 있는 바이올린 제작 학교에 다닐 때, 나는 학생 대표로 선출되었습니다. 이 일로 나는 난생처음 진정한 적을 만났지요. 다름 아닌 교장 선생이었습니다. 내 인생에서 그렇게 권위적인 사람은 전무후무했습니다. 학교 일로 나와 함께 계속 교장실을 드나들어야 했던 한 여학생은 종종 교장실에서 나와 울음을 터뜨리곤 했습니다. 교장실에서 겪은 일을 이야기하면 아무도 믿지 않을 정도였지요.

당시 우리는 교장에게 작업대를 바꿔 달라고 요구했습니다. 작업실에 있던 작업대가 원래 14~15세 정도의 학생들에게 맞춰 제작된 것이었는데, 우리는 대부분 대학입시를 마친 성인이었고, 그보다 나이가 많은 학생도 여럿 있었습니다. 그러다 보니 작업대가 너무 낮아 허리를 구부리고 작업할 수밖에 없었고, 그 탓에 많은 학생이 고질적인 요통을 호소해 왔습니다. 그 시절에 나는 굉장히 혈기 왕성해서 부당한 대우를 받거나 무시당하면 참을 수 없이 정의감이 발동했습니다. 작업대가 너무 낮아서 문제라고 생각한 지도 선생은 학생 대표들을 교장실로 보냈습니다.

하지만 교장은 바꿔야 할 것이 아무것도 없고, 학교는 전적으로 교장의 뜻에 따라 운영된다고 호통을 쳤습니다. 허리 아프기는 타일공도 마찬가지라며, 각자 자신에게 맞는 직업을 찾으라고 했습니다. 그래도 우리가 계속 건의하자 상황이 꽤 심각해졌습니다. 교장은 오버바이에른주 정부에 친한 사람들이 있으니, 우리 정도 퇴학시키기는 식은 죽 먹기라고 말했습니다. 그리고 "너희는 보따리 싸서 쫓겨나 밖에서 학교를 쳐다보며 발을 동동 구르게 될 것"이라고 덧붙였습니다. 우리는 겁이 나서 그 자리에서 물러났지요. 학생들은 낮은 작업대를 계속 사용해야만 했습니다.

나는 너무나 화가 나서 미텐발트 교구의 목사에게 이 일을 이야기했습니다. 평소 정기적으로 만나 함께 사우나에 가곤 했고, 늘 깊은 이야기를 나누는 사이였지요. 프리츠 목사는 내 이야기를 귀 기울여 듣더니, 함께 흥분하는 대신에 이렇게 물었습니다. "그를 위해 기도한

적 있어?" 순간, 나는 상당히 화가 났지만 동시에 그 말에 많은 진실이 담겨 있음을 알았습니다. 예수의 말씀이 떠올랐기 때문입니다. "너희를 박해하는 자를 위해 기도하여라. 너희를 저주하는 자들을 축복하여라."〈마태복음〉5:44,〈누가복음〉6:28

이후 나는 이 말씀을 실험해 보기로 했습니다. 처음에는 역겨웠습니다. 하지만 점점 스스로에게 놀라게 되었습니다. 교장과 예기치 않게 마주쳤을 때, 축복기도로 인하여 내 안에 어떤 변화가 일어났는지 확인할 수 있었습니다. 두려움이나 거부, 미움, 분노 대신 교장과 그의 행동에 연민이 느껴졌습니다. 끝내 좋은 관계로 발전하지는 못했어도 더 이상 위험해지지 않았습니다.

: 깨달음을 통과하여

그 당시 나는 〈마태복음〉에 대한 강한 열정에 사로잡혀 있었습니다. 매일 도제 작업장의 일과가 끝나면 〈마태복음〉을 묵상하며 생각을 메모하는 것이 정말로 커다란 기쁨이었지요. 말씀이 직접적인 깨달음으로 마음에 깃들면 너무나 기뻐서 견딜 수 없을 정도였답니다. 그럴 때면 뭔가를 해야만 했고, 대개 운동화를 꿰어 신고 찬송가를 흥얼거리며 숲을 걸어 다녔습니다. 이 시기 나는 어느 한쪽에도 소홀함 없이 두 세계에 동시에 살았습니다.

나는 〈마태복음〉을 한 문장, 한 문장 묵상한 내용을 노트에 꾸준히 기록하고 있었습니다. 마침 교장과 불화를 겪을 무렵 나의 〈마태복음〉 진도는 예수가 율법사들에게 시험받는 지점에 다다랐습니다. 거기, 토라의 두 계명이 인용되어 있었습니다.

"네 마음을 다하고, 목숨을 다하고, 뜻을 다하여 너의 하느님을 사랑하여라. 이것이 가장 크고 높은 계명이다. 그러나 이처럼 크고 높은 계명이 또 하나 있으니, 이웃을 네 몸과 같이 사랑하라. 이 두 계명이 온 율법과 예언자의 강령이다."〈마태복음〉22:37~40

이 계명 앞에서 나는 무척 혼란스러웠습니다. 그래서 몇 주 동안 성서에서 원수에 대한 사랑을 언급하는 내용을 찾아보며 이 주제를 연구했습니다. 하필 난생처음 원수 같은 사람이 생긴 마당에 이 말씀을 연구하게 된 것이 '놀라운' 섭리로 느껴졌습니다. 나는 성서 연구를 통한 신선한 통찰로 무장하고 삶에 맞서고자 했지요. 성서에는 단순히 '원수를 사랑하라'고만 되어 있지 않았습니다. 우리에게 그럴 능력이 없기 때문입니다. 그래서 '원수를 위해 기도하라'고 부연합니다. 원수에 대적하는 기도가 아니라 원수를 위하여 기도하라고 합니다.

나는 기도하는 중에 교장에 대한 분을 토로하면서, 〈시편〉에 원수를 향해 복수를 다짐하다시피 하는 낯선 구절이 등장하는 이유를 깨달았습니다. 그 역시 나와 같은 성정에서 탄생한 구절들이었습니다. 시편 기자는 실제로 원수에게 복수하자는 뜻으로 그 구절을 쓴 것이 아닙니다. 원수 때문에 느끼는 괴로움을 기도로써 하느님께 토로하는 것이었습니다. 나 역시 그렇게 했더니 마음이 상당히 치유되었습니다. 기도는 원망과 미움으로 시작되지만, 그것에 머물러 있지 않기 때문입니다. 기도하다 보면 오히려 연민을 담아 그를 위해 기도하는 단계가 온다는 것을 깨달았습니다.

:

나는 신약 성서에서 이 주제에 관하여 이야기하는 부분을 모두 찾아 읽었습니다. 그리고 나 자신에게 적용하고 시험해 보았습니다. 그러자 〈마태복음〉 22장의 네 구절에 대한 통찰과 물음을 담은 기록이 수첩 세 권을 가득 채웠습니다. 하지만 다음 구절로 넘어갈 수가 없었습니다. 넘어가려 하면 무언가 명쾌하지 않은 느낌이 자꾸 발목을 잡았습니다. 그 시절에 내가 기록한 메모를 들춰보니 다음과 같은 내용이 있었습니다.

"원수를 위해 기도하는 일은 기도하는 중에 그를 향한 미움을 극복하는 것이다. 나는 그 일을 '하느님, 그를 축복해 주소서.' 하면서 하느님께 전가할 수 없다. 나의 마음은 하느님의 사랑이 부어진 장소이고, 이 사랑을 통해 나의 원수가 복을 누려야 하기 때문이다. 그렇기에 이런 기도는 정결한 마음과 깨끗한 마음을 얻기 위한 투쟁이다. 나는 미움에 대적하여 싸우지 않는다. 그러기에는 내가 너무 약하다. 나는 원수를 볼 때, 그 안에서 내가 하느님의 형상을 볼 수 있도록 투쟁한다. 이런 기도는 내적인 과정이다. 마음눈 앞에서 나는 원수를 마주 대한다. 그가 나를 보고, 나는 그가 나의 감정을 상하게 하는 것을 본다. 그리고 나는 미움이 느껴지지 않을 때까지 오래, 그 모습을 그냥 내버려둔다. 그렇게 나는 미움을 깨뜨린다.

〈로마서〉12장 21절. '악에 지지 말고 선으로 악을 이기라.' 그를 향한 미움이 더는 나를 상처 입힐 수 없을 때까지, 나는 그에게 팔을 뻗는다. 이것이 바로 기도이다. 그는 이제 내게 상처 줄 수 없다. 내가 미움을 극복했기 때문이다. 그리스도가 짊어진 십자가의 발치에서만 이런 싸움에서 승리할 수 있다. 억지로 자신을 제어해서가 아니라, 미움을 이긴 이를 바라봄으로써 기도하는 가운데 나는 달라진다. 그리하여 겉으로 드러나는 나의 행위와 원수와의 실제적인 만남도 달라진다. 내 안에서 본질적인 변화가 일어났기 때문이다."

메모를 적을 때만 해도 그 생각을 실제 삶의 시험대에 세우게 되리라고는 꿈에도 생각하지 못했습니다. 그런데 얼마 후 정말로 원수를 위해 기도하며 내 안에서 일어난 변화를 느끼게 되었습니다.

:

나는 평소 잠잠한 가운데 성서의 말씀을 곰곰이 생각하면서 종종 형언할 수 없는 친밀함과 내밀함, 하느님의 임재를 경험하곤 했습니다. 그럴 때면 보이지 않는 장막처럼 하느님의 임재가 나를 두르고 있는 것 같았고, 거룩한 스승이 곁에 있는 듯한 느낌이 들었습니다. 성서의 말씀을 명쾌하게 깨달을 때면 기쁨이 용솟음쳤고, 때로 기쁨이 너무나 커서 가만히 있지 못할 때도 있었습니다. 그 저녁에도 그랬습니다. 나는 주체할 수 없는 기쁨을 안고 숲으로 달려갔습니다.

때는 어두웠고 나는 이자르강 둔치를 걷고 있었습니다. 맞은편에서 두 남자가 자전거를 타고 다가왔습니다. 한 사람은 자전거 뒷자리에 앉아 있었고, 다른 한 사람은 페달을 밟고 있었지요. 그들이 내 곁을 스쳐 가는데, 내 안에서 '저 자전거는 훔친 것'이라는 설명할 수 없는 확신이 강하게 들었습니다. 나의 이름이나 오늘이 무슨 요일인지를 아는 것과 비슷한 정도의 자연스러운 확신이었습니다.

잠시 후 나는 둘 중 한 사람을 따라잡았습니다. 자전거 뒷자리에 앉아 있던 사람이 내려서 걸어가고 있었기 때문입니다. 거의 내 또래로, 열아홉이나 스무 살 정도 되어 보였습니다. 나는 그에게 말을 걸었습니다. "자전거를 훔쳤군요. 주인에게 돌려줘야 할 것 같은데요."

그는 화들짝 놀란 표정으로 나를 쳐다보았고, 무슨 정신 나간 소리냐고 받아쳤습니다. 자기들은 자전거를 훔치지 않았다고 했습니다. 나는 당신들이 훔친 것을 알고 있다고 말하고는, 함께 돌려주러 가는 것이 어떻겠냐고 했습니다. 그리고 그와 함께 걸었지요.

당시 나는 친구들이나 낯선 사람들에게 젊은이 특유의 패기 넘치는 태도로 곧잘 예수에 관하여 이야기하고 다녔기에, 이 청년에게도 예수가 그를 많이 사랑하고 있다고 이야기해 주었습니다. 내가 그렇게 느꼈으니까요. 그도 예수를 따를 수 있다고 알려 주었지요. 하지만 그런 이야기보다는 자전거 이야기가 주를 이루었습니다.

대화가 이어지자 그는 자신이 미텐발트의 한 부대에서 복무 중이라고 말했습니다. 부대가 가까워지자, 그는 상당히 불안해했습니다. 내가 누구인지, 무슨 사도 같은 사람이냐고 물었고, 자전거를 훔친 사람은 자신이 아니라 함께 있던 친구라고 말했습니다. 자신은 그냥 그 자리에 함께 있었을 뿐이라며, 자기 친구 이름과 주소를 알려 주면서 나더러 그곳에 가서 자전거 문제를 해결하라고 했습니다. 나는 함께 가자고 했지만 그는 거절했습니다.

막사에 거의 다다를 무렵, 내가 그의 도둑질을 부대에 알리겠다고 하자, 그는 나에게 당장 꺼지지 않으면 손을 봐 주겠다고 했지요. "그러면 안 되죠. 그리고 설사 그쪽이 나를 쳐도 난 반격하지 않을 거예요." 사실 나는 다혈질인 데다, 그는 나보다 덩치도 더 작았습니다. 그런데 내가 어떻게 이런 반응을 보였는지 나조차 낯설었습니다. 2~3미터쯤 더 갔을까, 그가 갑자기 나를 쳤습니다. 발로 차고, 얼굴을 때렸지요.

그 순간, 미움이나 두려움이 조금도 느껴지지 않았습니다. 그를 향한 연민만 느껴졌습니다. 그동안 성서를 읽은 시간이 내 안에서 뭔가 변화를 일으킨 것이 틀림없었습니다. 눈에 보이지 않지만, 마음으로 진하게 경험하는 스승과의 친밀함, 그 기쁨이 내가 미처 알지 못하는 힘 가운데 현존했습니다. 그 청년과 함께 길을 가는 동안에도, 그가 나를 때리는 동안에도, 나는 그를 위해 은밀히 기도했습니다. '너희 원수를 위해 기도하며'라는 구절을 통해, 이 같은 기도가 하늘의 문을 여는 열쇠임을 느꼈습니다.

그 청년은 나를 때리고는 가 버렸고, 나는 비틀거리며 일어났습니다. 많이 다치지는 않았습니다. 몇 군데 찰과상을 입었을 뿐이었지요. 상처가 아무는 동안 나는 그를 위해 기도했습니다. 나중에 그가 신앙을 갖게 되었는지는 알지 못합니다.

찬양하며 숲을 산책하면 마음이 정결해집니다. 기쁨으로 찬양하는 일, 그 행위가 우리 마음에 무엇인가를 선물하는 것이 틀림없습니다. 숨은 진리를 파악하고 느낄 수 있는, 그런 영감을 말입니다.

: 하늘의 그릇

사랑은 우리가 하느님을 깨달을 수 있는 유일한 원천입니다. 사랑은 하늘이 선물로 채워 줄 수 있는 유일한 그릇입니다.

　자전거 사건을 겪고 오랜 세월이 흐른 뒤, 한 모임에서 강연할 일이 생겼습니다. 그때 강연을 준비하다가 사랑의 그릇에 관하여 깨달았습니다. 강연 주제는 상당히 까다로웠습니다. 내가 맡은 주제는 '성령의 은사'였습니다. 나는 좋아하는 인도 음식점에서 강연을 준비하고 있었는데, 문득 청중을 위해 기도하는 것이 중요하다는 생각이 들었습니다. 그러지 않으면 청중에게 무슨 말을 해야 할지 어떻게 알겠습니까? 나는 강연 들을 사람들을 마음속에 그리면서 묻기 시작했습니다. "예수님, 당신은 그 사람들에게 어떤 은사를 주고 싶으신가요?" 그러자 "나도 한 가지 묻고 싶구나. 너희는 어떤 방식으로 나에게 사랑을 보여주고 싶으냐?" 마치 예수가 내 쪽으로 고개를 돌리며 이렇게 말하는 것 같았습니다. 만약 내가 회피하듯이 "잘 모르겠어요."라고 대답한다면, 예수는 "나도 너희가 어떤 은사를 받아야 하는지 모르겠구나!"라고 하실 것 같았습니다. 결국, 나는 강연을 들으러 온 사람들에게 이 같은 질문만 전달할 수 있었습니다.

여러분은 어떤 방식으로 하느님께 우리의 사랑을 보이고 싶습니까? 우리에게는 살면서 어떤 식으로 사랑을 표현하고 싶은지 연구할 책임이 있습니다. 은사는 우리에게 그냥 오지 않습니다. 먼저 사랑이 필요합니다. 은사는 힘쓰고 애쓴다고 얻을 수 있는 것이 아닙니다. 우리에게 주어지는 것이고, 다시 빠져나갈 수도 있는 것입니다. 은사는 우리의 소유물이 아닙니다. 우리가 신경 써야 할 것은 은사가 아니라 하늘이 우리에게 은사를 부어 주는 그릇입니다. 사랑을 어떻게 표현하고 싶은지, 그 대답은 사람마다 다르겠지요. 그러나 이것만은 같습니다. 하늘은 우리의 입술이 아니라, 우리의 삶에서 대답을 읽습니다.

: 힘이 되는 원천

나는 성서와 함께 고요한 시간을 보내며 하느님을 향한 사랑을 키워 갑니다. 이 같은 습관은 열세 살 때부터 시작되었습니다. 당시 나는 정말로 성서에 빠져들다시피 했지요. 하루에 두세 시간씩 성서를 읽던 시절이 있었습니다. 중단할 수가 없었지요. 성서에 담긴 지혜와 생경함이 나를 완벽하게 사로잡았습니다.

열다섯 살쯤에는 일 년에 한 번 성서를 완독했는데, 마치 물에 잠겨 수영하듯 말씀에 잠겼습니다. 그러다 보니 저절로 외우게 된 구절도 생겼지요. 무엇보다 〈이사야서〉와 〈요한복음〉의 구절들을 금세 외울 수 있었습니다. 외우려고 해서가 아니라 너무 자주 읽었기 때문입니다. 성서를 읽을 때면 주위에 거룩한 장막이 드리워진 느낌이 들었습니다. 형언할 수 없는 고요와 안식이 깃들곤 했습니다.

이런 고요 속에 깊이 잠기는 경험을 나는 성서에 담긴 생각만큼이나 사랑했습니다. 나는 늘 촛불을 켜고 글을 읽었지요. 그러노라면 종종 내가 혼자가 아닌 것 같은 특별한 느낌이 들었습니다. 하느님을 구하는 이 작은 존재에게 누군가가 다가와 어깨에 손을 얹고 다정하게 문장의 의미를 풀어 주는 것 같았습니다. 부드럽고 무한히 좋은 현존이었습니다.

성서 중 사랑의 찬가인 〈아가〉에서 다윗 왕의 아들 솔로몬이 신부에게 "단 한 번의 눈길로 내 마음을 빼앗았구나." 하고 말하는 장면이 있습니다. 젊은 시절, 나도 이와 비슷한 경험을 했습니다. 하느님이 성서로 내 마음을 빼앗았지요. 내 안에 연모의 감정이 싹을 틔웠습니다. 성서에 담긴 아름다움이 나에게 임한 것입니다.[18]

:

하느님이 주신 힘 안에서 기쁘게 살아가려면 이렇게 힘이 되는 원천을 발견해야 합니다. 그 원천은 사람마다 다를 것입니다. 하지만 원천에서 힘을 얻어 살아갈 때, 비로소 우리의 믿음이 굳건해집니다. 모든 사람이 같은 사랑을 지니고 살아갈 필요는 없습니다. 제각기 사랑을 쏟고 열정을 발휘해야 하는 대상이 무엇인지를 알고 경험해야 합니다. 우리가 하느님의 뜻에 참예參詣할 방법은 사랑뿐입니다.

〈요한복음〉은 이런 상호작용에 관하여 누누이 말합니다. 하느님의 계시는 우리의 사랑에 따라 주어지고, 사랑은 계시를 통해 더욱 굳건해집니다. "나를 사랑하는 사람은 내 말을 따를 것이다. 내 아버지도 그를 사랑해서, 우리가 그에게 가서 거처를 함께할 것이다." "그리고 내가 그 앞에 나타나리라." 〈요한복음〉 14:23, 21

오로지 은사 경험을 추구하거나, 극적인 것을 계속해서 찾아다니는 사람들이 있습니다. 그들은 하느님의 길을 단축하려 하고, 하느님의 손을 재촉하려 하고, 하느님의 시선을 굽히려 합니다. 성급하게 걷느라 하느님과 함께 머무는 시간을 배우지 못합니다. 그들의 기도는 하느님과 함께 침묵하는 것을 배우지 못합니다. 그들의 기도에는 영적 순결과 경외감이 없습니다.

: 공감하는 삶

우리는 은총의 부추김을 느끼고, 그것에 반응할 수 있습니다. 공감하는 삶도 바로 그런 반응의 소산입니다. 공감은 사랑이 담긴 관심이며, 깨어 있는 사람에게 성령이 일깨우는 감정입니다. 우리는 두려움 때문에 이런 재능을 다 발휘하지 못하곤 합니다. 하늘은 충만하게 부어주려 하지만, 우리의 그릇이 선물을 제한합니다.

우리가 "하느님, 우리에게 어떤 은사를 주시려고 합니까?"라고 물으면 하느님은 "너에게 과제를 주어도 되겠느냐?" 하고 되물을 것입니다. 하느님은 낯선 사람의 모습으로 우리에게 다가올 수도 있습니다. 병든 사람, 혹은 좌절하고 실패한 사람의 모습으로 다가올 수도 있습니다. 또한, 모험 가득한 과제로 다가올 수도 있습니다. 과제를 회피하면 성숙할 수 없습니다. 우리는 뜻밖의 상황에서 "이 순간, 너 자신을 넘어설 준비가 되었느냐?"라는 하늘의 물음에 맞닥뜨릴 것입니다.

영감 있는 삶이란, 은사를 통해 자신의 믿음을 영광스럽게 하는 것도 아니고, 특별한 영적 체험을 하는 것도 아니며, 신비주의적인 것도 아닙니다. 스스로 낮추고 비우고 내주는 것이 곧 영감 있는 삶임을 인정할 때, 비로소 우리는 그런 삶을 연습할 수 있습니다. 자신을 희생할 위험을 무릅쓰고 마음을 열어 스스로를 극복하고 내주는 것은 우리가 열린 그릇이 되는 것과 같습니다.

:

한번은 뮌헨에 사는 친구가 감동적인 이야기를 들려주었습니다. 그녀가 하느님께 받은 은사는 나와 다른 것 같습니다. 그녀는 주의 깊고, 잘 공감하고, 지친 마음을 회복하게 하는 힘을 지녔거든요.

어느 날 점심시간에 그녀가 님펜부르크 정원에 앉아 있었다고 합니다. 맞은편에는 한 노인이 앉아 있었지요. 모르는 사람이었지만, 그가 굉장히 슬퍼하고 있다는 인상을 받았습니다. 그녀는 은밀히 그를 위해 기도하기 시작했고, 속으로 그를 축복했습니다. 그때 하느님이 이렇게 말씀하시는 것 같았습니다.

"그에게 가서, 내가 그를 얼마나 사랑하고 있는지 말해 주려무나.

그리고 네가 그를 위해 기도할 것이 있는지 물어보렴."

하지만 그녀는 용기를 내지 못했습니다. 노인에게 다가가야 한다는 느낌은 점점 더 강해졌지만, 엄두가 나지 않았습니다. 잠시 후, 노인이 자리에서 일어나 그녀 곁을 지나쳤습니다. 그녀는 그때를 놓치지 않고 노인에게 말했습니다. "모든 게 잘되기를 빌어요."

노인은 멈춰 서더니, 이상하다는 듯 그녀를 쳐다보며 물었습니다. "네, 그런데 왜 내게 그런 말을 하는 거죠?" 그녀가 대답했습니다. "그냥 당신이 아주 슬퍼하고 있다는 느낌이 들었어요. 그래서 당신을 위해 기도했고, 하느님이 당신을 너무나 사랑하고 있다는 것을 말해 주고 싶었어요."

그러자 노인이 왈칵 눈물을 쏟았습니다. 그녀도 마찬가지였지요. 그들은 한참 서로 마주 보았습니다. 얼마 후, 노인은 그녀에게 공손히 고개 숙여 인사하더니 천천히 그 자리를 떠났습니다.

:

이 이야기는 하늘도 동요할 수 있음을 보여 줍니다. "그녀가 용기를 못 내는구나! 우리에겐 다른 계획이 필요해!" 하며 하늘이 계획을 수정한 것이지요. 그렇게 해서 노인은 들어야 할 말을 듣게 되었습니다.

그녀가 노인을 위해 기도하기 시작했을 때, 그녀 마음에 하느님의 음성이 들리기 시작했습니다. 사랑으로 충만한 상호작용이 일어난 것입니다. 그녀는 '난 점심 휴식 중이야. 다른 사람들이 어떻든 무슨 상관이야?' 하고 생각하는 대신 눈을 들어 주위를 살폈고, 자신이 본 것을 하느님의 마음에 올려드렸습니다. 그리고 그 사람을 축복하기 시작했지요. 축복하는 마음으로 살아갈 수 있다는 것은 인간이 지닌 지고의 아름다움입니다. 기적은 그렇게 깨어 있는 마음에서 일어납니다.

마르틴 부버는 말합니다. "인간은 저마다 자신의 광채를 지니고 있다. 두 사람이 마음으로 만나면, 이 빛이 서로 합쳐져 하나의 광채가 된다. 이것이 수태이다."[19] 일상 속에서 하늘의 사랑은 인간을 통해 수태됩니다.

앞으로 나설 자신이 없고 가슴은 마구 두근대지만, 사랑하는 자의 가슴에 하느님이 이야기할 때, 잊을 수 없는 선물과 같은 일이 일어납니다. 그렇게 우리는 일상에서 뜻하지 않은 친절을 경험합니다. 웃음거리가 되지 않을까 하는 불안을 딛고 사랑스러운 만남으로 나아가려면 얼마나 많은 사랑이 필요할까요.

: 영감이 깃든 관계

시각적 영감, 영감이 깃든 믿음, 공감하는 삶에 이어 이 길의 또 다른 측면을 살펴볼 차례입니다. 바로 영감이 깃든 인간관계입니다.

얼마 전 통신기술 분야의 한 교수에게서 자신과 공동으로 연구해 보자는 제안을 받았습니다. 그는 나와는 아주 다른 분야에서 심리음향학과 사운드 디자인에 관심을 가져 왔으니, 자신의 연구를 나의 악기 제작과 접목하면 흥미로운 결과를 얻을 수 있을 것이라고 했습니다. 흥미로운 제안이긴 했지만, 나는 미지근하게 반응했습니다. 나의 생업은 연구가 아니라 바이올린을 제작하는 것이니까요.

하지만 몇 달 뒤 그는 다시금 전화를 걸어 왔고, 한번 만나서 공동 연구의 테마를 논의해 보자고 했습니다. 그렇게 약속 날짜를 잡았고, 만나기 전에 약간 전문적인 용건으로 다시 통화하게 되었습니다. 그때 그가 아주 놀라운 이야기를 덧붙였습니다. 자신도 이 사실을 깨달은 지 며칠 되지 않았는데, 실은 우리가 오래전에 서로 아는 사이였다는 것입니다. 나는 화들짝 놀라서 그게 무슨 말이냐고 물었지요.

그의 설명에 따르면, 며칠 전에 뜬금없이 지하실을 청소해야겠다는 생각이 들었다고 합니다. 〈사도행전〉의 표현을 모방하자면 '마음이 동하여 지하실로 갔다'고 할 수 있겠지요. 그는 오래된 자료를 보관해 둔 큰 상자 세 개를 정리하기 시작했습니다. 그 상자들을 버릴 때가 되었다는 생각이 들었기 때문입니다. 그는 버리기 전에 일단 그 안에 무엇이 들었는지 다시 한번 꼼꼼히 살펴보기로 했습니다. 맨 처음 손에 든 것은 족히 30년 전에 쓰던 오래된 주소록이었고, 몇 페이지를 살짝 넘겨보다가 우연히 어떤 페이지에 눈길이 머물렀는데 거기에 내 이름이 적혀 있는 것이 아니겠습니까! 마치 벼락이라도 맞은 기분이었다고 합니다. '아니, 이 이름이 어떻게 여기 적혀 있지? 며칠 뒤에 만날 사람의 이름을 수십 년 전에 여기에 써 놓았다니, 어떻게 된 일일까?'

수수께끼는 오래지 않아 풀렸습니다. 한때 그는 기타 마이스터가 되면 어떨까 하는 생각을 한 적이 있었습니다. 마침 바이올린 제작 전문학교에는 기타 제작 과정도 개설되어 있었기에 학교를 견학하고자 미텐발트에 갔습니다. 하지만 학교 지도부는 학생들의 수업에 지장을 주지 않기 위해 외부인의 작업실 견학을 허용하지 않고 있었습니다. 실망한 채 돌아가려던 참에, 우연히 학교 현관에서 한 학생과 마주쳤습니다. 그 학생은 즉석에서 그를 데리고 학교를 견학시켜 주었고, 그는 학생의 방에 며칠 더 머물렀는데, 그 학생이 바로 나였다는 것입니다. 이런 연유로 주소록에 내 이름이 적혀 있었던 것이지요.

:

몇십 년이 흐른 탓에 나 역시 그 일을 까맣게 잊고 있었습니다. 하지만 며칠 뒤 로베르트의 얼굴을 마주 대하자 기억이 새록새록 떠올랐습니다. 당시 로베르트와 마주쳤을 때, 무척 실망한 그의 모습을 보고 나는 그냥 지나칠 수 없었습니다. 다행히 바이올린 제작 과정의 학생들은 친구나 가족이 찾아오면 학교를 견학시켜 줄 수 있었기에, 나는 그 자격을 이용해 그에게 학교를 안내해 주었습니다.

학교를 둘러본 후, 그는 2~3일 미텐발트를 여행하고 싶다며, 근처에 저렴한 호텔이 있는지 물었고, 나는 내 방에서 지내면 어떻겠냐고 제안했습니다. 호텔은 너무 비쌌고, 평소에도 친구들이 자주 놀러 와서 나는 다른 사람과 방을 함께 쓰는 데 익숙했지요. 침대 밑에 여분의 매트리스도 있었습니다.

나는 그에게 미텐발트 주변을 안내해 주었습니다. 마침 유명한 자인스바흐 축제를 앞두고, 우리 학년에서 축제 준비를 주도해야 했기에 저녁마다 친구들의 절반은 함께 모이던 때이기도 했습니다. 모닥불을 피우고, 함께 식사하고, 즐기고, 자신들이 만든 첫 악기를 가지고 우쭐한 몸짓으로 즉흥 연주도 했습니다. 학교 일과를 마치고 각자 방의 한 귀퉁이에 작은 작업대를 설치해 놓고 만든 바이올린들이었지요. 지금은 달라졌지만, 당시 우리에게는 일과를 마친 후 개인적으로 악기를 더 만드는 일이 아주 평범한 일상이었습니다. 그 시간을 통해 수업 시간에 시도할 수 없었던 모양, 칠, 각종 아이디어를 실험해 볼 수 있었거든요.

그렇게 함께 지내는 동안 로베르트는 바이올린 제작 학교에 관하여 여러모로 알게 되었고, 우리 사이에는 음악 말고 또 다른 공통점이 있다는 것도 발견했습니다. 바로 둘 다 예수를 사랑한다는 점이었지요. 당시 열여덟, 열아홉 살이었던 우리는 음악이나 악기 이야기 외에도 믿음과 신앙 경험에 대하여 많은 이야기를 나누었습니다. 우리가 서로 잘 통하는 것이 동급생들 눈에도 훤히 보일 정도여서, 어떤 친구는 로베르트와 내가 처음 만났다는 것이 믿기지 않는다며, 신앙은 정말로 특별한 것 같다고 말해 주었던 일도 기억납니다. 로베르트는 3일 뒤에 집으로 돌아갔고, 그렇게 연락이 끊겼습니다.

:

이 모든 일이 몇십 년간 기억 저편에 묻혀 있었습니다. 그러다가 그 상자 속의 주소록을 통해 '너희는 이미 오래전부터 아는 사이였다'는 메시지가 전달되었지요. 그리고 로베르트가 나의 작업실로 찾아온 날, 모든 기억이 되살아났습니다. 그동안 각자 자신의 길을 걸어왔지만, 특별한 영혼의 친화력을 통해 상대의 삶을 일부 경험한 듯한 느낌이 들었습니다. 그는 기타 마이스터가 아니라 통신기술학과 음향학 교수가 되었지만, 악기 제작에 대한 사랑을 여전히 간직하고 있었습니다. 나 역시 연구자의 길을 가고도 싶었으나 바이올린 마이스터가 되었고, 대신 나의 작업장에 작은 음향학 연구 실험실을 하나 갖추고 있지요.

청각, 즉 듣는 일은 우리 둘의 가장 큰 관심 분야였습니다. 로베르트는 학문적인 의미에서, 내 경우는 예술적인 의미에서 말입니다. 우리는 공동 연구의 첫 성과로 내이內耳의 자극 패턴을 묘사하는 음향학적 도구를 개발했습니다. 나는 이미 오래전부터, 마리아 칼라스가 부르는 아리아를 들으면 소름이 돋는 것이 어떤 메커니즘 때문인지 궁금했습니다. 그래서 이런 특별한 음과 울림의 색깔이 주는 자극 패턴의 심리적 음향효과가 어떤 모습일지 궁금했습니다.

:

로베르트와 나는 오전 동안에 전문적인 계획과 처리해야 할 문제들을 모두 논의했습니다. 그런 다음 오후에는 가까운 숲을 산책하면서 지난날의 이야기를 나누었습니다. 우리는 서로 다른 곳에서 신앙생활을 했지만, 서로 비슷한 것들을 깨닫고 비슷한 경험을 해 왔음을 확인했습니다. 로베르트는 열일곱 살 무렵 예수를 사랑하고, 예수가 자신을 위해 십자가에서 죽었다는 사실을 감당하기가 벅차서 잠 못 이룬 밤이 많았다고 말했습니다.

로베르트의 말을 들으니 수학자이자 철학자인 파스칼이 떠올랐습니다. 파스칼은 언젠가 그리스도가 자신을 위해 십자가에서 죽었다는 사실을 떠올리면서도 사람들이 어떻게 밤에 잠을 이룰 수 있는지 놀랍다고 말했지요. 철학자 키르케고르 역시 그랬습니다. 그리스도의 현존 앞에서는 그가 십자가를 진 이래 2천 년이 흘렀다는 사실이 별로 중요하지 않았습니다. 슈트라우스는 그것을 '시공간의 망각'이라고 표현했지요.[20]

젊은 시절 로베르트와 나에게 그리스도의 현존은 거의 간담을 서늘하게 할 정도로 강력했습니다. 우리는 둘 다 마음으로 듣는 경험을 했습니다. 로베르트는 산책 중에 그런 경험담을 하나 들려주었습니다.

열여덟 살이던 어느 일요일 오후, 로베르트는 친구들을 만나 보드게임 같은 것을 하며 놀고 있었습니다. 한참 놀이에 열중해 있던 로베르트가 갑자기 벌떡 일어났습니다. 그러고는 이제 놀이를 중단하고 근처에 있는 누군가를 찾아가 봐야겠다고 말했습니다. 친구들은 일단 게임을 시작했으니 이 판이 끝날 때까지만 하고 가라고 했습니다. 하지만 로베르트는 친구들의 권유를 마다하고, 서른 살 정도 된 한 선생을 찾아갔지요. 그 선생과는 그리 친한 사이도 아니었습니다.

특별한 일은 없었습니다. 함께 차를 마시고, 오후 내내 이런저런 잡담을 나누었습니다. 그 뒤 2주쯤 흘렀을까, 예배가 끝난 뒤 그 선생이 로베르트에게 다가와서 말했습니다. "로베르트, 그날 네가 나를 찾아와 줘서 정말 고마워. 사실 난 그날 오후에 목숨을 끊으려고 했었거든."

가슴으로 듣는 일은 생명을 구할 수도 있습니다. 선지자 이사야는 "들으라, 그러면 살리니!"〈이사야서〉55:3 라고 말합니다. 하느님의 은밀한 현존을 존중하는 데는 용기가 필요합니다. 우리를 힘들게 하는 것이 바로 이런 은밀함이지요. 하지만 우리는 그와 협력하도록 하늘의 부탁을 받은 존재들입니다. 평상시에는 일어나지 않는 특별한 일이 일어날 때가 있습니다. 하느님에 대한 불신을 떨쳐 버리면 하늘을 향해 귀가 열립니다. 하느님의 영과 좀 더 활발하게 상호작용하는 일은 인간 실존의 영적 진보입니다.

:

때로 하느님은 우리를 치유하기 위해 상처를 어루만지고자 하십니다. 그럴 때 그는 우리에게 '가서 준비된 일을 하라'고 상기시킬 것입니다. 좋은 악기처럼 조율되는 데는 많은 것이 필요하지 않습니다. 하늘로 향하는 짧은 눈 맞춤이면 충분합니다. 그것만으로도 우리는 성령의 내적인 탄식을 느끼고, 마음을 예민하게 조율할 수 있습니다.

우리의 가슴은 땅의 기관인 동시에 하늘의 기관입니다. 이것이 내가 영감의 길에 관하여 이야기하고 싶은 본질입니다. 인간의 가슴은 자기 자신에게만 속한 것이 아닙니다. 우리는 자신의 일을 느끼고 생각할 수 있을 뿐 아니라, 하늘의 일도 느끼고 생각할 수 있습니다. 우리의 가슴은 하늘에 연결되어 세상을 감싸 안는 거룩한 그물의 매듭입니다. 우리의 가슴은 우리가 느끼는 것보다 훨씬 더 많이 하늘의 일과 연결되어 있습니다. 하늘은 우리를 두르고 있는 영적 공간이자, 현존하는 지혜입니다.

때로 하늘을 잠시 쳐다보며 '하느님의 뜻이 이루어지리라.' 하고 마음으로 말해 보십시오. 우리는 생각하고 느끼는 사람일 뿐 아니라, 받는 사람입니다. 그렇기에 마음은 우리를 지적인 동시에 영감 있는 존재로 만들어 줍니다. 마음은 하느님을 향한 우리의 동경이 피어나기도 하고, 사그라지기도 하는 장소입니다. 사랑을 향한 신뢰, 내적인 빛과 정열이 우리 안에서 사그라지면, 살아 있어도 죽은 것이나 마찬가지입니다.

: 소명의 말

공동 연구를 진행하는 중에 로베르트가 나에게 첼로 제작을 의뢰했습니다. 정말 커다란 기쁨이었습니다. 그전에 의뢰받은 다른 일들도 있어서 로베르트의 첼로를 만드는 데 몇 달이 걸렸습니다. 그에게 어떤 울림이 어울릴지 고심하며 악기를 만들었지요. 그런데 그가 첼로를 가지러 오기 전날 밤, 나는 아직 악기에 라벨을 붙이지 않았다는 사실을 깨달았습니다.

사실 나는 라벨 붙이기를 마지막까지 미루어 왔습니다. 내가 라벨에 적어 준 구절을 로베르트가 아주 중요하게 받아들일 것을 알기 때문입니다. 나는 혼자 고민하기를 멈추고 일어나서 성령에게 부탁했습니다. 내 친구에게 헌정할 구절을 좀 알려달라고 말이지요. 몇 분 뒤, 〈이사야서〉의 한 구절이 눈앞에 떠올랐습니다. 나는 성경에서 그 구절을 찾아 라벨에 적어 악기에 헌정했습니다.

"주께서 내게 학자의 혀를 주어 곤고한 자를 말로써 도울 줄 알게 하시고, 아침마다 나의 귀를 일깨워 학자들같이 알아듣게 하십니다."

〈이사야서〉 50:4

며칠 지나지 않아 로베르트에게서 편지가 왔습니다. 그는 악기에 대한 감사와 울림의 잠재력에 관하여 언급하고 나서, 그 성경 구절에 관하여 이야기했습니다. "자네는 몰랐겠지만, 〈이사야서〉 50장의 이 구절은 내 삶에 들어온 첫 구절이었어. 이 구절을 나는 20년 전부터 머릿속에 새겨두고, 내 인생의 구절 중 하나로 간직하고 있었다네."

그 구절은 청소년 시절 로베르트가 예배 도중에 믿음을 지니게 되었을 때, 한 여인이 그에게 축복기도를 해 주면서 말해 준 것이라고 했습니다. 나는 그 구절이 친구의 삶에 특별한 의미가 있는 것이었음을 알고 기뻤습니다. 그러나 며칠 뒤 다시 통화하면서 나는 그가 기쁜 동시에 약간 충격을 받았다는 것을 알았습니다. 최근에 자신이 이 구절에 충실하게 살았는지 돌아보게 되었던 것이지요. 그리고 인생의 구절을 다시 한번 자기 삶에 새롭게 받아들여야겠다고 다짐했다고 말했습니다.

하느님은 많은 말을 하지 않습니다. 한 사람이 삶에서 들어야 할 말은 그리 많지 않습니다. 신비롭게도 우리는 그런 말이 종종 다시금 확인되고, 새롭게 각인되며, 더욱 강조되는 경험을 합니다. 자신이 꼭

〈말없이〉, 13.1×17.7cm, 2013

들어야 할 말이라면 여러 군데서 듣게 되지요. 무엇보다 내적인 소명을 확실히 할 필요가 있는 경우에 그런 말을 듣게 됩니다. 성서의 모세 오경에도 "두 증인이나 세 증인의 입으로 그 사건을 확정할 것이며."〈신명기〉19:15 참조라는 구절이 있습니다.

: 영감이 깃든 기도 공동체

특히 여럿이 공동체로 모여 경청기도를 할 때, 이런 일이 자주 일어납니다. "이제 믿어라. 내가 너에게 말했다는 것을." 마치 하느님의 은총이 우리에게 이렇게 말하는 듯합니다.

뮌스터슈바르차흐 베네딕트 수도원이나 아렌베르크 도미니크 수도원에서 진행되는 경청기도 세미나에서는 귀 기울여 듣고 축복하는 기도를 연습합니다. 이 같은 기도 세미나에 참가하는 사람들은 대개 서로 모르는 사람들로 구성되는데, 주말 동안 서너 명이 그룹을 이루어 서로를 위해 듣는 마음으로 기도하는 연습을 합니다.

한번은 젊은 신부 한 사람이 이 세미나에 참가했습니다. 참가자들과 함께 기도 연습을 하며 마음에 와닿은 말을 서로 나누다가 신부는 깜짝 놀랐습니다. 참가자 중 한 사람이 신부에게 성경 구절을 이야기해 주었는데, 다름 아니라 자신이 사제 서품식에서 안수받을 때 받은 말씀이었기 때문입니다. 게다가 그 구절을 말해 준 사람은 이전에 경청기도 경험이 전혀 없는 사람이었습니다.

인생의 지침으로 가지고 가야 하는 말은 이렇게 여러 증인에게서 나옵니다. 이는 이상한 일이 아닙니다. 사랑과 격려로 우리를 둘러싼 세계에서 오는 것이니까요. 우리는 받기만 하면 됩니다. 중요한 것은 믿음을 지니고 경청함으로써 자기 자신을 받을 수 있는 상태로 가꾸는 것입니다.

기도 공동체에서 아무 일도 일어나지 않아도 괜찮습니다. 고요히 축복하는 것도 사랑의 행위입니다. 아무것도 없을 때는 아무것도 꾸미지 않는 정직함이 우리를 거룩한 곳으로 인도합니다. 그 무엇도 억지로 할 필요가 없습니다. 용기 내어 모든 것을 그냥 받으면 됩니다. 예수의 산상 수훈은 '심령이 가난한 자는 복이 있다'〈마태복음〉5:3는 말로 시작합니다.

:

우리 아들 요나스는 열여섯 살 때 경청기도 세미나에 참여했습니다. 서로 다른 출신 배경을 지닌 청소년들을 위해 교구에서 마련한 행사였지요. 그 행사에도 서로 침묵하며 기도하는 중에 상대에게서 느끼는 것들을 듣는 연습 시간이 있었습니다.

소그룹으로 나누었을 때, 요나스는 그 모임의 한 친구에게 하느님이 특별히 〈요한복음〉의 한 구절을 주고 싶어 하신다는 느낌을 받아서 그것을 이야기했다고 합니다. 그러자 그 친구가 놀라서 눈을 동그랗게 뜨고는 말했습니다. "그 구절은 내가 견진성사 때 받은 말씀이야." 그 친구는 2년 전에 견진성사를 받았고, 그 말씀을 침대 위에 걸어 놓고 매일같이 대한다고 했습니다. 둘은 그 행사에서 처음 만난 사이였습니다.

이렇게 경청하고 축복할 때는 서로 모르는 사이인 것이 좋습니다. 그래야 우리가 받는 것들이 평소 상대에게 '어쨌든 한번 이야기하고 싶었던' 것들과 섞이지 않을 테니까요. 받는 말씀이 늘 성경 구절일 필요는 없지만, 성서의 구절을 많이 알고 있으면 좋습니다. 성령이 우리 안에서 좋은 것, 치유적인 것을 길어내고자 할 때 그런 구절이 잠재력이 되어 줄 테니까요.

: 청가적 영감

영감의 길을 가는 또 다른 방법은 영적으로 듣는 것입니다. 여기서 우리가 듣는 말은 외부의 음성이 아닙니다. 내면의 생각도 아닙니다. 제3의 것이지요.

한동안 내가 만드는 바이올린에 뭐라고 설명할 수 없는 문제가 있었습니다. 작업을 거듭할수록 내 바이올린들은 힘을 더해 갔습니다. 악기의 힘은 솔리스트에게 아주 중요한 요소입니다. 그런데 힘을 더해 가는 동시에 바이올린 소리에 뭔가 거슬리고 진부한 느낌이 더해졌습니다. 종종 나의 작업장에 오는 아름다운 스트라디바리우스나 오래된 이탈리아산 악기에 내가 압도당하는 까닭은 악기가 지닌 힘 때문이 아니라, 그 힘에 뒤지지 않는 숨 막히는 부드러움 때문이었습니다. 그런데 나의 바이올린은 강한 힘만 지녔을 뿐, 이 힘이 전혀 물러날 줄을 몰라서 강함과 부드러움이 공존하는 매력적인 연주가 불가능했습니다.

나는 공명을 분석해 무엇이 문제인지 알아냈습니다. 우리 귀에 굉장히 민감하게 들리는, 중간 주파수대의 공명피크resonance peak가 너무 센 탓이었습니다. 그 값은 일방적으로 다른 모든 공명피크를 넘어설 만큼 컸습니다. 고독하기만 하고 고급스럽지 않은 힘이었지요. 다른 공명들과 상호작용하지 않고, 다른 특성들을 희생시킴으로써 두드러지는 고독한 카리스마였습니다.

나는 몇 개월에 걸쳐 수많은 요소를 시험하고, 진동 기술을 연구했으며, 영향을 주는 모든 요소를 변경해 보았습니다. 그러나 어떤 방법도 소용없었습니다. 자칫 전체 스펙트럼을 죽여서 바이올린의 힘을 완전히 빼앗아 버리기도 했고, 반대로 문제를 일으키는 공명을 전혀 건드릴 수 없는 경우도 있었습니다. 내가 알고 있던 이성적, 경험적, 직관적 '용어'는 바닥이 났습니다. 이 세 가지 길은 여러 달 동안 충분히 시험해 보았습니다. 그러나 아직도 영감은 오려는 기미조차 없었습니다.

:

그러던 어느 하루, 다시금 힘든 실험을 마쳤으나 실험에 걸었던 모든 희망이 물거품이 되고 말았습니다. 갑자기 몹시 화가 났습니다. 혼자 작업장에 있던 나는 지금껏 내 삶에서 가장 큰 소리로, 가장 분노에 찬

기도를 했습니다. 이런저런 온갖 말을 다 쏟아낸 다음, 기도의 마지막 부분에서 이렇게 외쳤습니다. "난 여태 당신을 위해 많은 일을 했어요. 설교, 강연, 영적 기고…… 정말 힘들었는데도 아무 사례 없이 그렇게 했어요. 작업장에서 하는 일 외에 추가로 시간을 들여서 했다고요. 그건 모두 당신 일이에요! 그럼 내 것은요? 2년 전부터 줄곧 이 문제 하나에 골몰하고 있는데, 조금도 진척이 없어요. 당신은 내가 뭘 어떻게 해야 하는지 정확히 아시잖아요. 알면서 말해 주지 않잖아요!"

이렇게 한바탕 퍼붓자마자 고요한 가운데서 갑자기 너무나 또렷하게 다음과 같은 소리가 들렸습니다.

"125번. 0.6그램."

나는 너무나 놀라서 가만히 있었습니다. 그것은 제3의 지각이었습니다. 외부의 음성도, 내면의 생각도 아니었습니다. 제3의 것. 청각적 영감.

125번? 이는 내가 표시해 놓은 모달해석의 측정점 번호를 뜻하는 것이 틀림없었습니다. 나는 바이올린의 진동형태를 묘사하는 데 필요한 전이함수transfer function: 입력 정보와 현재 상태를 기반으로 출력 상태를 결정하는 함수의 좌표를 595개의 측정점으로 표시해 두고 실험을 진행하고 있었습니다. 그런데 실제로 125번째 점이 놓인 곳은 음향학적 '신경절신경을 통하는 정보들이 통합되는 곳'이라 할 수 있는 지점이었습니다.

나는 그 지점에 작은 변화를 주었습니다. 그랬더니 문제가 되는 강한 공명이 13데시벨 약해졌습니다. 원래 진폭의 4분의 1쯤 되었지요. 그러면서도 다른 공명은 변하지 않았습니다. 여태 수많은 시도를 해 보았지만, 다른 공명에 영향을 미치지 않고 문제의 공명만 조절한 경우는 처음이었습니다. 이어서 경험적 성향이 깨어나 나는 곧장 이 부분의 질량을 0.3~1.2그램까지, 0.1그램 단위로 조절해 보았습니다. 그러자 0.6그램 미만일 때는 이 부분의 영향이 너무 약하고, 그 이상일 때는 다른 진동의 힘을 앗아 버리는 결과가 나왔습니다.

이런 물리학적 과정을 정확히 이해하는 데 몇 달이 걸렸습니다. 그 지점의 질량을 수정함으로써 민감한 마디선과 문제가 되는 진동형태에 변화를 줄 수 있습니다. 그러면서도 바이올린의 다른 진동형태는 그대로 유지했습니다. 청각적 영감이 아니었다면, 나는 절대 그런 생각에 도달할 수 없었을 것입니다.

그 후로 나는 모든 바이올린에 이런 작지만 중요한 수정을 꾀하고 있습니다. 덕분에 악기들의 울림이 매력적이고 다채로워졌습니다. 신경을 거스르는 일차원적 성질과 단조로움이 사라졌지요. 악기에서 울림의 변조modulation 가능성은 매우 중요합니다. 음색은 우리와 함께 유희해야 합니다.

:

나는 기도가 곧 하느님과의 대화라고 믿습니다. 그렇기에 분노를 쏟아낸 그날의 기도도 정상 참작을 해 줄 수 있습니다. 기도는 상호작용입니다. 하늘과 땅 사이에 오고 가는 것이 없으면 아무 일도 일어나지 않습니다.

이런 영감의 경험들을 정리하기 전에 몇 가지 원칙을 먼저 언급해야겠습니다. 이성적인 사람이라면 이 같은 경험이 과연 정상적인지 의문을 제기할지도 모릅니다. 신경정신의학에서 말하는 병적 환청이 떠오르는 대목이기도 하지요. 병적 환청은 사람을 내적 노예로 삼거나 주변 세계에 심각한 위험을 초래합니다. 정말로 환상과 현실을 구분하지 못할 정도가 되면 의사의 소견을 들어 봐야겠지요. 하지만 영감의 경험은 이런 환상과 전혀 다릅니다. 영감 있는 사람은 실제와 환상을, 외적 감각과 내적 감각을 구분할 줄 압니다.

자, 이제 이 같은 경험을 점검하는 데 필요한 시금석을 논할 차례입니다. 특정한 무언가를 아는 데서부터 특정한 어떤 것을 이행할 권리 혹은 과제가 도출되니까요.

: 영감의 순간

영감의 순간을 반복해서 경험하고자 하는 것은 외람된 바람입니다. 영감의 순간은 의도적으로 경험할 수 있는 것이 아닙니다. 은총의 경험을 무슨 공식이나 기법으로 만들고자 한다면 그것은 죄를 짓는 것이나 마찬가지입니다.

영감의 길에서 하늘은 대개 침묵을 지킵니다. 하지만 아무 말도 하지 않는 것이 아무 메시지도 주지 않는 것은 아닙니다. 하늘의 침묵은 우리에게 당면한 일을 하라는 뜻입니다. 그럴 때 우리는 그저 묵묵히 할 일을 하면 됩니다. 때로는 하늘의 손이 우리의 깨달음을 가로막기도 합니다. 아직 때가 오지 않았기 때문입니다.

한편으로는 영감을 받고 싶지만, 지금은 생각하고 묻고 연구하고 새로운 측정 기법을 개발함으로써 이해를 더 도모해야 할 때임을 깨닫게 되는 순간이 있습니다. 경험의 길을 더 가야 한다는 깨달음이지요. 실험실도 기도실만큼 거룩합니다. 인식의 네 가지 길은 모두 똑같이 거룩합니다. 모든 길은 그 길에 필요한 사랑을 통해 거룩해집니다.

: 마음의 논리

아브라함의 장막. 청각적 영감에 관한 나의 경험을 또 한 가지 이야기하고 싶습니다. 하지만 그 전에 짚고 넘어갈 것이 하나 있습니다. 올바른 신학만 고집하면서 자칫 믿음으로 사는 삶을 잊어버리는 사람들이 있습니다. 우리가 그토록 집착하는 교리적 정당성에 대하여 하느님은 그다지 감탄하지 않을지도 모릅니다. 때로는 신학적으로 옳게 여겨지는 일보다 하느님 눈에 옳게 보이는 일이 더 중요할지도 모릅니다.

소위 교리를 바탕으로 한다는 궤변이 기도를 망칠 수 있습니다. '어떻게 하느님과 협상할 수 있다는 거야? 왜 간절히 구해야 하지? 무엇이 좋고 무엇이 필요한지 그분이 다 아시잖아. 그런데 왜 부탁하고 간구함으로써 그를 설득해야 해? 왜 우리 마음을 쏟아내야 해? 하느님은 우리 마음에 있는 것을 다 아시잖아?' 이는 모두 이성의 질문입니다. 그러나 마음은 자신의 논리를 따릅니다. 그렇기에 솔직한 기도를 드리다 보면 하느님과 협상하고 대치하는 일을 피할 수 없습니다. 머리로는 이해하지 못해도 괜찮습니다. 이해하지 못하고도 이미 경험하고 있는 일들이 많이 있으니까요.

:

한때 고객들의 기대치가 너무 높아 몹시 지쳤던 시기가 있습니다. 바이올린 마이스터라는 직업이 유난히 버겁게 느껴졌고, 소명이 부담스러웠습니다. 어느 날 아침, 나는 작업장에 홀로 앉아 지친 마음으로 손을 들고 기도했습니다. "이곳은 당신의 작업실입니다. 아버지, 당신의 작업실입니다! 사람들은 내가 이 작업장의 마이스터라고 믿지만, 당신이 마이스터입니다. 내가 이 일을 꼭 해야 한다면, 당신이 복을 주지 않고는 안 됩니다. 나는 다른 일을 할 수도 있습니다. 이 일에 집착하지 않아요." 마음의 당돌한 논리를 좇아 마지막에는 이렇게 말했습니다. "당신은 이 작업장 문을 닫을 수도 있습니다. 그러면 나는 다른 일을 하겠지요. 하지만 그렇게 되면 당신은 좋은 작업장 하나를 잃게 된다는 것을 아시기 바랍니다."

그러자 곧바로 하느님 말씀이 들렸습니다. 앞에서 이야기한 제3의 방식으로 나는 그 말씀을 들었습니다.

"이 작업장은 아브라함의 장막이다. 일 년 뒤, 네게 약속의 아들이 주어질 것이다. 위대한 음악가가 그 악기를 연주하게 될 것이다."

나는 놀라고 흥분해서 들은 것을 그대로 적어 놓았습니다. 하지만 시간이 흐르면서 그 말은 머릿속에서 까맣게 잊히고 말았지요! 여느 때처럼 작업을 계속해 오던 어느 날, 컴퓨터가 고장 나서 데이터를 다른 시스템으로 옮겨야 했습니다. 그때, 폴더 하나가 눈에 띄었습니다. '개인적인 약속'이라는 이름이 붙은 그 폴더 안에는 단 하나의 파일만 있었습니다. 파일을 열어 보니 내가 11개월 전에 적어 놓은 말이 있더군요. '이 작업장은 아브라함의 장막이다. 일 년 뒤, 네게 약속의 아들이 주어질 것이다……'

:

그 시기에 내 작업장에는 시험해 볼 바이올린이 여섯 대 있었습니다. 18세기에 이탈리아에서 제작된 바이올린 세 대, 내가 막 제작한 새 바이올린 세 대가 있었지요. 솔리스트로서 늘 유명 오케스트라와 협연하는 세계적인 바이올리니스트가 이 바이올린들을 시험했고, 나는 악기들의 울림을 녹음했습니다. 그런데 예기치 않은 일이 일어났습니다. 내가 만든 바이올린 '오푸스Opus 130'을 연주하다가 바이올리니스트가 감전된 듯한 느낌을 받은 것입니다. 녹음한 것을 들어 보아도 그 부분이 생생하게 드러납니다. 그는 연주를 마치고 이렇게 말했습니다.

"아, 이건 정말 어마어마한 소리군요. 믿을 수 없는 카리스마예요. 처음엔 고유의 저항력이 아주 강하게 느껴졌어요. 내 스트라디바리우스의 유려하고 윤이 나는 그런 소리와는 달라요. 누군가가 고집스럽게 버티면서, 싸움 걸기를 기다려요. 그걸 제압하면, 믿을 수 없는 이야기가 나오지요. 연주할 의욕이 생기는 바이올린이에요. 하지만

이 악기를 연주하는 건 시합이나 마찬가지예요. 카리스마의 시합이
죠. 아주 강한 악기예요. 말을 걸고 음을 만들기가 힘들다는 의미로
강한 게 아니라, 뭔가 순박하게 강한 느낌이랄까요? 거참, 놀라운 바
이올린이네요."

나는 그에게 악기를 가지고 가서 좀 더 친해져 보겠느냐고 물었습니
다. 그는 9일 뒤에 베를린 심포니 오케스트라와 파가니니의 바이올
린 협주곡 2번을 협연하기로 예정되어 있었습니다. 대규모 오케스트
라와 함께 2천 명의 청중 앞에서 말입니다. 베를린 필하모니에서 열
리는 그 콘서트는 입장권이 이미 매진된 상태였지요.

연습 기간에 그는 10년간 함께해 온 자신의 스트라디바리우스와
내가 제작한 새 바이올린을 번갈아 가며 연주했다고 합니다. 그런데
지휘자와 오케스트라 단원들이 새 바이올린으로 연주할 것을 제안
했습니다. 그 악기의 크고 정열적인 음이 파가니니의 곡에 더 맞을 것
같다면서요. 그래서 그는 아직 생소한 바이올린을 들고 무대에 올랐
습니다.

그는 베를린에서 돌아와 나에게 그 악기를 사고 싶다고 하면서 콘
서트에서 있었던 일을 들려주었습니다. 새 바이올린이 그전까지 전
혀 경험해 보지 못한 광휘로 콘서트홀을 채웠다는 것이었습니다. 진
정한 울림의 불꽃놀이였다고 했습니다. 그는 잠시 말을 멈추었다가
바이올린 제작자에게 가장 영광스러운 말을 해 주었습니다.

"당신이 내게 목소리를 주었어요!"

모든 음악가는 자신의 바이올린으로 노래하고 싶어 합니다. 그래

서 "당신이 내게 목소리를 주었어요!"라는 말을 듣는 것은 참으로 근사한 일입니다. 그는 악기를 가지고 가면서 눈을 찡긋하더니 한마디 덧붙였습니다. "이 바이올린은 미성년자 관람 불가예요!"

베를린에서의 그 콘서트는 연말에 6일간 열렸습니다. 잉골프는 이 바이올린으로 지금까지 150회의 독주회를 마쳤습니다.

내가 만든 악기가 모두 그런 크나큰 울림을 지니지는 않았습니다. 하지만 괜찮습니다. 모두 자신만의 재능이 있고, 고유의 내밀함과 개성 있는 음색을 지녔으니까요. 솔리스트만 악기를 연주하는 것도 아니니까요.

: 영감 있는 동경

또 한 가지 영감의 길이 있습니다. 나는 그것을 '영감 있는 동경'이라 부릅니다. 이는 기도를 통해 우리에게 다가옵니다. 우리의 삶은 하느님께 드리는 기도이자, 세상을 향한 설교입니다. 우리 입에서 나오는 말은 그것이 진실한 마음의 표현일 때만 하느님께 가 닿습니다. 하느님은 마음을 보고, 마음을 듣습니다.

:

나의 첫 작업장은 뮌히너 레엘에 있었습니다. 매일 붐비는 전철을 타고 출퇴근했지요. 어느 날 출근길 전철에는 한 무리의 소녀가 내 앞에 앉아 있었습니다. 열한 살이나 열두 살 정도 되었을까요? 명랑한 웃음과 빛나는 눈이 보는 사람마저 기분 좋게 했습니다. 그 아이들 옆에 또 다른 소녀들이 있었습니다. 열여섯 살 정도로 보였습니다. 그런데 그 두 그룹 사이에 충격적인 차이가 있었습니다. 열여섯 살 소녀들은 세상을 다 산 듯 생기 없는 표정에 지치고, 피곤하고, 실망스러운 눈빛을 하고 있었습니다. 그들은 아무도 말이 없었으나 그동안 수없이 상처받았고 힘든 일을 겪었다고 외치고 있었습니다.

단지 몇 년 사이에 소녀들의 눈빛이 그렇게 달라진다는 사실이 너무나 가슴 아팠습니다. 어린 시절이 끝나고 더 많은 자유를 얻었지만, 스스로 의지하거나 지탱할 그 무엇도 발견하지 못한 상태. 그 소녀들을 본 순간 나의 기도는 깊은 회한이 되었습니다. "당신의 복음을, 그 힘과 존엄을 더 많이 알리고 싶습니다. 내가 얼마나 무관심하고 방관하는 태도로 살았는지요! 내게 기회를 주십시오!"

그렇게 작업장으로 출근했고, 일하는 사이에 나는 그 기도를 잊어버렸습니다. 반나절을 보내고 평소처럼 요기를 좀 하려고 길모퉁이에 있는 제과점으로 갔습니다. 그런데 먹고 싶었던 샌드위치가 없었습니다. 나는 제과점 주인에게 물었습니다. "혹시 모차렐라 치즈를 넣은 치아바타 샌드위치를 만들어 줄 수 있나요? 가능하면요." 그러자 그녀는 웃으면서 "뭐든지 가능합니다!"라고 대답했습니다. 나는 별생각 없이 "하하, 그 말이 성서에 있다는 거 아세요?" 하고 말했지요. 그녀는 혼란스러운 듯이 나를 쳐다보았습니다.

"그런 말이 성서에 있어요?"

: 바이올린과 순례자

"그럼요. 예수가 말했죠. 믿는 자에게는 모든 것이 가능하다고요."

그러자 그녀는 막 치아바타를 자르려고 들고 있던 칼을 내려놓고는 생각에 잠겨서 가만히 앞을 바라보았습니다. 그리고는 진지한 자기 독백처럼, 나지막하게 말했습니다.

"믿음이라…… 그게 과연 뭘까요?"

한동안 침묵이 흘렀습니다. 제과점에는 다른 손님들도 있었으나 그녀는 아무 말 없이 생각에 잠긴 채 서 있었습니다. 나도 가만히 있었습니다. 얼마간 시간이 흐른 뒤, 그녀는 스스로 대답했습니다.

"아마도…… 자기 자신을 완전히 내맡기는 것이겠지요!"

그래서 나도 "네, 응답하는 것이죠."라고만 했습니다. 그러자 그녀는 마치 깨어나는 듯 미소 지으며 말했습니다. "알았어요. 오늘 소중한 것을 배웠네요!" 그녀는 다시 평소처럼 손님들을 응대했고, 자기 할 일을 했습니다.

샌드위치를 먹고 작업장으로 돌아오는 길에 문득 아침에 드린 기도가 생각났습니다. 제과점에서 있었던 일은 뜻깊은 경험이 되었습니다. 동경하는 것이 삶으로 바뀐다는 사실을 배웠거든요. 우리 마음과 하느님의 뜻은 계속해서 상호작용합니다. 이 둘은 우리 앞에 일어나는 일에 공동 결정권을 가집니다. 동경을 통해 우리는 눈앞에서 일어나는 일을 받아들이기도 하고 거부하기도 합니다.

: 영감이 깃든 이미지

나는 지금도 계속해서 배우며 영감의 길을 가고 있습니다. 그 길에서 종종 영감이 깃든 이미지를 봅니다.

생각을 새롭게 할 준비가 되어 있어야만 영감의 길을 갈 수 있습니다. 영감의 길은 겸손을 통해 생각을 정결하게 하라고 가르칩니다. 제 아무리 똑똑한 사람이라도, 인간이 인식하는 것은 새벽 여명일 뿐임을 깨달을 때, 우리의 사고는 거룩해집니다. 고자세로 세상 위에 서서 생각하는 것으로는 부족합니다. 안으로 들어가, 그 안에서 생각해야 합니다. 이 말이 언어유희처럼 느껴질 수도 있겠지만, 그렇지 않습니다. 다른 방식의 사고가 필요하다는 뜻입니다. 그것을 기도라고 할 수도 있겠지요.

이성은 세상의 일들을 판단합니다. 그러나 그 안으로 들어가지는 않습니다. 이와 달리 사랑하는 사람은 자신을 내줍니다. 모든 신경을 모아 하느님의 커다란 지혜 속으로 뛰어들어 세상에 일어나는 일들을 듣고 보고 느끼는 것, 그보다 더 행복하고 지고한 일은 없습니다. 이성의 힘으로 생각할 수 있는 것보다 더 큰 지혜가 있다는 것을 깨달을 때, 비로소 우리는 교만에서 벗어날 수 있습니다.

:

얼마 전, 사랑을 새롭게 하는 것에 관하여 설교를 듣던 중에 갑자기 마음눈 앞에 세 가지 이미지가 나타났습니다. 아주 자연스럽게, 마음

속에서 세 가지 영상이 돌아갔습니다.

마음속에 떠오른 첫 번째 사람은 걱정으로 찌든 얼굴을 하고 있었습니다. 근심할수록 주름이 점점 더 깊어지고 추해졌습니다. 걱정으로 일그러진 얼굴은 어느새 마비되었고, 증세가 퍼져서 결국 전신이 마비되었습니다. 나는 이 사람이 걱정의 힘을 상징한다고 해석했습니다. 걱정은 속사람을 마비시킵니다. 우리가 지닌 사랑의 능력을 모두 마비시킵니다. 그 일이 있고 나서 성서를 들추다가 이런 구절을 발견했습니다. "방탕하거나 술에 취하거나 생활을 염려하느라 마음이 둔해지지 않도록 스스로 조심하라."〈누가복음〉 21:34

한곳이 썩기 시작한 자두가 두 번째 이미지로 떠올랐습니다. 썩은 부분이 번져 가더니 마지막에는 과육 전체가 썩고 곰팡이가 피었지요. 이 이미지는 불평불만을 상징하는 듯합니다. 불평불만은 마음을 망가뜨립니다. 원망이 점점 퍼져 나가면 삶을 누릴 수 없게 됩니다. 성서는 이렇게 말합니다. "건강하고 신선한 것은 황금보다 좋다." 그리고 "불평불만으로 가득한 삶보다 죽음이 낫다."〈집회서〉30:15, 17

세 번째로 마음눈 앞에 떠오른 사람은 빛나는 눈을 가지고 있었습니다. 하지만 그 빛이 서서히 흐려지더니 걷잡을 수 없게 되어 버렸습니다. 눈을 덮은 회색 베일이 점점 짙어지다가 결국 완전히 눈이 멀고 말았습니다. 이 이미지가 상징하는 것은 체념입니다. 체념은 마음을 눈멀게 합니다. 성서는 우리의 마음에 이렇게 말합니다. "하느님이 너희를 어떤 소망으로 부르셨는지 깨달을 수 있도록 그가 너희의 마음눈을 밝혀 주시기를 바라노라."〈에베소서〉1:18

걱정과 불평불만과 체념은 우리의 사랑을 마비시키고, 오염시키며, 눈멀게 하는 강력한 힘입니다.

: 열린 눈으로 기도하기

영감의 인도를 받을 때, 외적 지각과 내적 지각이 서로 맞물리는 경우가 종종 있습니다.

한번은 내가 어느 교회에 가서 메시지를 전해야 하는 일이 생겼습니다. 나는 어떤 메시지를 전하면 좋을지 결정하기에 앞서 하늘에 물었습니다. "예수님, 당신이 이 교회에 전하고 싶은 이야기는 무엇입니까?" 그러자 마음눈 앞에 밭의 이미지가 떠올랐습니다. 그 밭에는 오래전에 뿌린 씨앗에서 곡식의 싹들이 돋아나고 있었습니다. 하지만 사람들은 이를 악물고 계속해서 씨를 뿌리느라 밭을 마구 밟고 돌아다녔습니다. 그 탓에 이미 돋아난 싹들이 짓밟혔지요.

나는 그 이미지가 무엇을 의미하는지 단박에 알 수 있었습니다. 사람들은 지금 이미 충분하다는 것을 믿지 않고, 필요 이상으로 애쓰곤 합니다. 모든 일이 자기 손에 달렸다고 믿기 때문이지요. 그러나 사실, 지금 이대로 좋습니다. 무엇을 더 할 필요가 없습니다. 씨는 이미 뿌려졌고, 이제 자랄 테니까요. 나는 이 생각을 메모해 두었습니다.

그날 저녁, 드디어 메시지를 전할 시간이 되었습니다. 인도자가 나를 소개했고, 내가 이야기를 시작하기 전에 한 신도에게 먼저 말할 기회를 주었습니다. 그녀는 약간 상기된 얼굴로 수줍은 듯 이야기를 꺼냈습니다. 자기는 시골에 살며, 그날 아침에 남편과 함께 산책을 나섰다가 어느 밭을 지나게 되었다고 했습니다. 그런데 벌써 곳곳에서 겨울 곡식들이 싹을 내고 자라고 있는 것이 보였지요. 서리가 내렸음에도 이미 뿌려진 씨에서 싹이 났더랍니다. 그녀는 그 모습을 보고 '일이 자라고 성숙함을 믿어야 한다'는 말의 의미가 바로 이것이구나 하고 느꼈다고 말했습니다.

그날 아침에 그녀가 자연이라는 책에서 읽은 것을 나는 내면의 눈으로 본 셈입니다. 이처럼 일치하는 메시지는 그 시점에 필요한 것이었습니다. 그날, 우리는 모두 믿음의 길을 가는 데는 특별한 상담과 교육, 방향 수정이나 그 밖의 어떤 요구가 필요한 것이 아니라, 단지 신뢰하며 살아갈 용기만 있으면 된다는 것을 알았습니다.

: 삶에 숨은 비유

그리스 철학에는 주변에서 일어나는 일들을 보고 비유를 깨달아 마음의 인도를 받는 연습이 있습니다. 모든 것이 우리에게 말을 건다는 생각에 바탕을 둔 공부이지요. 실제로 체험한 것을 해석하기 시작하면 배울 수 있고, 삶을 형상화할 수 있습니다. 그러므로 생각의 보물을 이용하는 것도 중요하지만, 주변에서 무슨 일이 일어나는지 늘 살피고, 그 일이 나에게 무슨 말을 하려고 하는지 물어야 합니다. 앞에서 말한 겨울 곡식과 밭의 이미지가 바로 그런 예라고 할 수 있습니다. 우리가 자연이라는 책을 읽고, 그 지혜를 들으며 기쁨을 얻는 것은 창조적 마음이 있기 때문입니다. 하지만 눈을 들어 살피고 그 풍경에 담긴 이야기를 듣고자 하는 사랑의 마음이 없다면 그런 일은 가능하지 않습니다.

깨어 있는 정신으로 자신의 체험을 해석하는 연습은 그리스에만 있었던 것이 아닙니다. 히브리인에게도 이는 아주 중요한 개념이었습니다. "지금 너희가 어떻게 지내고 있는지 살펴보아라."〈학개〉1:5, 1:7, 2:18 건조한 믿음을 지혜의 이슬로 적시는 듯한 영적 기쁨 속에서 살아간다면 모든 것이 우리에게 이야기를 할 것입니다.

우리는 늘 우리를 두르고 있는 지혜와 함께 유희합니다. 지혜가 우리에게 이야기할 때, 우리는 지혜의 손길로 말미암아 일어서며, 위로받고, 방향을 잡고, 훈계도 받습니다. 열린 눈으로 기도하면, 모든 것이 메시지로 다가올 것입니다. 어렵게 힘쓰지 않아도 유희하듯이 즐겁게 메시지를 받을 수 있습니다. 바로 이것이 비유를 통해 진리를 배우는 연습이지요. 예수는 우리가 어떤 마음과 태도로 살아야 하는지를 눈에 보이는 삶을 비유로 가르쳤습니다. "들에 핀 백합화를 보아라. 하늘을 나는 새를 보아라. 하느님의 나라를 무엇에 비유할까, 그것을 어떤 비유로 묘사할 수 있을까?"

:

묻고 해석하기. 작업실 앞에서 중장비를 동원한 운하 공사가 한창입니다. 시끄럽고 땅이 진동합니다. 소음은 몇 주 전부터 고질적인 두통처럼 나를 괴롭힙니다. 출판사에서는 어서 원고를 달라고 재촉합니다. 계속해서 땅이 진동하고 모터 소리가 요란하니 생각을 제대로 할수가 없습니다. 짜증을 내면 상황이 더 나빠집니다. 짜증은 내면의 소음이기 때문입니다.

공사 소음으로 괴로워하던 차에 이 상황이 나에게 주는 메시지가 있을 것이라는 데 생각이 미쳤습니다. "너의 글과 기도에 세상의 소음까지 담는 것을 잊지 말아라. 세상에서 퇴각해서는 안 된다." 소음과 진동이 그렇게 말하는 듯합니다.

이 메시지를 찾은 것으로는 충분하지 않은 듯 같은 날에, 그것도 공사 소음이 가장 심할 때, 아빌라의 테레사가 쓴 《영혼의 성 *The Interior Castle*》 서문에서 다음과 같은 구절을 읽었습니다. "거룩함에 이르는 길은 하늘의 신비한 빛으로 눈부신 그런 길이 아니다. 우리의 두려움과 좌절로 점철된 일상의 흙탕길이다."[21] 그리하여 나는 이 같은 방해를 내 글이 들뜨지 않게 현실감을 실어 주는 무게추로 받아들입니다. 그런다고 조용해지지는 않지만, 때로는 시끄러움 가운데서도 평화를 발견합니다. 받아들일 때 비로소 도달할 수 있는 평화이지요.

그런데도 한편으로는 어서 네 시 반이 넘기를 고대합니다. 모든 중장비가 동작을 멈추는 순간이 오면 나는 만성 통증에서 구원받은 듯 편안해집니다. 그러면 또 다른 문장이 탄생합니다. 나는 마치 독수리처럼 광활한 대지 위를 비행하며 고요에 잠기지요. 고요는 내 영혼에 숨통을 틔워 주는 맑은 공기와 같습니다. 사랑하는 현존 안에 혼자 있는 것보다 더 좋은 시간이 또 있을까요? 나는 고요를 사랑합니다. 고요를 사랑하지 않는 사람은 좋은 악기를 만들지 못할 것입니다. 듣는 귀를 연마하지 못할 것입니다. 고요함 속에서 귀가 정화됩니다.

다음 날 아침, 늘 그랬듯 같은 시각에 다시금 소음이 내게 인사해 왔습니다.

자신을 둘러싼 환경이 어떤 의미를 지니는지 묻고 해석하는 습관을 들이면 사건에 휩쓸려 이리저리 휘둘리지 않을 것입니다. 자연스러운 원천을 통해 '마음의 형태'를 잡는 것이 방해 거리로 말미암아 뒤틀리는 것보다 백번 낫습니다. 성 그레고리우스는 다음과 같이 말했습니다. "나는 모든 일을 나의 영적 진보에 맞추는 데 익숙해졌다. 이런 연습 없이는 명상의 삶을 제대로 살 수 없고, 활동적인 삶도 바람직하지 않은 방향으로 치우치게 된다. 이런 연습이 없으면 휴식은 게으름이고 일은 훼방일 뿐이다."[22]

고대 그리스의 현자들은 하루의 장면, 만남, 사건을 자신의 마음을 만들고 인도하며 지혜를 주는 원천으로 삼았습니다. 현자들처럼 우리도 보고 듣는 마음으로 우리에게 주어지는 일의 의미를 물어야 합니다.

:

기적을 놓치지 않기. 나는 환승 기차를 놓칠까 봐 안절부절못했습니다. 모든 평온이 다 사라졌지요. 잠시 후, 무사히 기차에 타고 자리에 앉아 한숨을 돌립니다. 마음이 놓임과 동시에 조금 전까지 그렇게 안달복달했던 것이 창피합니다. 슬그머니 생각이 고개를 듭니다.

'보이지 않는 삶에서도 성령의 때카이로스를 놓칠까 봐 걱정한다면 좋으련만, 왜 너는 별일도 아닌 것에는 그렇게도 흥분하면서, 깨어서 인식하고 용감하게 들어야 하는 일에는 마냥 태평하지? 이제 막 시간의 창이 열리고 하느님의 약속이 이루어지려 할 때는 왜 그리 느긋한 거야? 보이지 않는 세계에서도 기차를 놓칠 수 있어. 그러면 하느님의 뜻에 연결될 기회를 놓치는 거라고. 모든 일을 아무 때나 이룰 수는 없어. 거룩한 순간은 따로 있어. 그것들을 놓치지 마. 예수가 눈물로 "너는 은총의 때를 깨닫지 못했다."〈누가복음〉 19:41 하고 말한 것을 기억해. 너무 늦으면 은총이 주어지는 순간들을 놓칠 수도 있어.'

자신과 타인의 삶을 관찰하고 그 안에서 하느님의 지혜를 듣는 것은 내가 가장 좋아하는 힘의 원천입니다. 이 역시 영감의 길에 속합니다. 그리고 이 길은 우리의 영혼을 기도하는 삶으로 인도합니다.

: 온 마음으로 기도하기

나는 온 마음으로 기도하는 법을 배우고자 합니다. 반쪽짜리 마음이 아닌 온 마음으로 말입니다. 선하고 경건하며 순종하는 목소리로 기도하는 데 그치지 않고, 내 안의 불평불만과 나쁜 생각, 헐뜯는 소리, 고민하는 소리, 두려움과 소심함을 숨기지 않으려고 합니다. 우리가 종종 하느님의 음성을 듣지 못하는 것은 불안, 걱정, 실망, 불평불만,

고통 같은 내면의 목소리가 너무 크기 때문이 아닙니다. 이런 마음에 대고 "조용히 좀 해! 지금 기도하잖아!"라며 다그치는 것은 절대로 좋은 방법이 아닙니다.

나를 힘들게 하는 생각, 좋지 않은 생각을 경건함으로 눌러 버리고자 할 때는 하느님의 음성이 들리지 않습니다. 두려움마저 기도가 되어 하느님 앞으로 나아갈 때, 비로소 하느님의 음성을 들을 수 있습니다. 눈물단지를 쏟듯 걱정, 불평불만, 고통을 하느님 앞에 쏟아 놓을 때만 그의 음성을 들을 수 있습니다.

내면에서 들끓는 모든 목소리를 기도로 모으려면 시간이 좀 필요합니다. 하지만 꼭 해야 할 일이지요. 마음의 소리에 귀를 기울이면, 하느님께 무엇을 고해야 할지 깨달을 수 있습니다. 기도할 때, 우리 안의 다양한 목소리가 모두 반영되면 좋겠습니다.

:

〈시편〉에 실린 150편의 글은 온 마음으로 기도할 수 있게 우리를 자극합니다. 〈시편〉은 기도를 훈련하는 학교입니다. 그 문장을 하나하나 읽다 보면 마음속의 수많은 음성 중 어떤 것이 기도하고 있는지 빠르게 깨달을 수 있습니다.

우리는 대개 지친 마음과 의심, 짜증을 가리고 믿음과 기쁨을 앞세워 기도하려고 합니다. 그런데 꼭 그래야만 할까요? 기도는 반드시 사랑으로 드리는 아름다운 울림이어야 한다고 생각하기 때문이 아닐까요? 그런 생각 때문에 우리가 하느님의 음성을 제대로 듣지 못하는 것은 아닐까요? 좋은 것만 내보여야 한다는 생각은 마치 환자가 의사에게 가려면 우선 건강해져야 한다고 생각하는 것과 같습니다. 아픈 상태로 병원에 가면 의사가 부담스러워할 것이라고 생각하는 것이나 마찬가지입니다. 더러 우리의 믿음에 활기와 용기가 없는 까닭은 우리가 하느님 앞에서 스스로 강해져야 한다고 생각하는 탓입니다. 스스로 건강해져야 한다는 생각이 우리의 믿음을 병들게 합니다. 있는 그대로 나아가지 못하면 하느님이 우리를 고무하는 음성을 들을 수 없습니다.

〈이사야서〉에서 보듯, 두 장소 모두 거룩합니다. "나는 높고 거룩한 곳에 있으며, 또한 마음이 찢기고 꺾인 사람과도 함께한다. 이는 꺾인 자의 영을 일으켜 세우며, 낙담한 자의 마음을 회복시키려 함이다." 〈이사야서〉 57:15 우리는 높은 곳뿐 아니라, 깊은 곳에서도 하느님을 찾아야 합니다. 빛 속에서만이 아니라 어둠 속에서도 찾아야 합니다. 우리가 이해할 수 있는 일뿐 아니라, 이해할 수 없는 일에서도 찾아야 합니다. 모든 곳에 하느님의 숨결이 깃들 수 있게 해야 합니다.

거룩해지고자 애쓰는 가운데 정직함을 잃으면 하느님의 음성을 듣지 못할 것입니다. 기도하면서 마음을 토로하지 못하면, 찬양만 하고 절규를 잊어버리면, 그분의 음성을 들을 수 없을 것입니다. 경건해야만 하고 실패와 좌절을 용납해서는 안 된다고 믿는 사람에게는 하느님의 음성이 들리지 않습니다. 나는 실패와 좌절 속에서도 하느님 앞에 있고자 합니다. 우리가 무엇으로 그분께 잘 보일 것이며, 무엇으로 그분 앞에서 위장할 수 있겠습니까?

:

지난날들의 피로가 누적되어 지치고 불안할 때, 나는 어두운 강가에 앉아 풍성하고 놀라운 물소리를 듣습니다. 동트기 전에 일어나서 자전거를 타고 차가운 공기 속으로 나왔습니다. 어둠 속을 달려와 강둑에 말없이 앉아 있습니다. 새벽의 서늘함이 몸을 감쌉니다. 하느님이 임재하는 어둠 속에 내 몸과 마음을 의탁하는 것은 얼마나 기분 좋은 일인지요. 건너편 나무들이 어른어른 보입니다. 하느님이 희미하게 분간되듯 그것들도 희미하게 분간됩니다.

어둠은 정직합니다. 어른거림도 정직합니다. 추위는 정직합니다. 나는 많이 듣고 많이 보는 것처럼 위장할 필요가 없습니다. 깨달은 사람인 듯 가식적인 태도를 보일 필요가 없습니다. 내가 아는 단 한 가지는 내가 마음으로 하느님을 찾고 있다는 것입니다. 그리고 하느님이 나의 사랑을 아신다는 것입니다.

: 진리 안에서 살아가기

우리는 자기가 속한 곳에서 들려오는 음성만 들을 수 있습니다. 다시 말해 우리에게 들리는 소리가 우리의 소속을 알려줍니다. 걱정에 마음을 주면 걱정의 소리를 듣게 되고, 걱정이 부추기는 대로 실천합니다. 탐욕에 마음을 주면 탐욕의 음성을 듣고, 탐욕이 우리에게 바라는 대로 행동합니다. 불평불만과 실망에 속하여 그것들을 품고 살면, 불평불만의 음성이 우리의 귀를 막아 버립니다.

우리는 그리스도의 진리로 조율되었을 때만 그의 음성을 들을 수 있습니다. 우리는 믿음으로 자신을 조율합니다. 선한 목자는 다음과 같이 비유했습니다. "내 양은 내 음성을 듣고, 나를 따른다."〈요한복음〉 10:27 소속이 불분명하면, 들리는 소리도 불분명해집니다.

실존적 인식을 위해서 우리가 어떻게 깨닫는지는 중요하지 않습니다. 우리가 누구인지가 가장 중요합니다. 하느님을 인식하는 문 앞에서, 우리가 그 문을 열고 들어가려면 자신이 누구인지 대답해야 합니다. 종교적 구분이 아니라, 실존적 상태를 이야기해야 합니다. 마음의 상태가 그 사람의 진실이기 때문입니다. 그래서 예수는 "진리에 속한 자는 내 말을 듣는다."〈요한복음〉 18:37 라고 말했습니다. 여기서 '듣는다'는 말은 우리가 여기저기서 하느님에 관한 이야기를 듣는다는 의미가 아니라, '아무개는 엄마 말을 잘 들어.' 할 때의 듣는다는 의미, 즉 삶으로 하느님께 순종한다는 의미입니다.

우리가 하느님에 대한 불신을 뼛속까지 완전히 극복하면 하느님도 더는 침묵하지 않습니다. 중요한 것은 일시적인 영감이 아니라, 거룩함입니다. 거룩함은 삶 전반에서 그리스도의 법을 구현하며 순간순간 그리스도에 의해 조율되는 것입니다. 그런 사람은 성화된 삶을 통해 거룩한 음성을 듣고, 무엇이 옳고 무엇이 그른지 분별할 수 있게 됩니다. 우리의 믿음은 바이올린의 탄력 있는 현과 같습니다. 현은 진동할 뿐입니다. 우리는 그냥 퉁겨지기만 하면 됩니다. 하지만 현은 조율되어야 합니다. 믿음으로 조율된 마음에만 하느님의 지혜가 들립니다. 소속을 분명히 하십시오.

: 자기 자신을 믿기

마지막으로 직관과 영감의 차이에 관하여 이야기하겠습니다. 나는 '직관의 길'에 관한 이야기로 이 장을 시작했습니다. 연장이 손을 인도하는 직관의 길은 바이올린 제작자에게 가장 중요한 길입니다. 직관적 능력은 자기 자신을 기꺼이 신뢰해야만 키울 수 있습니다. 직관적 인식이란 무엇이 옳은지 아는 것이지요.

느낌을 신뢰하는 태도, 혹은 느낌을 인식의 원천으로 여기는 태도는 종교적 견지로 보면 회의적일 때가 많습니다. 종교적 기준에서는 감정이란 신뢰할 수 없는 것이며 진실을 오도하는 것, 변덕스러운 것이기 때문입니다. 오직 이성적 확신만이 영원성을 지닌다고 믿곤 하지요. 하지만 이런 잘못된 시각은 자신을 비하하고 위축되게 만들어서, 잠재력을 거세해 버립니다. 느낌을 불신하게 되면 결국 자기 자신을 불신하게 됩니다. 그렇게 느낌에서 멀어지면 깊은 믿음에 이를 수 없습니다. 조율된 삶에서 오는 건강한 느낌을 알 길이 없어집니다. 믿음만 보면 거인이지만, 감정적으로는 난쟁이가 되어 버린 상태를 성서는 다음과 같이 표현합니다. "그들이 입술로는 나를 찬양하지만, 마음은 내게서 멀다." 〈마태복음〉 15:8, 〈이사야서〉 29:13

단순히 느낌을 믿는 것이 중요하다는 의미가 아닙니다. 자신이 믿는 바에 감정을 이입하는 것이 중요합니다. 감정으로 보완하지 않고는, 아는 것은 많을지 몰라도 깨닫지는 못할 것입니다. 느끼지 못하고 보기만 하면 깨달음으로 이어지지 않습니다.

그러므로 진리를 이해하는 것보다 진리 안에서 스스로 정결해지는 것이 중요합니다. "우리는 하느님의 말씀이라는 목욕물로 깨끗해진다."〈에베소서〉5:26 마음을 정화하고, 느낌을 맑게 함으로써 우리는 진리를 느낄 수 있습니다. 내적으로 정결해진 사람은 마음의 소리를 불신할 이유가 없습니다. 마음이 깨끗해졌으니 느낌대로 해도 되는 것입니다. 이에 관하여 성 아우구스티누스는 자못 위험하면서도 진실한 가르침을 줍니다. "사랑하십시오. 그리고 원하는 대로 하십시오."[23]

하느님은 우리가 스스로에 대한 믿음을 잃기를 원하지 않으십니다. 우리가 작아지는 것을 원치 않으십니다. 마음이 당신에게 말하는 것, 그것이 직관입니다. 이성이 적절한 시기에 침묵하는 법을 배우고, 초조한 걱정이 신뢰 안에서 잠잠해지는 법을 배울 때, 직관의 목소리를 들을 수 있습니다.

: 기꺼이 내맡기기

영감의 순간은 다릅니다. 영감의 순간에는 마음이 말하지 않고 하느님의 영이 말을 합니다. 하지만 구태여 이를 구분할 필요는 없습니다.

영감과 직관은 서로 겹치니까요. 다만 직관과 영감이 서로 다른 마음을 전제로 한다는 것은 알아둘 필요가 있습니다. 직관의 길이 자신을 기꺼이 신뢰할 것을 요구한다면, 영감의 길은 불안하더라도 익숙하고 안정된 상황에서 기꺼이 떠나라고 부탁합니다.

이는 단지 믿을 뿐, 자기 힘으로 통제할 수 없는 상태, 거룩한 무지의 상태입니다. 하느님 앞에서 의식적으로 빈손으로 서는 것이지요. 무능하고 무지한 상태로 기꺼이 나아갈 용기를 지닌 사람만이 어리석은 욕심에 저항할 수 있습니다. 그래야만 확신과 지식에 대한 욕구를 교과서적 설명으로 성급하게 채우는 잘못을 범하지 않습니다. 빈 그릇만이 채워질 수 있습니다. 단, 그 그릇은 비어 있되, 하늘을 향한 신뢰로 가득 차 있어야 합니다. 예수는 이렇게 비어 있는 상태에 관하여 "아들은 하느님이 하는 일을 보지 않고는 아무것도 스스로 할 수 없다."〈요한복음〉5:19라고 표현했습니다. 무력감과 힘, 비움과 채움, 무능과 하느님의 능력은 예수의 삶에서 완벽한 방식으로 공존합니다. 이는 영감의 본질이자, 구원받은 사람의 전형적 태도입니다. 그는 무능을 고백하고, 하느님이 하시는 것을 보고 그대로 행합니다.

직관이 수많은 경험을 통해 삶이 선사해 준 내적 풍요에서 나오는 것이라면, 영감은 자신의 내적 곤궁을 인정하는 마음에 깃듭니다. '내가 할 수 있는 일이 얼마나 적은지요. 내 안에서 길어 올릴 것이 없습니다.' 이렇게 마음의 가난을 연습하는 사람은 그 안에서 자유를 경험하게 될 것입니다. 영감 있는 삶이란, 자신의 알량한 지식을 내려놓고 기꺼이 내맡기는 데서 출발합니다.

직관의 길에서는 자기 확신이 중요하고, 영감의 길에서는 마음을 비우고 내맡기는 것이 중요합니다. 예수가 "마음이 가난한 자는 복이 있나니." ⟨마태복음⟩ 5:3, ⟨고린도 전서⟩ 4:7, ⟨요한복음⟩ 3:27 라고 말한 것도 같은 맥락입니다. 직관의 영역에서는 "심은 대로 거둘 것" ⟨갈라디아서⟩ 6:7 이라는 숙명적 인과 법칙이 중요하다면, 영감의 영역에서는 은총의 법칙이 중요합니다. "본질적인 것들은 스스로 만들어 낼 수 없고, 오직 받을 수만 있다. 그러나 우리는 자기 자신을 받을 수 있는 사람으로 만들어 갈 수 있다." 이것이 은총의 법칙입니다. 다시 말해, 영감은 우리가 만들어 낼 수 있는 것이 아닙니다. 다만 자만심과 두려움을 거둠으로써 영감을 방해하지 않을 수는 있다는 뜻이지요. 마르틴 부버는 "우리는 종종 들을 것이 아무것도 없다고 생각하지만, 사실은 오래전에 스스로 귀를 틀어막은 것이다."[24] 라고 했습니다.

하느님의 활동을 방해하지만 않아도 많은 것을 이룰 수 있습니다. '훼방 놓기를 중단한다'는 것은 말하자면 무장 해제와 같습니다. 진정으로 들으려면 일단 중단해야 합니다. 행동하고 생각하기를 그쳐야 합니다. 그친 상태는 '고요'의 상태입니다. 의식적으로 고요에 이르는 연습을 하지 않고는 영감의 소리를 듣기가 불가능합니다. 진실로 듣기 위해서는 사랑 안에서 스스로 중단해야 합니다.

∶

나는 직관의 영역에서 나 자신을 신뢰합니다. 영감의 영역에서는 나 자신을 넘어서서 신뢰합니다. 영감의 영역에서 우리는 '생각하는 자'

가 아니라 '받는 자'입니다. 자신의 영리함만으로는 알 수 없는 일들을 사랑의 안테나를 세움으로써 받을 수 있습니다. 영감의 순간, 우리 영혼은 위를 향해 열려 있습니다. 영감의 현상은 우리가 이 세상에서 사고한 결과가 아니라 천상의 세계에서 내려온 메시지입니다.

〈이사야서〉에는 다음과 같은 구절이 있습니다. "내 생각은 너희의 생각과 다르며, 내 길은 너희의 길과 다르다. 영원자의 말씀이다. 하늘이 땅보다 높듯이 내 길은 너희의 길보다 높고, 내 생각은 너희의 생각보다 높다." 〈이사야서〉 55:8 이 말을 긍정하는 겸손함이 곧 신뢰의 원천입니다.

영감은 지식이 아니라, 무지입니다. 생각하는 것이 아니라 받아들이는 것입니다. 조심스럽게 더듬어 나가는 신뢰입니다. 그러나 아는 자와 확신하는 자는 이 같은 신뢰를 익숙한 교리로 대치하고자 합니다. 그런 사람은 넓은 길을 갑니다. 그의 사고 습관은 자신이 살아가는 세계를 명확히 규정하고 예측하는 것에 맞추어져 있습니다. 그러나 영감은 우리 앞에 일어나는 일에 열려 있습니다. 언제나 여지를 두는 태도가 거룩한 무지의 본질입니다. 작은 틈새를 통해 변화의 기회가 찾아오고 때가 열립니다.

:

영감은 상황의 전환을 허락하며, 전환은 꽉 막힌 상황에서 벗어날 출구가 됩니다. 첫 마음으로 돌아갈 준비가 된 사람만이 영감을 받을 수 있습니다. 초심자가 되지 않으면, 영감을 경험할 수 없습니다. 초심자만이 새로 시작할 수 있습니다. "다 그런 거지, 뭐! 원래 그래."라고 말하는 사람은 영감을 받을 수 없습니다. 이런 말을 하는 사람은 스스로 다 알고, 스스로 다 할 수 있다고 생각하기 때문입니다.

영감의 길을 가는 사람은 미지의 것을 시작할 용기가 있는 사람이며, 초심자가 되는 겸손함을 지닌 사람입니다. 바로 이런 점에서 확신에만 의존하며 검증되지 않은 길은 한사코 가지 않으려는 사람들과 구별됩니다. 그런 사람들은 결국 아무 길도 가지 못합니다. 영감을 받는 사람은 일을 그르칠 용의가 있습니다. 그러나 이런 마음 없이는 애초부터 그르치게 됩니다. 영감을 받는 사람은 무엇이든 할 수 있는 능력자가 아니라, 확신하지 못하고 묻는 자, 경험 없는 자로 하느님 앞에 섭니다. 경험을 들먹이지 않고 경험에서 벗어나 과감하게 '낯선 나라'로 들어갑니다. 영감은 직관과는 완전히 다릅니다.

자기 확신에 찬 사람은 영감을 받을 수 없고, 인도받을 수도 없습니다. 그런 사람은 하나의 확실한 상황에서 그다음 확실한 상황으로 이동합니다. 익숙한 것을 따르고, 친숙한 것만 고집합니다. 그는 자기 일을 확신하며 넓은 길을 갑니다. 영감은 익숙하지 않은 상황을 기꺼이 받아들이는 마음에 깃듭니다. 그러므로 불확실한 것을 습관적으로 피하는 사람은 영감을 받을 수 없습니다. 예수는 다음과 같이 말했습니다. "생명으로 인도하는 길은 좁아서, 그 길을 걷는 자가 적다."

〈마태복음〉7:14

결국 영감이란, 신뢰를 바탕으로 하느님 앞에 기꺼이 내맡기는 마음입니다.

: 여덟 가지 연습 지침

좋은 연주자가 되려면 바라고 동경하는 것으로 그치지 않고, 연습을 열심히 해야 하지요. 듣는 삶 역시 마찬가지입니다. 성실함 없이는, 은총이 힘을 발휘하지 못합니다. 은총과 노력이 하나가 되어야 합니다. 그렇기에 듣는 삶도 힘겨울 수 있습니다. 영감의 길에 필요한 일과 순간의 약속들에 충실해야 하니까요. 이런 삶은 동경과 성실 사이에 팽팽하게 존재합니다. 동경 없는 성실함은 빛을 잃습니다. 그러나 성실 없는 동경은 삶을 허공에 붕 뜨게 합니다. 기도가 은혜와 노력의 합일임을 알 때 우리의 마음눈이 멀지 않으며, 내적으로도 차분히 발붙일 수 있습니다.

자, 이제 듣는 삶 혹은 영감 있는 삶을 위한 여덟 가지 지침을 소개하겠습니다.

:

사랑하며 하느님을 추구하기. 자아는 하느님에게 관심이 없고 경험에만 관심이 있습니다. 여기서 말하는 자아는 심리학이 말하는 '내면의 적'이 아니라, 우리 마음의 상태입니다. 구체적으로 말하자면 '인도받지 않는', '기도하지 않는' 마음의 상태를 뜻합니다. 종교적 자아는 하느님을 추구하지 않고, '하느님 경험'을 추구하며 그 경험 안에서 자기 자신을 추구합니다. 하지만 듣는 삶을 살기 위해서는 하느님을 추구해야 합니다. 하느님을 영적 경험으로 만들려 하지 마십시

〈내면의 아이들〉, 13.6×12.1cm, 2010

오. "하느님께 네 마음을 두고, 그의 사랑이 깃든 고요 속에 머물라."

영감 있는 경청은 영적 기술도 아니고, 명상 기술도 아닙니다. 하느님을 사랑하면서 기대를 품고 기도하는 것입니다.

마음을 고요하게 하기. 마음의 소리는 어린아이와 같습니다. 고요에 잠기기 시작하면 우리 안에서 자신을 알리지요. 우리가 억눌렀던 실망의 음성, 과장했던 피로의 음성, 분노, 걱정, 불안의 음성…… 고요를 연습하면 그런 음성들을 듣게 됩니다. 그러나 결국에 그런 음성들은 어린아이처럼 기쁘게 잠이 듭니다. 마음이 진정된 것입니다.

사랑의 침묵. 마음의 소리가 우리에게 하는 이야기를 들을 때, 우리는 마음의 소리를 기도로 가져갑니다. 우리가 들을 수 있도록 하느님은 침묵하십니다. "하느님 앞에서 잠잠해져라, 나의 영혼아." 우리가 마음의 음성을 다 듣고 진정시켰을 때, 거룩한 고요가 깃듭니다. 마음이 진정되면 우리는 하느님과 함께하는 사랑의 침묵에 잠기게 됩니다. 이런 시간에 우리 마음의 귀가 정화됩니다. 침묵의 시간은 오로지 하느님을 향한 마음으로 가득 차오르지요. 그냥 침묵이 아니라, 사랑의 침묵입니다.

대화. 기도는 자신의 관심사를 일방적으로 늘어놓는 것이 아니라 하느님과의 대화입니다. 상호작용이 일어나는 영적인 장소로 들어가는 행위입니다. 그러니 기도를 통해 물으십시오. "나의 하느님, 무엇이 당신께 중요합니까?" 무엇인가 지각하면 이렇게 되물으십시오. "이것으로 내게 무엇을 말씀하시고 싶은지요?" 기도를 통해 듣는 것은 신비한 예언 따위를 늘어놓는 것이 아니라 하느님과 나누는 대화입니다. 그러므로 그림자 같은 예감으로 만족하지 말고, 이해되지 않는 것이 있으면 그것이 무슨 의미인지 되물어야 합니다.

묻기. 우리가 묻지 않으면 하느님이 무슨 말씀을 하겠습니까? 하느님은 둔한 가슴에 대고는 말을 하지 않습니다. 〈다니엘서〉는 "네가 마음으로 깨닫기를 간절히 원할 때 하느님이 너의 기도를 들으신다."라고 했습니다. 듣기에 선행하는 것이 예지적 사랑입니다. 이런 사랑은 '하늘이 네게 질문하도록 허락하라'고 합니다. 그럴 때만 대화를 시작할 수 있기 때문입니다.

주저하지 않기. 도덕적으로 성숙하여 고상한 성품을 지닌 사람만이 영감 있는 삶을 사는 것은 아닙니다. 하느님은 성숙하지 못한 자에게 말씀하시고, 약한 자에게 관심을 보이십니다. 성숙한 자는 자신의 미성숙함을 깨닫습니다. 약한 자는 하느님 안에서 자신의 강함을 경험합니다. 영감을 받기 위해 완벽해져야 하는 것이 아닙니다. 우리 안에 계신 그분을 깨닫는 것으로 충분합니다. "그러므로 이제는 내가 사는 것이 아니고, 내 안에 그리스도가 사는 것이다."〈갈라디아서〉 2:20 우리 안의 그리스도가 자신을 알리실 것입니다.

정화. 우리의 마음은 사랑으로 정화됩니다. 사랑을 통해 하느님에 대한 감수성이 발달합니다. 사랑을 간직한 마음은 "나의 하느님, 당신은 내게 무엇을 말씀하시고 싶은가요?"라는 질문을 통해 정화됩니다. 그 대답을 마음으로 받아 자신을 변화시킬 준비를 하십시오. 〈다니엘서〉의 마지막 부분에서는 듣는 가슴에 관하여 이렇게 말합니다. "많은 사람이 정화되고, 순화되고 단련됩니다."〈다니엘서〉 12:10

뜻밖의 것. 놀랄 줄 모르는 믿음에는 하느님이 머무르지 않습니다. 하느님은 우리가 미처 예상하지 못한 뜻밖의 이야기를 하실 수도 있습니다. 그러므로 평소 당연하게 여기는 것만 기대하면 듣는 삶에서 멀어집니다.

: 네 가지 점검 기준

이번에는 영감의 경험을 점검하는 데 도움이 되는 네 가지 기준을 소개하고 싶습니다.

지혜. 영감이 하느님에게서 온 것이 아닐 수도 있습니다. 영감은 칼과 같습니다. 칼로 바이올린을 제작할 수 있지만, 같은 칼로 사람을 죽일 수도 있습니다. 칼 자체는 나쁜 것도 좋은 것도 아닙니다. 쓰임새에 따라 좋을 수도 있고, 나쁠 수도 있습니다. 영감도 마찬가지입니다. 진리를 깨달았다고 말하거나 믿는 것으로는 충분하지 않습니다. 진리는 날카로운 무기가 될 수도 있기 때문입니다. 지혜만이 영감이 어떤 방식으로 사랑의 도구가 될지를 가르쳐 줍니다.

평화. 우리 시대의 영적 스승인 라니에로 칸탈라메사 신부는 성령에 관하여 쓴 저서에서 다음과 같이 이야기합니다. "영적인 평화는 대부분 '격정 뒤의 고요'다. …… 하느님의 원수는 마음의 거의 모든 움직임과 상태를 본뜰 수 있다. 그리스도와 천사들에 대한 비전과 황홀감도 위조할 수 있다. 그가 절대로 모방할 수 없는 단 한 가지는 마음의 평화다. 그리하여 가장 안전한 분별 기준은 그것이 평화를 가져오는가, 앗아가는가를 보는 것이다. 평화는 하느님 현존의 명확한 증거이다. …… 성령은 우리를 고요와 평화로 인도한다. 그것이 하느님의 뜻이다."[25] 평화의 기준과 짝을 이루는 질문은 '그것이 생기를 북돋아 주는가?'입니다. 어떤 일이 우리를 속박으로 내몰거나 두려움을 유발한다면 그것은 하느님에게서 온 것이 아닙니다. 하느님의 음성은 심오한 기쁨, 위로, 우리의 이해를 넘어서는 평화를 동반합니다. 결국, 영을 분별하는 질문은 이것입니다. '그것이 우리를 그리스도에게 더 가까이 데려다주는가?'

겸손. 하느님이 우리에게 말씀하셨다는 것을 어떻게 확신할 수 있을까요? 대답은 간단합니다. 확신할 수 없습니다. 억지로 확신하려 해서는 안 됩니다. 확신은 자신만이 옳다고 주장하는 독선적인 태도를 만들고, 가르치려는 태도를 만들고, 간섭하게 하고, 교만하게 합니다. 거룩한 불안은 겸손하게 하고, 귀 기울이게 하고, 자신 없게 하고, 기꺼이 받게 합니다. 우리는 확신할 필요가 없습니다. 용기와 사랑과 묻는 마음으로 하느님 앞에 서는 것으로 충분합니다.

각인. 하느님이 우리에게 말씀하신 것은 세월이 흘러도 빛바래지 않습니다. 반면 아무리 영리하고 좋은 말도 다음 날이면 벌써 잊히고 맙니다. 아빌라의 테레사는 《영혼의 성》을 통해 영감 있는 삶의 특징과 그렇게 사는 방법을 아주 명확하고 심오하게 밝힙니다. 칸탈라메사 신부처럼 그녀 역시 격정 뒤의 고요에 관하여 말합니다. 테레사는 다음과 같이 썼습니다. "이런 현상은 예기치 않게 갑자기 마음에 밀려와 내면에 엄청난 흥분을 일으킨 뒤 영혼의 평화로 전환된다. …… 갑작스러운 폭풍에 이어 고요한 안식이 깃들고, 마음은 세상의 스승이 가르쳐 줄 수 없는 지고의 진리에 다다랐음을 느낀다. 그런 마음에는 어떤 가르침도 필요 없다. 신적인 지혜가 마음을 긍휼히 여기고, 자신의 빛으로 무지의 어둠을 몰아내기 때문이다."[26]

: 두드리는 은총

깨달음은 차가운 종교적 지식이 아닙니다. 물론 나는 종교적 의식으로 생명의 신비를 축하하고, 교리를 통해 세상을 이해하고자 합니다. 흔히 이런 행위를 우리는 종교라고 부르지요. 그러나 꼭 기억해야 할 것이 있습니다. 하느님은 우리가 종교적 틀에 매인 종교인이 되기를 원하는 것이 아니라 영으로 충만한 인간을 원하신다는 사실입니다.〈아모스〉 5:21~24, 〈이사야서〉 58:1~12 등 참조

증명할 수도 없고, 반박할 수도 없는 종교적 견해나 철학, 세계관을 두고 논쟁하는 것은 경박하고 독선적인 행동입니다. 우리는 오직 사랑하고 듣는 마음으로 진리를 삶으로 번역해야 합니다. 그럴 때 비로소 우리를 지탱해 주고, 우리에게 힘을 주는 원천에 참예할 수 있습니다. 참예함으로써 믿음을 증명할 수 있습니다. 진리를 요구하지 말고, 우리를 요구하는 진리에 참예하십시오.

성령은 우리를 넘어서지 않습니다. 성령은 거룩한 권유로 우리 영

혼의 문을 두드립니다. 그럴 때 성령에게 응하고, 기꺼이 자신을 내주면 우리는 하느님이 누구인지 깨닫게 될 것입니다. 우리가 깨달을 수 있어서가 아니라, 이렇게 내맡기는 가운데 하느님의 뜻이 이루어지기 때문입니다. 그래서 예수는 종교인과 권력자에게 "하느님의 뜻을 행하려 하는 사람은 깨닫게 될 것이다."〈요한복음〉7:17 라고 했습니다. 유대교의 유명한 랍비 레오 벡 역시 "하느님의 명령을 행하라. 그러면 그가 누구인지 알게 될 것이다."[27] 라고 했지요.

:

인식의 네 가지 길은 함께 어우러져 좋은 울림을 만들어 내는 바이올린의 네 가지 공명 구역과 비슷합니다. 하나가 너무 약하거나 강하면, 울림은 그 아름다움을 잃습니다. 사도 바울은 다음과 같이 말합니다. "오직 겸손하며 다른 사람을 자기보다 낮게 여겨라."〈빌립보서〉2:3 이는 네 가지 인식의 길 중에서 어느 하나를 지나치게 신봉하는 사람들이 꼭 들어야 할 말입니다.

　요컨대 이성적인 인간이라면, 이성보다 직관을 더 낮게 여겨야 합니다. 그래야 균형을 유지하는 데 도움이 됩니다. 만약 은사를 중시하는 사람이라면 하늘뿐 아니라, 자신의 지혜도 신뢰해야 합니다. 그래야 영적으로뿐 아니라, 인간적으로도 성숙할 수 있습니다. 이성과 논리를 앞세우는 사람이라면, 이성보다 더 큰 하느님의 선물 앞에 스스로를 열어 놓으십시오. 이해하지 못하는 일들을 애써 판단하기보다, 겸손한 자세로 다른 길들을 알아 가고, 그 과정을 통해 조금씩 자라는 것이 더 건강한 일입니다. 학문이나 종교가 일종의 이념으로 굳어 버리는 것은 겸손과 존중이 부족한 탓입니다.

나는 영감의 경험을 통해 인간의 두뇌는 사고 기관일 뿐 아니라, 수용 기관이기도 하다는 확신에 이르렀습니다. 생각하며 기도하거나, 기도하며 생각할 때가 바로 사고하는 동시에 수용하는 상태이지요. 이것은 생각의 다른 방식입니다.

신약 성서에는 인간의 초월적인 차원에 관하여 이야기하는 기묘한 대목이 있습니다. "그리스도가 내 안에 산다."〈갈라디아서〉 2:20 이 구절이 신의 내재성을 대표한다면, "하느님이 우리를 함께 일으켜서 함께 하늘에 앉히셨다."〈에베소서〉 2:6, 〈빌립보서〉 3:20, 〈골로새서〉 3:1 라는 구절에서는 인간의 초월성을 엿볼 수 있습니다. 이 말은 곧 우리의 마음은 하늘의 일부이자 소유라는 뜻입니다.

: 다섯 번째 길

나는 오랜 세월 인식의 네 가지 길에 관하여 깊이 생각해 왔습니다. 그런데 인식의 길에는 '깨달음'이라는 다섯 번째 길이 있는 것 같습니다. 그 길에서는 스스로가 인식의 대상이 됩니다. 예를 들면, 나는 사랑에 의해 사랑의 인식 대상이 됩니다. 우리는 생각을 통해 무엇인가를 깨닫기보다는, 그 일에 잠겨 그 안에서 살다가 저절로 깨닫는 경우가 많습니다.

우리는 '나'에 대하여 '너'로 존재하는 하느님과의 관계 속에서 살아갑니다. 자존심과 자만심을 내세우며 살아가기를 멈출 때, 우리는 하느님과 '나와 너'의 관계를 맺을 수 있습니다. 지성으로 모든 것을 통제하려 하지 않고 스스로 겸손하게 내맡기는 사람만이 이 길을 갈 수 있습니다.

신앙의 묘미가 바로 여기에 있습니다. 나는 악기를 연주하는 동시에 악기가 나를 연주하는 경험을 합니다. 손은 연장을 인도하지만, 연장이 손을 인도하는 현상을 경험합니다. 거꾸로 가는 관계입니다. 이같은 경험의 역전은 사랑을 통해서만 경험할 수 있습니다. 행복한 상호작용입니다.

손은 연장에 맡겨지고, 연장은 손에 선사됩니다. 이 순간 일어나는 일은 기도입니다. 나무를 대패질하는 나의 손, 대팻날의 소리, 아치 모양 굴곡을 스치는 나의 눈. 이 순간 손과 눈에 기도가 담깁니다. 일과 기도가 바뀌는 것이 아니라, 일이 기도 안에, 기도가 일 안에 존재합니다. 삶에 부수적으로 기도가 추가되는 것이 아니라, 삶 자체가 기도가 됩니다. 사랑이 내 존재를 원하고, 나는 내 존재로 그 사랑에 봉사합니다. 그럴 때면 놀랍게도 모든 일이 아주 알맞게 이루어집니다.

4
마음 돌봄
: 영의 소명

고대의 위대한 철학자들은 지적인 사고뿐 아니라, 지혜롭게 사는 것을 중요하게 여겼습니다. 그들은 '마음 돌봄'라는 개념을 알고 있었습니다. 고대 철학의 지혜는 삶에서 유리된 지식이 아니라, 일상에서 실천할 수 있는 삶의 형태였습니다.

그리스 정교회의 영성에도 예부터 마음 돌봄라는 개념이 있었습니다. 마음을 지키는 것은 자신에 대한 의무입니다. 〈신명기〉에서도 이미 "네 마음을 지켜서, 네가 깨달은 것들을 잊지 말라."〈신명기〉 4:9 하고 이야기했습니다.

요즘은 마치 마음을 전문가에게 맡겨야 하는 것처럼 잘못 이해하는 풍조가 있습니다. 진실한 태도로 자신과 마주하는 대신 자기 마음의 일들을 다른 사람에게 쏟아 놓음으로써 그 일을 대신할 수 있다고 믿는다면, 자신에게 금치산 선고를 내리는 것이나 마찬가지입니다.

아무리 훌륭한 성직자나 심리치료사도, 나를 대신하여 내 마음의 진정한 친구가 되어 줄 수는 없습니다.

이 장에서는 마음 돌봄에 관하여 이야기하려 합니다. 본격적으로 시작하기에 앞서 〈전도서〉의 한 구절을 소개합니다.

"일하는 자가 그 수고로 말미암아 무슨 이익을 얻으랴. 나는 하느님이 인간에게 노고를 주시어 애쓰게 하신 것을 보았다. 하느님이 모든 것을 제때 아름답게 지으셨고, 인간에게는 영원을 사모하는 마음을 주셨다. 하지만 하느님이 하시는 일의 처음과 끝을 사람이 측량할 수 없게 하셨다. 나는 사람이 사는 동안에 기뻐하며 선을 행하는 것보다 더 나은 일이 없다는 것을 알았다. 사람이 먹고 마시고 수고함으로써 기쁨을 누리는 것, 그것이 하느님의 선물이다." 〈전도서〉 3:9~13

: 세 권의 지혜 문서

이처럼 담담하고 소박한 글은 언뜻 평범하고 진부해 보이기도 합니다. 하지만 나에게는 이런 구절들이 유익한 도전으로 느껴집니다. 〈전도서〉에는 독특한 치유력이 있습니다.

나는 친구 바루흐와 함께 늘 그런 이야기를 합니다. 언젠가 한 친구의 소개로 랍비 바루흐를 처음 만났을 때, 우리는 오후 다섯 시부터 새벽 세 시까지 이야기를 멈출 수가 없었습니다.

랍비 바루흐는 1년에 걸쳐 〈아가〉를 강의했습니다. 강의 첫날에 첫 구절만 가지고 세 시간을 내리 이야기했지요. 〈아가〉의 첫 문장은 가장 중요한 문장입니다. "아, 그가 내게 입 맞춰 주었으면." 〈아가〉 1:1 그리스 정교회에서는 하느님이 이 세상에 세 번 입 맞추었다고 이야기합니다.

바루흐는 그해에 〈잠언〉과 〈전도서〉도 훑었습니다. 〈잠언〉과 〈전도서〉는 히브리 전통에서 〈아가〉와 더불어 솔로몬이 쓴 문서들로 분류됩니다. 정교회에서는 보통 〈아가〉는 젊은 시절의 솔로몬이, 31장으로 이루어진 〈잠언〉은 중년의 솔로몬이, 〈전도서〉는 노년의 솔로몬이 쓴 것으로 봅니다. 그러므로 이 세 문서를 함께 읽고 연관 지어 이해하지 않으면, 각 문서의 내용이 상당히 이질적으로 느껴집니다. 〈전도서〉의 체념과 〈아가〉의 정열, 양쪽 모두에 거부감을 느끼게 되지요.

"아, 그가 내게 입 맞춰 주었으면. 당신의 사랑은 포도주보다 더 달콤합니다." 〈아가〉 1:1 들어감 우리가 무덤덤하게 살아가고 있다면, 〈아가〉의 이 낭만을 어떻게 견디겠습니까? 하느님을 향해 여전히 열광할 수 있을까요? 믿음과 경험 측면에서 나이 든 사람에게는 그런 낭만적인 삶은 이미 오래전에 지나간 것이 아닐까요? 영적인 실망과 정신적 상처로 말미암아 〈아가〉를 덮어 버리고 〈전도서〉로 직행하지 않을까요?

"일하는 자가 그 수고로 말미암아 무슨 이익을 얻으랴." 일은 괴로움입니다. 삶에 대하여 기대를 낮추십시오. 그러지 않으면 실망할 수밖에 없습니다. 할 수만 있다면 기뻐하십시오. 선해지십시오. 먹고 마시고, 기뻐하십시오. 그것만 해도 많이 하는 것입니다.

이런 담담한 말들은 〈아가〉의 그 정열적인 문장들과 너무나도 다릅니다! 노화한 믿음을 지닌 사람이 〈아가〉의 마지막 구절처럼 정열적으로 노래할 수 있을까요. "인장처럼 나를 당신의 가슴에, 인장처럼 나를 당신의 팔에 지니세요. 사랑은 죽음처럼 강하고, 정열은 저승처럼 억센 것. 그 열기는 불의 열기, 더할 나위 없이 격렬한 불길입니다." 〈아가〉 8:6라고 노래할 수 있을까요?

나는 필연적으로 연결된 이 세 가지 지혜의 문서가 청년, 중년, 노년이라는 인생의 세 시절을 상징할 뿐 아니라, 사랑의 세 가지 표현 방법을 상징한다고 생각합니다. 젊은 사랑은 "정열을 다하여 하느님을 사랑하라!"고 외칩니다. 좀 더 성숙한 사랑은 "지혜를 다하여 하느님을 사랑하라!"고 말하지요. 그리고 원숙한 사랑은 "성실하게 사랑하라!"고 이릅니다. 우리의 사랑이 젊음을 유지하는 동시에 자라고, 성숙할 수 있다면 좋은 일입니다.

젊은 솔로몬은 〈아가〉 2장에서 "나는 사랑의 열병을 앓고 있다."라고 말합니다. 아마도 이 병은 그가 몇십 년 뒤 깨달은 사랑의 다른 형태를 통해 치유되겠지요? 믿음의 측면에서 볼 때, 젊은 사랑이 자라기 위해서는 담담한 사랑이 필요합니다. 나이 들어가면서 믿음이 삶과 함께 성장하지 못하면, 우리가 한때 사랑했던 것이 어느 순간 낯설어질 것입니다. 믿음은 정체되어 있는 것이 아니라, 역동적인 것입니다. 그렇기에 젊은 시절의 동경과 경험, 이해에 그대로 머물러 있어서는 안 됩니다.

〈아가〉와 〈전도서〉의 차이는 그 자체가 곧 메시지입니다. 믿음을 늘 새롭게 하십시오. 살아가는 동안 믿음이 점점 성장하고 성숙하게 하십시오. 그러지 않으면 믿음이 일상적 삶과 동떨어진 것이 될 테니까요.

: 두 번째 순진함

성숙한 예술가에게는 '두 번째 순진함'이 필요합니다. 피카소는 노인이 되어 이렇게 말했습니다. "열세 살 때 나는 거장처럼 그림을 그릴 수 있었다. 하지만 아이처럼 그리는 데 평생이 걸렸다."

믿음도 그렇습니다. 우리는 무미건조해지고, 덤덤해지고, 소위 철이 들었기에 어른이 되었다고 생각합니다. 하지만 온 삶으로 하느님의 신비를 궁구하기를 체념한 인생이야말로 얼마나 무덤덤합니까. 우리가 마음 깊이 쌓아 놓은 실망들, 내려놓지 못하고 간직한 실망들이 믿음을 자라지 못하게 합니다. 그리하여 성숙한 믿음으로 하느님 앞에 나아가지 못하게 합니다.

피카소가 어린아이처럼 그림을 그리기까지 평생이 걸렸다고 이야기한 것은 유치한 상태로 퇴보했다는 뜻이 아닙니다. 새롭고 성숙한 두 번째 천진난만함으로 나아간 것입니다.

어린아이처럼 믿는다는 말이 무슨 뜻일까요? 유치한 상태로 퇴보한다는 의미가 아닐 것입니다. 그보다는 성숙한, 두 번째 순진무구함에 이른다는 뜻이겠지요. 이는 살면서 겪은 온갖 부침에도 불구하고 하느님을 향해 묻고 구하고 연구하는 마음을 잃지 않는 사람이 되는 것입니다.

그런 사람은 어린아이의 열린 눈을 가지고 있습니다. 아무리 많은 배움과 경험을 쌓아도 어린아이처럼 되지 않으면 우리는 하느님의 친밀함을 더는 이해할 수 없습니다. 이런 친밀함은 그 누구도 억지로 붙잡아 놓을 수 없습니다. 초기의 불타오르는 믿음, 정열적인 사랑은 물질과 같은 소유물이 아닙니다. 솔로몬의 젊은 시절 문서도 이를 이미 예감하고 있는 듯합니다. 〈아가〉 3장에 이런 구절이 있거든요. "내가 사랑하는 이를 보지 못했나요? 찾아다녔지만 결국 못 찾았네요."

성숙한 솔로몬은 그렇게 찾아다니는 마음, 즉 궁구하는 마음이 사랑의 일면임을 알았습니다. 젊은 시절 낭만적인 신앙은 하느님을 발견하는 것이 하느님을 믿는 것이라고 이야기합니다. 그러나 나이 들어 가면서 알게 됩니다. 믿음은 체념하지 않는 것, 하느님과 이 세상에 익숙해지지 않는 것입니다.

우리의 물음은 우리를 구하고 찾는 자로 만듭니다. 우리의 비전은 우리를 소망을 잃지 않는 사람으로 이끌어 주어야 하고, 동경은 우리를 사랑을 간직한 사람으로 만들어 주어야 합니다. 생명의 눈이 깜박

이는 것을 보고 그에 반응하기 위해서는 사랑하고 찾는 영혼이 되어야 합니다. 젊은 솔로몬은 "그대는 한 번 눈길을 줌으로써 내 마음을 빼앗았다."〈아가〉 4:9 하고 말했습니다. 아름답고 신비로운 삶이 당신에게 눈길을 보내고 있습니까?

사랑하는 마음으로 하느님을 찾고 갈망하지 않는다면 믿음이 무슨 가치가 있을까요? 제아무리 종교적 고백이나 신학적 교육으로 무장한다 해도 그런 것이 '사랑의 갈망'을 대신할 수는 없습니다. 하느님을 향한 사랑의 불꽃이 식어 버린다면, 예전에 믿음이었던 것이 이제 종교적 교리라는 차가운 재로 남을 따름입니다.

오로지 찾아다니기만 하거나, 이미 찾았으니 더는 찾을 필요가 없다는 듯이 행동하는 사람들이 있습니다. 나는 그런 사람들에게서는 편안함을 느끼지 못합니다. 나는 단순히 하느님을 찾지 않고, 하느님과 함께 찾습니다. 이 둘은 서로 다른 태도입니다. 추구하는 가운데, 우리가 찾아 헤매는 것이 아니라 하느님이 찾아오는 것이지요. 이 같은 삶은 힘의 원천인 그분이 자신을 드러내고 알려주시기를 동경하며 사는 것입니다.

:

자, 그렇다면 우리의 두 번째 순진함은 어떤 것일까요? 우리는 이미 첫사랑을 잃어버리고 무덤덤한 사람이 되지 않았나요? 그렇다 해도 실망하지 마십시오. 〈전도서〉는 무덤덤하고 상처 입고 실망한 사람들이 이런 두 번째 순진함에 이른다고 말합니다.

피카소는 자신의 예술 인생에서 일평생 그것을 추구해 왔다고 말했습니다. 피카소는 예술가의 본질에 관하여 이렇게 말했습니다. "모든 아이는 예술가다. 문제는 나이 들어 가면서 어떻게 예술가로 남느냐 하는 것이다." 피카소의 이야기를 들으니 예수의 말이 기억납니다. "돌이켜 어린아이처럼 되지 않으면 하늘나라를 볼 수 없다." 〈누가복음〉 18:17

아픔과 실망과 낙담을 통과하여 두 번째 순진함을 찾은 사람은 조건 없는 새로운 믿음에 이른 사람입니다. 아이처럼 하느님 안에 잠기는 사람입니다. 그는 사랑받을 수 있는 사람이 됩니다. 이런 '아이 됨'의 신비 안에 인간의 온전한 힘이 있습니다. 그보다 강한 것은 세상에 없습니다.

: 영원을 사모하는 마음

믿음은 성숙해질수록 어린아이를 닮아 가야 합니다. 세상이 마냥 좋고 하느님은 무조건 '사랑의 하느님'이라고 느끼는 첫 번째 순진함을 유지해야 한다는 말이 아닙니다. 성숙한 두 번째 순진함을 지녀야 한다는 뜻입니다. 실망과 낙심과 충격을 통과하고, 하느님의 사랑과 은혜가 우리 안에서 손상될 수 있음을 아는 성숙한 마음가짐이 필요합니다. 사랑이 동반하는 필수적인 '가침성可侵性'을 인정해야 합니다.

두 번째 순진함이란, '그럼에도 불구하고' 사랑하고 소망하고 신뢰하겠다고 다짐하는 것입니다. 이 같은 마음을 지닐 때 성숙한 사랑이 따라옵니다. 상처받고도 다시 마음을 열 수 있는 성숙한 사랑이 그 안에 깃듭니다. 다른 사람과의 관계, 하느님과의 관계가 힘들어지는 것은 우리가 받은 상처들을 꼭꼭 싸매기만 하고 인정하지 않기 때문입니다. 자신의 연약함을 인정하지 않기에 마음이 둔해지는 것입니다. 더 이상 상처받거나 실망하지 않겠다는 결심은 더 이상 사랑하지 않겠다는 결심과 똑같습니다.

두 번째 순진함이란, 어떤 경우에도 사랑과 은혜가 변함없이 우리를 감싸고 있음을 믿는 것입니다. 두 번째 순진함을 지닌 사람은 젊은 시절처럼 정열적으로 사랑하지는 않지만, 늘 경외하는 마음으로 살지요. 경외하는 자는 자신의 연약함을 인정하고, 하느님의 현존이 손상될 수 있는 현상임을 인정하면서 언제나 하느님과 함께합니다. 하느님의 존재는 변하지 않는 진리입니다. 그러나 하느님의 현존은 무엇보다 손상되기 쉽습니다. 사랑의 현존이기 때문입니다. 〈전도서〉의 구절처럼, 하느님은 사랑과 더불어 '영원을 사모하는 마음을 가슴속에 넣어' 주셨습니다.

우리는 영원을 보지 못합니다. 그렇지만 우리 가슴속에는 영원을 사모하는 마음이 있습니다. 마치 사람들이 내 바이올린을 보면서 "당신이 나무에 울림을 넣었군요."라고 말하는 것과 같습니다. 바이올린은 아름다운 소리로 울립니다. 하지만 울림은 임의로 넣고 뺄 수 있는 물질이 아닙니다. 울림은 눈에 보이지 않습니다. 바이올린은 나무로 만들어졌고, 우리 눈에 보이는 것은 나무뿐입니다. 울림은 바이올린의 잠재력입니다. 바이올린의 가능성이지요.

바이올린에 잠재된 울림처럼, 우리 가슴속에는 영원을 사모하는 마음이 있습니다. 당신은 울릴 수 있습니다. 우리는 울림 있는 삶을 통해 이 세계에서 하느님께 참예합니다. 바이올린을 연주하는 음악가처럼 하느님은 우리의 울림에 참예하지요. 그의 진리는 우리의 행동에 드러나며, 그의 정의는 우리의 관계에 녹아 있습니다. 그의 주의 깊음은 우리가 서로에게 보이는 존중에 있습니다. 그의 현존은 우리의 주의력에 있고, 그의 자비는 우리가 서로 원망하시 않고 용시하는 마음에 있습니다.

:

이 모든 것은 낭만적인 상태가 아니라, 경외하는 상태입니다. 경외는 담담한 삶 속에서 성숙해 가는 사랑입니다. 경외의 필연성에 관하여 〈전도서〉는 다음과 같이 지적합니다.

"나는 하느님이 하시는 모든 일이 영원함을 깨달았다. 사람은 그 일에 아무것도 보탤 수 없고, 뺄 수도 없다. 하느님이 그렇게 하시니 그를 경외할 수밖에 없다."〈전도서〉 3:14

성숙한 믿음은 신뢰를 뛰어넘어 하느님의 신비 앞에서 마음을 조아리는 것입니다. 신뢰에 경외가 더해질 때, 비로소 힘든 가운데서도 기꺼이 삶을 긍정할 수 있습니다. 나의 삶이 내가 원하는 모습과 달라질 수도 있음을 아는 것, 하느님이 내 생각과 다른 일을 하실 수도 있음을 아는 것, 이것이 바로 하느님 앞에서 마음을 조아리는 것이며 하느님을 두려워하는 것입니다. 그러나 하느님을 향한 사랑을 벗어난 경외는 존재할 수 없습니다. 경외의 본질은 사랑입니다.

바로 이러한 연유로, 나는 솔로몬의 세 가지 지혜의 문서가 하느님을 향한 사랑의 세 가지 모습이라고 말한 것입니다. 그중 〈전도서〉에서 엿볼 수 있는 모습은 성숙한 사랑입니다. 우리는 태어나서 한동안은 모든 것이 저절로 이루어지는 줄 알고 살아갑니다. 특히 어릴 때는 부모가 필요한 모든 것을 공급해 주지요. 하지만 성숙한 인간은 자신에게 힘을 주는 원천이 무엇인지 깨닫습니다. 무엇이 나를 강하게 하는지 알고, 이런 원천으로부터 힘을 얻어 살아가는 것이야말로 성숙함과 강함의 표지입니다.

어떤 사람에게는 찬양, 노래, 음악이 힘의 원천입니다. 음악은 울림으로 빚어진 기도입니다. 연주하거나 노래 부르는 행위는 마음 안에서 일어나는 사랑의 유희입니다. 얼핏 무익해 보이는 아름다운 것들이 우리의 마음을 만지고 빚어냅니다. 이에 관한 이야기는 2장에서 이미 했지요. 마음이 자신의 울림을 발견하고, 그로써 다른 사람들의 마음을 어루만질 때, 나는 '하느님이 모든 것을 제때 아름답게 만드셨다'는 〈전도서〉의 말씀을 떠올립니다.

어떤 사람들은 같은 믿음을 공유하는 친구들과 함께하는 공동체에서 힘을 길어 올립니다. 마음을 나눌 수 있는 깊은 대화와 교제가 힘의 원천인 셈이지요. 어떤 사람들은 자연의 품에서 힘을 얻기도 하고, 춤과 같은 예술적 표현에서 힘을 얻는 사람도 있습니다. 또 어떤 사람들은 팔을 걷어붙이고 나서서 맡은 일을 처리하고, 변화를 일으키고,

지친 사람들을 돕는 데서 힘을 얻기도 합니다.

다시 말해 우리의 힘의 원천은 우리가 사랑을 보여 주는 수단과 같습니다. 신비로운 일이지요. 이것이 바로 그리스도가 성숙한 삶에 던지는 물음입니다. "너는 무엇을 열망하느냐? 어떤 일을 하고 싶지? 너의 사랑을 나에게 어떻게 보여 주려 하느냐?"

마르틴 부버는 저서 《바알쉠의 전설 *Die Legende des Baalschem*》에서 '모든 열망은 삶에 의미를 부여한다'고 했습니다. 그는 다음과 같이 썼습니다.

"열망 없이는 천국도 의미가 없고, 삶에 본질이 없다. 어떤 사람이 모든 가르침과 모든 계명을 실천했지만, 열망도 기쁨도 없이 살았다고 치자. 이 사람은 죽어서 천국으로 올라간다. 하지만 그가 세상에서 기쁨을 느끼지 못했기에 천국에서도 기쁨을 모른다."[28]

〈전도서〉는 함축적으로 단순한 질문을 던집니다. "무엇을 좋아하는지 잊어버렸느냐? 행복이 무엇인지 잊어버렸느냐? 왜 행복의 원천을 돌보지 않느냐?" 그러고는 무척 단순하고 진부해 보이는 답을 제시합니다. "사람은 사는 동안 기뻐하고 선을 행해야 한다. 먹고 마시고, 수고함으로써 기쁨을 누리는 것이 바로 하느님의 선물이다."라고 말입니다. 다른 말로 하면, 사람은 자신에게 좋은 것이 무엇인지 알아야 하는데, 혹시 그것을 잊어버리지 않았는지 묻고 있는 것입니다.

이처럼 단순해 보이는 〈전도서〉의 가르침을 우리는 명심해야 합니다. '진정한 생명'을 얻기 위해서는 세상사를 모두 무시하고 기도해야 한다고 가르치는 거짓 교사들과 사이비 선지자들이 있습니다. 하지만 〈전도서〉는 담담하게 "먹고 마셔라." 하고 말합니다. 야이로의 딸을 살리신 뒤 예수는 "소녀에게 먹을 것을 주어라." 〈마가복음〉 5:43 하고 말했습니다. 복음서들은 결코 세상을 등지고 마음을 괴롭게 하는 영성을 설교하지 않습니다!

: 행복의 세 가지 차원

지혜의 문서들은 굉장한 치유력으로 우리 마음을 사로잡습니다. 그 문서들은 다음과 같이 말합니다. "너희는 스스로에게 맡겨진 존재다. 너희는 몸과 마음과 영이 건강하도록 잘 보살펴야 한다. 그러므로 먹고 마시고 충분히 자고 운동도 하고 봄기운도 느껴 보아라. 그리고 거절해야 할 때는 과감히 거절하여라. 그래야 자신의 소명을 보호할 수 있다. 세상에 유용한 존재가 되려고만 하지 말고 자기 자신에게 잘해 주어라."

〈전도서〉는 자기 자신과 조화를 이루는 가운데, 인간적인 행복을 존중하고 보호하며 영위할 줄 아는 성숙한 삶의 기술에 관하여 이야기합니다. 〈전도서〉 2장에는 인간적인 행복에 이르는 통로를 잃어버리면 어떻게 되는지 묘사한 구절이 있습니다. "그래서 나는 사는 것이 싫어졌다." "내 마음은 절망에 이르렀다."

성숙한 사람은 힘의 원천에서 너무 오래 멀어져 있으면 좋지 않다는 것을 압니다. 우리에게 맞는 원천에서 힘을 공급받는 경험이 바로 행복의 경험입니다. 하느님과 동행하는 사람은 그에게 힘을 주는 원천들을 알게 됩니다. 그리고 그런 원천들을 등한시하지 않고 스스로를 돌봅니다. 이것이 바로 마음 돌봄의 기술입니다.

:

행복이란 무엇일까요? 고대 그리스 철학과 신약 성서〈데살로니가 전서〉5:23 참조는 인간의 세 가지 차원에 관하여 이야기합니다. 신체적 차원, 정신적 차원, 영적인 차원이 그것입니다. 그러므로 행복도 이 세 가지 차원에서 생각해야 합니다. 〈전도서〉의 시각으로 말하자면 다음과 같이 설명할 수 있을 것입니다.

신체적 행복은 건강입니다. 그러므로 늘 자기 컨디션에 신경을 써야 합니다. 정신적 행복은 기쁨입니다. 그러므로 기쁨의 원천이 무엇인지 알고 있어야 합니다. 영적 행복은 의미입니다. 존재의 의미를 느낄 때만 영적 행복을 경험할 수 있습니다. 이것이 중요합니다.

〈전도서〉를 관통하는 그 모든 공허함, 무의미함, 헛됨은 존재의 의미를 모르는 데서 생겨나는 것입니다. 〈전도서〉의 지혜는 존재의 의미를 느끼지 못하면, 즉 영적 행복이 없다면, 정신적 행복과 신체적 행복이 그 공허함을 채우지 못할 것이라고 말합니다. 다른 말로 하면, 자신을 통해 무엇이 실현되어야 하는지 묻지 않으면 그 사람은 충만한 삶을 살 수 없다는 뜻입니다.

당신의 마음을 하느님이 이끄는 삶의 학교로 인도하십시오. 인간의 행복에 관하여 〈이사야서〉는 다음과 같이 말합니다. "나는 너희에게 유익하도록 가르치고 인도하는 너희의 하느님, 여호와이니라." 〈이사야서〉 48:17 그렇게 인도받고 있는 상태를 〈전도서〉는 "하느님이 사람에게 영원을 사모하는 마음을 주셨다."라고 표현했습니다.

5
지혜
: 하느님의 현존

이 장에서는 '쉐히나Schechina: 하느님의 현존, 임재'에 관하여 이야기하려 합니다. 이 이야기를 하는 것은 우리의 삶에서 하느님의 현존이 늘어날 수도 있고 줄어들 수도 있다는 말이 무슨 뜻인지 좀 더 깊이 이해하기 위해서입니다. 쉐히나는 유대교에서 유래한 말로, 거룩하고 불가침적인 것이 아니라 굉장히 민감한 현존을 뜻합니다. 나에게 쉐히나와 성령은 종교적 교리나 관념이 아니라, 삶의 경험입니다. 그 안에서 살지 않고는 가타부타 말할 수 없는 것들이지요.

지금부터 쉐히나의 경험과 함께하는 나의 순례 여정에 관하여 이야기하려 합니다.

:

하느님을 향한 사랑이 깊어짐에 따라 우리는 그분을 단편적으로 이해하기보다 점점 더 전체적으로 인식하고 깨닫게 됩니다. 하느님은 현존하시며, 우리는 그와 동행하게 되지요.

예수는 "마음이 청결한 자에게 복이 있나니. 그들이 하느님을 볼 것이다."⟨마태복음⟩ 5:8라고 했습니다. 사실, 이 같은 복이 예수를 예수로 만들어 주었습니다. 예수는 내적으로 하느님을 보았고, 외적으로는 본 것에 걸맞게 행동했습니다. ⟨요한복음⟩은 완전한 인간이 된 예수의 모습을 묘사합니다. 그 모습에는 예수가 하느님과 이룬 완전한 내적 합일과 외적 협동이 드러납니다. 예수 자신도 다음과 같이 말했습니다. "아들은 아무것도 스스로 할 수 없습니다. 다만 아버지가 하시는 일을 봅니다. 그리고 아버지가 하시는 일을 아들도 그대로 합니다. 아버지가 자신이 하는 모든 것을 아들에게 보여 주기 때문입니다."⟨요한복음⟩ 5:19

이런 구절을 읽으면 바이올린의 공명이 떠오릅니다. 바이올린을 만드는 과정에서는 하나의 공명이 또 다른 공명에 영향을 줍니다. 두 힘의 상호작용이 서로를 가치 있게 합니다. 모든 진동에서 잠재적인 에너지와 운동에너지가 계속 상호작용하면서 울림을 만들어 내듯이, 내적 합일과 외적 협동, 하느님을 보는 것과 하느님을 사랑하는 것, 인식과 행위가 서로를 이끌어 줍니다.

예수의 영성은 무력함과 힘 사이의 상호작용이었습니다. 앞서 인용한 구절에서 '아들은 아무것도 스스로 할 수 없다'는 말은 무력함을 뜻합니다. 그리고 '아버지가 하시는 것을 보고, 아들도 그것을 똑같이 한다'는 말은 하느님께 받은 힘을 의미하지요.

이런 힘은 학습할 수 있는 것이 아닙니다. 그것은 은혜에 토대하는 것이지, 힘들게 노력해서 얻는 것이 아닙니다. 우리는 단지 '거룩한 무력함'을 연습하기만 하면 됩니다. 여기서 무력하다는 말은 약하다는 뜻이 아닙니다. 단지 '아무것도 스스로 할 수 없음'을 알고, 내적 이끄심을 따라 사는 것을 의미합니다. 다시 말해, 모든 것을 통해 우리를 찾아오고, 우리를 통해 행하고자 하는 하느님의 사랑에 우리의 존재를 바친다는 뜻입니다. 따라서 우리는 매사에 '하느님의 가르침'〈요한복음〉 8:28, 8:38을 받기 위해 기도로 나아갑니다. "나를 믿는 사람은 내가 하는 일을 그 역시 할 수 있을 것이다."〈요한복음〉 14:12라는 예수의 말씀은 그분을 거룩한 곳에 모셔 두지 말고 믿음을 통해 예수의 방식으로 사는 법을, 성령으로 사는 법을 배우라는 의미입니다.

:

하지만 우리의 마음눈은 흐려질 수 있고, 하느님과 동행하는 삶은 불완전할 수밖에 없습니다. 우리는 이 세상에서 상처 입는 경험을 하고, 이로 말미암아 하느님의 방식으로 살아가는 법을 잊어버리기도 합니다. 그러므로 치유는 곧 정화입니다. 치유란, 잘못된 생각을 씻어 냄으로써 영을 깨끗하게 하는 것이며, 우리를 상처 입히는 경험으로부터 마음을 깨끗하게 하는 것입니다. 아직 용서하지 않았기에 여전히 파괴적으로 작용하는 그런 생각으로부터 마음을 정화해야 합니다. 잘못된 생각과 용서하지 못하는 마음은 우리의 눈을 흐리게 합니다. 그러면 하느님의 인도를 받지 못하고, 하느님의 말이 우리 안으로 스며들지 못합니다. 하느님의 진리에서 멀어진 생각이 우리를 둘러싸지 않도록 마음을 정화해야 합니다. 속사람이 치유받아야 합니다. 이에 관하여 〈마카베오기〉는 다음과 같이 말했습니다.

"원수가 쫓겨났으니
일어서자.
성전을 다시 정화하고
봉헌하자." 〈마카베오기〉 4:36

우리는 하느님의 성전으로 부름을 받았습니다. 하지만 우리의 몸과 마음이 성전이 되기 위해서는 적을 몰아내야 합니다. 잘못된 생각과 용서하지 못한 일이 바로 적입니다. 용서의 경험을 통해 우리는 다시금 성전으로서 우뚝 설 수 있습니다. 자비로운 힘과 지혜의 정화 작용을 경험하고, 변화된 존재를 봉헌할 수 있습니다. 정화되어 하느님께 봉헌된 존재는 거룩합니다. 그런 존재는 주변 세계에 '구원자'가 됩니다. 우리의 마음이 용서의 경험을 통해 정화되고 봉헌되면, 자연스럽게 축복하는 힘을 얻습니다. 우리 안에서 치유가 일어났기에 세상을 복되게 하는 사람이 될 수 있는 것입니다.

우리 안에 용서되지 않은 것이 있으면 그것은 우리를 통해 어쩔 수 없이 주변에 생채기를 냅니다. 우리는 얼마나 많이 용서하고, 용서받아야 하는지요. 용서가 단지 의지의 행위라고 생각한다면, 순종하는 것으로 충분히 용서했다고 생각한다면, 그러나 온 마음으로 용서하지는 않아도 된다고 생각한다면, 아직 부족한 것입니다.

몇 년 전, 나는 마음으로 용서하는 것이 얼마나 중요한지 경험을 통해 깨달았습니다.

: 울부짖는 까마귀 떼

나는 해마다 아버지뻘의 친구 몇 명과 일주일간 스키를 타러 갑니다. 그들과 함께하는 시간은 언제나 나에게 힘이 되지요. 몇 년 전에도 우리는 스키를 타러 갔고, 매일 아침 식사 전에 함께 경건한 시간을 보냈습니다. 성경을 읽고, 읽은 것을 나누고, 묵상하고, 함께 기도했지요. 그런 다음 산과 햇살과 눈을 만끽했습니다.

위르겐은 열정적인 요리사입니다. 그 덕분에 우리는 저녁마다 맛있는 음식을 해 먹었습니다. 그리고 매일 저녁 한 사람씩 지난해에 있었던 경험을 이야기하고 나누었지요.

나는 그해에 교회에서 굉장히 힘든 경험을 한 터였습니다. 사람들에게 크게 실망했지요. 작업장을 막 열고서 힘들었던 시절도 교회 안에서 상처 입은 일보다 더 나쁘지는 않았습니다. 그래도 어느 정도 시간이 지난 뒤 나는 이 상처를 잘 극복했다고 생각했습니다. 하지만 내 이야기가 친구들에게는 다른 인상을 주었나 봅니다. 내가 이야기를 마치자 루돌프가 곧바로 말을 받았습니다. 루돌프는 내 이야기에서 쓴 뿌리가 느껴져서 놀랐다고 했습니다. 이번에는 내가 그 말에 놀라, 모든 것이 그렇게 나쁘지는 않았다면서 반사적으로 그를 안심시키려 했습니다. 이미 오래전에 끝난 일이라고 부연하면서 말이지요.

하지만 다른 친구들의 얼굴을 둘러보고서 나는 루돌프의 말이 옳다는 것을 깨달았습니다. 모두 어색하게 침묵하고 있었거든요. 나는 이 일을 하느님 앞에 내려놓을 수 있게 함께 기도해달라고 친구들에게 부탁했습니다. 나는 그 당시 나에게 상처를 준 사람들을 마음으로 용서하게 해 달라고 소리 내어 기도했습니다.

그런데 기도를 시작하자마자, 검은 까마귀 한 무리가 크게 울부짖으면서 내 마음에서 날아가는 것을 마음눈으로 보았습니다. 그러더니 이내 새하얗고 순결하고 수줍어 보이는 새 한 마리가 나의 오른쪽 어깨 위에 부드럽게 내려앉았지요. 성령의 임재였습니다.

그 뒤 일주일간 이렇게 마음으로 보고 느끼는 일이 계속 일어났고, 모든 것이 달라졌습니다. 나는 해야 할 일들을 더 차분히 처리했고, 자연스러운 내적 경청 상태에 머물렀습니다. 하느님과의 관계가 더욱 친밀해졌습니다. 이 시기에 나는 누군가가 다른 사람을 험담하는 소리를 들으면 평소보다 많이 놀라곤 했습니다. 성령이 불안해하는 것이 느껴졌습니다. 그리고 이내 깊은 평화가 내 머리 위에 임하는 것이 느껴졌습니다. 성령의 임재를 경험하는 것은 참으로 행복한 일이었습니다. "성령을 근심하게 하지 말라. …… 모든 불평과 원망을 멀리하라. 서로 인자하게 대하고 불쌍히 여기며, 하느님이 그리스도 안에서 너희를 용서한 것처럼 서로 용서하라." 〈에베소서〉 4:30

: 바이올린과 순례자

: 기도, 삶을 붙들어 주는 닻

이런 경험이 일회적으로 남지 않고, 삶의 틀이 되게끔 우리를 인도하는 은혜가 있습니다. 바로 기도 생활의 은총입니다. 나에게는 기도가 필요합니다. 나는 매일같이 갈증과 동경을 느낍니다. 이런 갈증과 동경이 나를 연신 작업장을 떠나 옆방으로 가게 이끕니다. 그곳에서 심호흡을 하고 고요히 마음을 가다듬고는 하느님의 부드러움과 고요의 옷을 입습니다. 기도할 수 있기에 때로 압박과 시련, 역경 앞에서도 삶을 긍정할 수 있습니다. 나에게 기도 시간은 사랑의 원천입니다.

나의 지성은 생각합니다. 그러나 나의 영은 받습니다. 맑고 부드러운 영으로 하느님과 연합하여 그분과의 친밀한 사귐 가운데로 들어갑니다. 기도를 통해 받는 사랑과 친밀함은 속사람이 경험하는 가장 강력한 하느님의 증거입니다. 기도하는 가운데 우리는 사랑을 받고, 사랑은 우리의 기도를 정화합니다. 기도의 본질은 상호작용입니다. 기도는 나눔입니다. 가슴은 서로를 향한 사랑으로 기울고, 거룩한 평화가 생겨납니다. 그 무엇으로도 망가뜨릴 수 없는 평화입니다. 하느님과 함께하는 사랑의 침묵입니다. 그 속에서 우리는 마르지 않는 사랑을 느낍니다. 우리는 비워지는 것이 아니라, 채워집니다. 사랑은 텅 빈 상태가 아니라 가득 찬 상태입니다.

나는 마음의 고요를 방해하지 않으려고 호흡도 천천히 합니다. 기도를 통해 받은 사랑으로 우리는 사랑이 됩니다. 받은 것을 일상으로 흘려보내는 행동은 우리가 받은 하느님의 사랑을 주변 세계에 선물하는 일입니다. 받지 않고 줄 수 있는 사람은 없습니다. 우리는 거룩한 것을 받아 그것을 현재에 선물합니다. 그렇게 현재에 하느님을 선사합니다. '그리스도가 네 안에 있다'〈갈라디아서〉 2:20 는 말이 다른 뜻이 아닙니다.

그러므로 하느님을 사랑하지 않고는 현재를 사랑할 수 없고, 현재를 사랑하지 않고는 이웃을 사랑할 수 없습니다. 우리는 기도하는 가운데 하느님을 받으므로, 기도 안에 살지 않고는 주변 세계를 사랑할 수 없고, 소명을 다할 수 없습니다. 그러므로 예수가 말한 '골방'〈마태복음〉 6:6 으로의 퇴각, 하느님께로 무조건 퇴각하는 시간이 필요합니다.

:

모든 마음에는 영원의 열쇠가 놓여 있습니다. 이 열쇠가 우리 삶의 의미를 열어 줍니다. 우리가 이 사랑 안에 머물면 우리는 합일 가운데 있게 되고, 기도를 마치고 일상으로 돌아가더라도 이런 사랑 안에 살게 됩니다.

"스스로 너무 비하하거나, 자신의 말과 행동이 복의 통로가 될 수도 있음을 잊어버린다면, 그것은 겸손이 아닙니다. 우리가 왕의 딸이며, 왕의 아들이라는 사실을 잊어버리는 것은 악한 일입니다."[29]

자아는 '너 자신을 하찮게 여기라'고 부추깁니다. 이런 태도가 우리를 하느님에게서 멀어지게 하기 때문입니다. 그러나 성령은 '네 존재를 너무 하찮게 여기지 말라'고 다독입니다. 자신이 거룩하다는 사실을 믿지 않는 것은 교만한 태도입니다.

그리스도를 향한 믿음을 우리 안에 받아들일 때, 우리는 하느님을 사랑하고 하느님을 볼 수 있습니다. 손님을 맞이하기 위해 문을 여는 것처럼, 우리의 믿음이 하느님 임재를 허락해야 합니다. 그러니 자기 자신을 하찮게 여기고 그리스도 없이 살도록 부추기는 교만을 거절 하십시오. 하느님이 우리를 거룩하게 해 주셨는데, 한사코 아니라고 우기는 것은 교만입니다. 우리가 거룩한 것은 전적으로 하느님의 사랑 안에 있기 때문임을 깨닫는 것이 바로 겸손입니다. 마음을 조아리 십시오. 마음이 약해지거나, 세상이 주는 실망과 장애물로 말미암아 사랑을 잊어버렸다면, 다시금 기도의 자리로 나아가십시오. 기도는 우리 삶이 표류하지 않게 붙들어 주는 닻입니다. 기도는 삶의 대동맥 입니다.

하느님의 임재를 허락할 때, 우리는 주변을 축복하고 자신을 기꺼 이 내줄 수 있습니다. 받지도 않은 것을 내주라고 자신을 다그치면 안 됩니다. 그러므로 축복하는 삶을 살고 싶다면 기도해야 합니다. 기도 에서 사랑으로 합일되는 것, 이것이 믿음의 본질입니다. 사는 동안 우리 앞에 벌어지는 여러 사건 안에서 명백하게, 혹은 암시적으로 하느님을 보거나 듣거나 느끼는 일은 기술적으로 배워서 되는 것이 아니라, 사랑을 통해 이루어지는 것입니다. 사랑을 담은 기도, 사랑을 실천하는 삶은 하느님이 우리를 인도하는 학습 프로그램입니다.

: 구원과 순종

우리 안의 쓴 뿌리들, 용서하지 못하고 용서받지 못한 것들은 외부 세계와의 만남에서 늘 공격적이고 조급하고 편협하고 가르치려 하고 무시하고 판단하려는 태도를 유발합니다. 얽매인 것들은 늘 내면의 적과 싸움에 휘말리기 때문입니다.

우리 삶이 사랑 안에 머물지 않으면 하루하루가 힘겹습니다. 자신 안에서 반목하고 갈등하고 하나 되지 못한 내면의 목소리가 들리기 때문입니다. 자기 연민의 목소리는 지금 자신이 너무 희생당하고 있다는 생각을 불러일으킵니다. 자신은 자격이 없고, 하느님에게서 멀리 떨어져 있다고 말하는 목소리도 있습니다. 하느님께 가기에는 너무나 부족하다며 죄책감을 부추기는 목소리도 있습니다. 죄책감을 하느님처럼 숭배하면 하느님이 기뻐하시기라도 할 것처럼 말입니다. 다른 사람은 용서하면서도 정작 자신을 용서하지 못하는 경우가 얼마나 많은지요. 그로 인해 우리 마음에는 스스로를 거부하는 마음이 자리 잡게 됩니다. 우리 안에 희생자의 지위를 만들어 주고, 자기 연민으로 마음의 상처를 굳힙니다. 그렇게 우리는 내면의 적이 걸어오는 싸움에 말려듭니다.

그런 싸움에서 적을 몰아내기가 어렵지 않음을 경험해 보셨습니까? 그 경험은 얼마나 압도적인지요. 싸워 이겨서 적을 몰아내는 것이 아닙니다. 나는 쓴 뿌리를 극복하기가 전혀 힘들지 않음을 배웠습니다. 쓴 뿌리들은 용서를 통해 놀란 새떼처럼 도망가 버립니다. 이런 경험은 나에게 악의 본질이 무엇인지 가르쳐 주었습니다.

안간힘을 다해 악과 싸우다 보면 오히려 악을 치명적으로 숭배하게 됩니다. 악은 이런 전쟁 상태를 좋아합니다. 우리의 모든 주의력을 자기에게 끌어모을 수 있기 때문입니다. 이를 통해 우리는 기묘하게 악을 숭배하게 되지요. 우리가 영적 치유의 길을 걸을 때 악은 싸움의 대상이 아닙니다. 악은 그냥 의미가 없어지지요. 사랑이 우리를 옭아맨 사슬을 풀면서, 악으로부터 해방하기 때문입니다. 이것이 용서의 본질입니다. 싸움을 통해 적을 몰아내는 것이 아닙니다. 우리 안의 악을 억누르려 하는 대신 선을 장려함으로써 평안해질 수 있습니다. 이런 삶이 바로 축복하는 마음으로 사는 것입니다.

인생에서 승리하는 비결은 길은 우리를 존재의 원천으로 이끌어 주는 은총에 항복하고 내어맡기는 것입니다. 하느님과 친밀하게 지내는 사람에게서는 그런 의지가 자연스럽게 느껴집니다. 축복하는 아우라, 축복하는 가슴, 하느님 임재의 향기가 느껴집니다. 이런 사람들은 자기도 모르게 하느님에 대한 믿음을 북돋우는 사람들입니다.

용서는 우리 안에서 주의 깊게 작동하는 힘입니다. 용서는 마음의 소리를 들으라고 이야기합니다. 그 소리는 우리가 마음 깊은 곳에서 아직 용서하지 않은 것들을 상기시킵니다. 듣고 보는 기도를 통해 그 모든 기억이 지나간 뒤, 마지막으로 한 가지 질문이 찾아옵니다. "용서하겠니?" 용서를 통해 우리는 부드럽고 겸허한 하느님의 임재, 즉 쉐히나에 참예하게 됩니다.

: 쉐히나

쉐히나라는 개념은 유대교에서 2천 년 전부터 발전해 왔습니다. 쉐
히나라는 말은 성서에 직접 언급되지 않지만, 이 말의 어원인 '샤칸
schachan'은 성서에 자주 등장합니다. '거하다' 좀 더 정확하게는 '장막
을 치고 살다'라는 뜻이지요. 영원자의 현존은 그가 백성과 함께 성막
에 거하는 데서 증명되었습니다. 성막의 기둥은 금을 입힌 아까시나
무로, 휘장은 청색, 자주색, 진홍색 실로 짠 고급 아마포로 되어 있었
고 그곳에 하느님의 영광이 임했습니다. "그들은 내가 거할 성소를 지
어야 한다."〈출애굽기〉 25:8

《탈무드》는 토라의 이 부분을 '쉐히나가 머물 성막이 건립되었다'
고 풀이했습니다.[30] 샤칸Scachan: 장막에 거함과 쉐히나Schechina: 하느님의
거하심 사이의 언어적 유사성을 고려한 것이지요.

그리스도의 내밀한 뜻을 묘사한 〈요한복음〉의 시작 부분에도 '거
하다'라는 표현이 있습니다. 여기에도 '장막을 치고 살다'라는 뜻을
가진 동사가 사용되었습니다. '그가 우리 가운데 거하셨고 우리는 그
의 영광을 보았다'는 구절을 단어 그대로 보자면, "그가 우리 가운데
장막을 치고 계셨다."〈요한복음〉 1:14라고 표현할 수 있습니다.

:

쉐히나는 하느님의 영광이 우리 위로 내려옴으로써 상황이 완전히
달라지는 경험을 선사합니다. 쉐히나가 없다면 하느님은 단지 관념

에 불과할 것입니다. 그러나 쉐히나를 통해 우리는 하느님을 직접 경험합니다. 그리고 그 가운데 거룩함, 부드러움, 고요함, 존재의 깊은 행복, 예감하지 못했던 평화를 경험합니다. 쉐히나는 지적인 생각이나 종교적인 개념이 아니라, 감각적인 경험입니다. 거룩한 이의 아우라이며, 초월자의 메시지입니다. 관념적 신앙에서 해방되는 것입니다. 하느님은 쉐히나를 통해 자신을 선물하십니다.

쉐히나는 특정 상황, 과정, 장소에 임재하는 하느님 자신입니다. "진정 주께서 여기 계시는데도 나는 알지 못했다. 야곱이 두려워하며 말하였다. 이 얼마나 두려운 곳인가! 이곳은 하느님의 집이고, 천국의 문이로구나." 〈창세기〉 28:16 이하

매 순간이 하느님의 장소가 될 수 있습니다. 우리가 누군가의 존재를 기뻐할 때, 그 사람이 우리 마음에 머뭅니다. 쉐히나도 마찬가지입니다. 쉐히나는 우리에게 하느님으로 인한 기쁨을 선사합니다. 그리하여 새롭게 하느님을 사랑하게 합니다. 《탈무드》는 "하느님의 길을 가며, 쉐히나를 따르라. 하느님이 자비로우시듯, 너도 그러하라."라고 가르칩니다.

: 손상되기 쉬운 쉐히나

쉐히나는 상대를 억지로 복종시키지 않습니다. 쉐히나는 우리의 마음이 스스로 깨닫기를 권유하고, 깨달은 것을 행하기를 권합니다.

'쉐히나는 하늘에 있을지라도 인간을 보고 탐색한다'는 유대교 문서의 말은 '성령은 모든 것을 통찰한다'는 〈고린도 전서〉 2장의 말과 상통합니다. 우리는 찾아와 권유하는 쉐히나를 이해해야 합니다. 쉐히나는 우리 마음이 무엇을 허락할지 탐색합니다. 쉐히나는 우리에게 얼마나 가까이 가도 되는지 묻습니다. 도공이 흙을 빚어 형체를 만들 듯, 우리에게 임해서 하느님 사랑으로 우리를 빚기를 기다립니다. 쉐히나를 경험할 때마다 하느님을 향한 사랑이 새로워집니다.

쉐히나는 상처 입기 쉽습니다. 깨지고 다칠 수 있습니다. 상처받을 수 있는 것만이 사랑으로 나아갈 수 있습니다. 진정한 아름다움이 있는 곳마다 상처 입고 손상될 수 있는 민감한 현존이 있습니다. 관계의 아름다움, 헌신의 아름다움, 믿음의 아름다움, 울림의 아름다움……이 모든 것은 딱딱하게 굳은 것이 아니라, 부드럽고 민감한 것이기에 쉽게 손상될 수 있습니다.

이런 경험을 울림을 만드는 일에 비유할 수 있습니다. 작업장에서 나는 음악가들이 얼마나 열정적으로 악기의 울림을 빚어내는지 경험합니다. 울림은 바이올린의 활과 진동하는 현 사이의 접점에서 펼쳐지지요. 이 부분에서 음이 생겨나고, 진동을 통해 치유력을 지닌 따뜻하고 숭고한 음색이 자랍니다. 바로 이 지점이 가장 민감한 부분인 동시에 가장 아름다운 울림이 탄생하는 곳입니다.

바이올린을 배우는 학생이 제대로 음을 내기까지는 대개 몇 년이 걸립니다. 민감한 접점에 너무 큰 압력을 가하면 긁히는 소리가 나고, 힘이 약하면 새된 소리가 납니다. 접점에서 탄생하는 울림을 적절히 다루는 것이 관건입니다. 이 일은 굉장히 까다롭습니다. 접점이 너무나 민감하기 때문입니다. 다시 말하지만, 이렇듯 민감하고 손상될 수 있는 곳에서 아름다운 울림이 탄생합니다. 상처 입기 쉽다는 것은 감수성이 있다는 뜻입니다. 중요한 것은 모두 그런 특성을 띱니다. 우리가 '믿음'이라고 부르는 하느님과의 사랑의 접점도 아름다운 울림을 빚어내는 일만큼 민감합니다.

:

믿음은 거칠지 않습니다. 단단한 일체형이 아니며, 부서지기 쉽습니다. 건물처럼 지을 수 있는 것이 아니라, 텐트처럼 펴는 것입니다. 믿음은 성전보다는 장막에 더 가깝습니다. '종교적'으로 신을 소유하고자 하는 마음에 대하여 장막은 겸손을 상징합니다. 신을 만나는 장소는 요새도, 성전도, 학교도, 궁전도 아니었습니다. 그곳은 장막이었습니다.

우리는 대개 확실한 사상의 집을 원합니다. 권위 있는 진리 또는 확실한 세계관으로 지은 탄탄한 사상 체계를 원합니다. 튼튼한 종교적 세계관을 원합니다. 우리가 가진 것을 확신하고자 하기 때문입니다. 그러나 믿음은 장막과 같습니다. 굳건하게 닫힌 교리 체계는 인간이 고안해 낸 구조입니다. 그래서 계속 반박될 수밖에 없지요. 교리는 시대의 요구를 충족시킬 수는 있지만, 그리스도에게는 합당하지 않습니다.

믿음의 길은 인도받는 길인 동시에 언제든 손상될 수 있는 민감한 길입니다. 탐구하는 사랑으로 하느님의 현존을 경험하는 길입니다. 그길은 바이올린이 공명을 통해 진동하는 현의 떨림을 '듣고' '탐색하여' 울림으로 탄생시키는 것과 같습니다. 울림은 공명으로 물든 자극입니다. 사랑에 바탕을 둔 믿음은 기꺼이 하느님의 음성을 듣고자 합니다. 그리고 믿음과 재능으로 하느님의 진리를 물들입니다. 이것은 하느님의 진리를 훼손하는 것이 아닙니다. 반대입니다. 그것은 아름다움의 본질입니다. 하느님은 기쁘게 이를 허락합니다.

쉐히나의 경험은 우리를 경직된 믿음의 표상에서 자유롭게 합니다. 쉐히나를 경험할 때마다 우리는 쉐히나가 쉽게 손상될 수 있다는 사실에 놀랄지도 모릅니다. 쉐히나는 겸손하고 부드럽고 자비롭습니다. 보호하고 싶은 성질의 것이지요.

쉐히나는 우리 내면의 방패들을 느낍니다. 불평불만, 걱정, 체념, 독선, 닫힌 마음, 냉랭함 같은 방패로 밀쳐내면 쉐히나는 우리에게 다가올 수 없습니다. 쉐히나는 그런 단단한 층을 통과하지 못합니다.

랍비 이착은 "쉐히나에 참예하지 못하는 네 부류의 인간은 조소하는 자, 거짓말하는 자, 위선자, 중상하는 자"[31]라고 했습니다. 그리고 "의인은 땅을 상속하여 늘 그곳에 머무를 것"이라고 했습니다. 이어 그는 "악인은 쉐히나를 땅에 머무르게 할 수 없다"[32]고 했습니다. 예부터 '쉐히나의 가까움'과 '속사람의 깨끗함'은 사랑의 신적 측면과 인간적 측면으로 여겨졌습니다. 마음이 깨끗한 사람은 하느님을 볼 것이라는 예수의 말씀처럼 말입니다.

: 사랑의 상호작용

쉐히나는 부드럽고 깨끗합니다. 공격하지 않습니다. 억지로 복종시키지 않습니다. 쉐히나는 자신이 찾는 자, 사랑하는 자에게 얼마나 가까이 다가갈 수 있는지 물을 것입니다. 이는 하느님에 대한 믿음을 통해 우리 안에 깃든 아름다움은 손상될 수 있고, 상처 입을 수 있는 아름다움이라는 의미입니다. 즉, 하느님과 우리가 상호작용한다는 뜻입니다.

우리 세계에 은혜가 결여되면 공격적이고 복종시키려 하고 거칠고 불친절한 태도가 나타납니다. 아름다움이 깨집니다. 그러나 쉐히나가 활동하는 곳에서, 우리는 하느님의 본질에 참예합니다. 경직되지 않은 믿음은 하느님의 현존이 얼마나 민감한지 느낍니다.

하느님이 존재한다는 것은 범할 수 없는 사실이지만, 하느님의 임재와 현존은 오로지 우리의 믿음에 달렸습니다. 우리는 그리스도가 우리 안에서 형상을 입으려 한다는 것을 믿어야 합니다. 사도 바울은 이렇게 말합니다. "그러한즉, 이제는 내가 사는 것이 아니고, 그리스도가 내 안에서 사는 것이다."〈갈라디아서〉 2:20 개인과 집단에서 하느님의 현존은 증가할 수도 있고 줄어들 수도 있습니다. 우리 안에서 그리스도가 점점 더 많이 활동하는 삶, 그것이 바로 성화입니다. 우리 안에 그리스도가 충만히 임할 때, 우리는 비로소 그리스도를 영화롭게 할 수 있습니다.

:

우리의 삶에서, 공동체에서, 우리가 보내는 시간과 우리의 문화 안에서, 우리는 과연 어느 정도로 쉐히나를 허락할 수 있을까요? 하느님의 현존에 참예하는 삶은 박제된 유물이 아니라 언제든지 손상당할 수 있는 실존입니다. 이런 삶은 하느님과 함께 사랑의 공동체를 이루는 것입니다. 그런 삶에는 거룩한 동시성이 있으며, 공동의 울림이 생깁니다. 바이올린에 비유하자면 쉐히나는 활과 현 사이의 접점과 같습니다.

쉐히나를 통해 우리는 삶의 순간마다 하느님의 현존과 협력하는 법을 배울 수 있습니다. 하느님의 현존에 참예하면서 하느님의 사랑을 경험하는 것은 신비입니다.

나는 내 마음이 쉐히나가 거하도록 거룩해지기를 원합니다. 그렇기에 이렇게 부르짖습니다. "믿습니다. 믿음 없는 저를 도와주소서.〈마가복음〉 9:24 용서합니다. 쓴 뿌리를 지닌 저를 도와주소서. 신뢰합니다. 걱정하는 저를 도와주소서. 마음이 상했음을 인정합니다. 낙담한 저를 도와주소서. 다시 일어서겠습니다. 부디 낙망한 저를 도와주소서."

순간순간 실패한다 해도 낙망하지 마십시오. 마음의 잘못들을 인정하기만 하면 됩니다. 거룩해지려고 노력하는 대신, 하느님 앞에 마음을 쏟아 놓으십시오. 하느님의 품으로 피하십시오. 그럴 때 우리 가운데 쉐히나가 거할 수 있습니다.

〈이사야서〉는 다음과 같이 말합니다. "누구와도 비교할 수 없이 존귀하며, 영원히 거하며, 거룩한 이름을 지닌 자가 말씀하시기를, 나는 높고 거룩한 곳에 거하는 동시에 마음이 겸손하며 뉘우치는 자와 함께 거하나니, 이는 겸손한 자의 영을 소성시키고 뉘우치는 자의 마음을 소성시키기 위함이라." 〈이사야서〉 57:15

:

태양을 피하듯이 쉐히나를 피할 수도 있습니다. 우리는 밝고 따뜻한 빛을 피해 잘못된 생각과 죄의 그늘로 들어갈 수도 있습니다. 그렇게 그늘에 머물면 우리의 세계에서 하느님의 아우라Aura가 '소멸할' 〈데살로니가 전서〉 5:19 "성령을 소멸하지 말며." 참조 수 있습니다.

유대교에서는 쉐히나를 태양에 비유하기도 합니다. '어느 날, 한 이방인이 랍비 가말리엘에게 물었습니다. "당신들은 이스라엘 사람 열 명이 기도하러 모인 자리마다 신쉐히나이 임재한다고 주장합니다. 그러면 그 쉐히나는 도대체 얼마나 많다는 거요?" 랍비가 대답하기를, "햇빛은 어디서나 빛나지요. 하느님의 많은 신하 중 하나인 태양도 그렇게 할 수 있는데, 하느님이 왜 못하시겠습니까?"[33]

따뜻한 햇볕을 느끼듯이, 우리는 성령의 현존 가운데 쉐히나를 느낍니다. 평화, 고요, 사랑, 돌봄, 감사, 겸손, 온유를 느낍니다. 그러기 위해 우리는 쉐히나의 권유에 응하고, 성령의 은총에 굴복해야 합니다. 믿음이란, 하느님 앞에 두 손 들고 항복하는 것입니다.

: 이해하지 않고 깨닫기

앞에서 이야기한 스키 여행 당시, 친구들은 내 이야기에서 상당히 쓴 뿌리가 느껴진다고 했습니다. 하지만 그들은 나를 존중해 주었지요. 하느님 역시 조심스럽게 내 상처에 손을 대셨습니다. 그리고 이제 내가 그에게 무엇을 허락할 것인지 물었습니다.

그 뒤로 내 안에는 믿음에 관한 새로운 개념이 생겼습니다. 믿음은 '허락하는 것'이라는 생각입니다. 용서를 거부하는 태도는 쉐히나를 밀쳐내는 것과 같습니다. 신약 성서의 표현을 빌리자면 '성령을 슬프게 하는 일'입니다.〈에베소서〉4:30,〈창세기〉3:16, 42:14 신약 성서가 이야기하는 성령의 아픔은 유대인들이 말하는 '거부당한 쉐히나'와 비슷합니다. 쉐히나는 우리 마음의 방어막을 느낄 수 있지만, 이를 뚫고 들어오지는 않습니다. 성령도 마찬가지입니다. 우리 마음이 그에게 허락해 주기를 기다립니다. 그렇기에 우리는 용기 내어 "성령이여, 당신이 내게 다가오지 못하게 방해하는 것이 무엇입니까?"라고 물어야 합니다. 그렇게 묻고 답을 기다려야 합니다. 우리에게는 하느님 마음을 향해 기울일 귀가 있으니까요. 기도하며 보기 위해 감을 눈이 있으니까요.

:

성서는 '깨달음'과 '이해'를 구분합니다. 깨달음은 마음으로 아는 것입니다. 여기에는 사랑의 차원이 포함됩니다. 이해는 지적인 행위일 따름입니다. 하느님을 이해하는 것은 불가능합니다. 그러나 하느님을 깨닫는 것은 가능합니다. 우리는 하느님이 우리에게 알려주시는 만큼 깨달을 수 있습니다. 이해하는 데는 상호작용이 필요 없습니다. 스스로 생각하기만 하면 됩니다. 그렇기에 이해는 자기 자신을 위한 작용으로 머뭅니다. 그러나 깨달음은 상호성을 띱니다. 직관적으로 또는 영감을 통해 사랑이 작용할 때, 우리는 깨달음을 얻습니다. 즉, 깨달아야 할 것이 우리 앞에 나타납니다.

우리는 하느님을 알아 가는 길에서 우리가 사랑하는 것들, 마음을 쏟는 것들만 깨달을 수 있습니다. 하느님을 닮아 갈 때만 우리는 하느님께 다가갈 수 있습니다. 나는 누군가가 하느님을 지식적으로 아는지에는 관심이 없습니다. 그 대신 그가 하느님을 어떻게 사랑하고, 그 사랑을 통해 무엇을 깨닫고 행하는지에 관심이 있습니다. 사랑은 우리를 찾는 자추구하는 자, 성숙한 자로 만듭니다. 우리는 사랑을 통해서만 부름 받은 세상으로 나아갈 수 있습니다. 지식이 아니라 사랑을 통해 우리는 변화되고, 성숙한 신앙인이 됩니다.

자, 마음을 열고 성령이 당신에게 다가오지 못하게 방해하는 것이 무엇인지 질문하십시오. 깨달은 것을 행하면 우리의 재능과 사랑은 더욱 커질 것입니다. 우리가 쉬히나를 사랑하면, 우리의 삶은 진정한 예배가 됩니다. 묻고 대답하기, 하느님과의 대화, 이것이 바로 사랑의 상호작용입니다.〈요한복음〉14:21, 23

: 가능성의 구름

스키 여행에서 쉐히나에 관심을 두게 된 이래 나의 믿음은 변했습니다. 나는 "하느님이 계신가?"라고 묻기보다 "하느님이 얼마만큼 존재하시는가?" 하고 묻는 것이 더 적합하다고 여기게 되었습니다. 인간의 마음, 공동체 생활, 사회관계, 시대정신, 그 모든 것이 끊임없이 쉐히나와 소통합니다. 모든 것이 하느님의 임재를 허락하기도 하고 거부하기도 합니다.

그러므로 하느님과 친밀하지 못한 것을 단순히 개인의 일로만 치부해서는 안 됩니다. '때가 찼고 하느님의 나라가 가까이 왔는지'〈마르코〉 1:15, 또 얼마만큼 그렇게 되었는지는 개인의 문제일 뿐 아니라 사회의 문제이기도 합니다. 포스트모던 시대의 개인주의적 풍토에 휘말려 소중한 것을 간과해서는 안 됩니다. 하느님과의 친밀한 경험은 사적인 경건함이 아니라, 공동생활의 열매라는 점을 잊지 말아야 합니다.

성서는 하느님과 인간의 관계를 인격적으로 묘사하지만, 그 관계가 개인에게 국한되는 것으로 보지는 않습니다. 성서는 인간의 공동체를 살아 있는 유기체로 봅니다. 그리스도의 신비한 몸으로 보지요. 개인주의가 팽배한 이 시대에는 별로 달갑지 않은 일인지 모르겠지만, 성서에는 '너'라는 말보다 '너희'라는 복수 개념이 훨씬 더 자주 나옵니다. 쉐히나가 우리를 통해 경험하는 것은 삶의 연결망입니다. 삶은 곧 관계이기 때문입니다.

개인화된 신앙은 하느님을 개개인의 가슴으로 환원하려 합니다. 그런 신앙은 '나와 나의 하느님'만 존재하는 자기중심적인 신앙으로 흐릅니다. 우리는 하느님을 개인화해서는 안 됩니다. 하느님은 공동 생활 가운데 손상될 수 있는 현존으로 자신을 계시하기 때문입니다. 이것이 쉐히나의 약속입니다.

하느님의 임재는 증가할 수도 있고 감소할 수도 있습니다. 쉐히나는 다가올 수도 있고 물러날 수도 있는 것입니다. 우리는 역사 속에서 쉐히나가 완전히 물러나야 했던 어두운 시대들을 알고 있습니다. 선지자 이사야가 "내가 암흑으로 하늘을 입히며, 굵은 베로 덮느니라." 〈이사야서〉 50:3 하고 말한 것처럼 말입니다. 사랑은 응답받지 못하는 순간에 손상됩니다.

:

〈요한복음〉에서는 하느님이 그리스도를 통해 우리에게 임재한다고 말합니다. "그가 우리 가운데 거하시니, 우리가 은혜와 진리로 가득한 그의 영광을 보았다." 〈요한복음〉의 마지막에는 다음과 같은 이야기가 나옵니다. "군인들이 가시나무로 관을 엮어 그의 머리에 씌우고 자색 옷을 입히고 …… 그의 얼굴을 때렸다. …… 이에 예수께서 가시관을 쓰고 자색 옷을 입고 나왔다." 〈요한복음〉 19:2 이하 여기서 우리는 장막 성전에 사용되었던 자색 옷감을 다시금 만납니다. 인간은 하느님의 영광을 그렇게 상상하지 않았습니다. 그러나 예수는 치욕 당한 쉐히나로서 그 자리에 섰습니다.

쉐히나는 구름처럼 장막 성전에 내려앉았습니다. 유대교에 '가능성의 구름'이라는 말이 있습니다. 우리가 잠재적인 가능성의 장으로 들어가서, 우리 마음에 부응하는 것을 세상으로 가지고 나온다는 뜻을 내포한 말입니다. 가능성의 구름으로부터 '현재'가 탄생합니다. 공격적인 마음을 지닌 사람은 가능성의 구름에서 그의 공격성에 상응하는 것을 불러냅니다. 두려움으로 가득한 마음은 삶의 모든 상황에서 자신의 두려움에 상응하는 것을 불러냅니다. 불평불만과 쓴 뿌리로 가득한 마음은 잠재적인 가능성의 장에서 그의 쓴 뿌리에 상응하는 것을 불러냅니다.

일어나는 일은 미리 정해져 있지 않습니다. 우리가 약속으로 들어가느냐 그냥 지나치느냐에 따라 우리의 경험이 달라집니다. 바울의 말을 빌리자면 '심는 대로 거두는 것'〈갈라디아서〉6:7 입니다. 사랑을 지니고 사는 사람은 사랑을 나눌 것이고, 상처받은 사람은 상처를 낼 것입니다. 그렇게 우리는 자신을 재생산합니다. 세상은 우리 마음에 있는 것을 반영할 뿐입니다.

:

예수는 산상 수훈에서 하느님의 임재를 방해하는 아홉 가지 황폐한 속성들에 관하여 이야기합니다. 불평불만, 걱정, 인색함, 늘 자신이 옳다고 생각하는 독선, 세간에 자신을 과시하고 싶은 욕망, 무절제함, 지혜 없이 모든 것을 삐딱하게 보는 아집, 삶의 나침반을 흐트러뜨리는 탐욕, 자신의 흠은 보지 못하고 타인의 흠만 지적하는 무조건적인 비판 욕구가 그것들입니다.

여기서 잠시 짚고 넘어갈 것이 있습니다. 산상 수훈을 도덕적인 권고로만 받아들여서는 안 됩니다. 마치 도덕적으로 우위에 있는 자가 상대적으로 부족한 자에게 "넌 이렇게 해야 해!" 또는 "네가 얼마나 부족한 인간인지 봤지? 그러니 너에게는 정말로 은혜가 필요해!"라고 말하며 값싼 은혜를 베푸는 것으로 오해해서는 안 됩니다. 그리스도의 은혜가 단순히 도덕적으로 우위에 있는 자가 선심 쓰듯이 베푸는 사면 행위에 불과할까요? "내가 자비로워서 너의 부족함을 그냥 받아주는 거야. 그러니 내게 감사해!" 하며 생색내는 것일까요? 그리스도의 은혜는 그런 것이 아닙니다. 은혜는 조건 없이 주어지는 생명력입니다. 죄인이든, 의인이든 모든 자가 그에 힘입어 살아갈 수 있습니다. 예수의 은혜는 겸손합니다. 그 은혜는 강제하거나 압도하지 않고, 모든 이의 삶에 하느님의 임재가 늘어나기를 부드럽게 권합니다.

좋은 울림을 만들어 내기 위해 현악기의 줄감개를 돌려서 현을 조율하듯이, 산상 수훈은 위에서 언급한 아홉 가지 속성을 통해 해야 할 일과 하지 말아야 할 일을 가르침으로써 인간의 마음을 조율합니다. 그렇게 조율된 삶의 울림은 자유롭고 넓고 조화롭습니다.

:

은혜는 우리에게 두려움을 버리라고 권유합니다. 모든 죄는 두려움의 토대 위에서 자라기 때문입니다. 은혜는 하느님과 가까워지기를 두려워하지 말라고 권합니다.

우리는 회개의 눈물, 사랑의 눈물을 통해 쉐히나의 친밀함을 깨닫습니다. 쉐히나는 인간의 삶에 다가갈 순간을 기다리며 조용히 참고 견딥니다. 하느님이 우리의 마음을 어루만지고자 하시기 때문입니다. 쉐히나는 결코 인간을 넘어서지 않는 하느님의 사랑 어린 번민입니다. 쉐히나는 회개와 용서의 힘으로 한 걸음, 한 걸음 우리를 빛으로 인도할 것입니다.

회개와 용서가 마음 깊은 곳에서 작용하지 않는 한, 우리는 사는 동안 끊임없이 상처를 재생산할 수밖에 없습니다. 이렇게 살다 보면 몸이 안 좋아집니다. 신체가 우리의 잘못된 생각들을 뒤흔들고, 치유되지 않은 경험들을 해결하라고 신호를 보내는 것이지요.

깨끗한 가슴을 지닌 사람은 하느님과 하나 되어 협력하며 살아갑니다. 거룩한 가능성의 구름으로 들어가, '하느님이 예비한 것'〈에베소서〉 2:10을 삶으로 구현합니다. 그렇게 살려면 우선 죄로부터 치유받아야 합니다. '자기 확장욕'에서 벗어나야 합니다. 하느님의 사랑으로 치유된 사람은 하느님과 협력하며 살아갈 수 있습니다. 이것이 바로 우리가 흔히 '하느님과의 관계'라고 표현하는 거룩한 상호작용입니다. 모든 일, 모든 물질, 모든 삶은 관계 안에 존재합니다.

쉐히나는 부드럽습니다. 완력으로 해결하려 하지 않고, 정복하려 하지 않으며, 종종 거부당하는 아픔을 겪기도 합니다. 그런 쉐히나를 내적으로 깨닫는다는 것은 과연 무슨 의미일까요? 하느님의 전능함을 '완벽한 계획을 세우고 있으며, 인간을 굴종시키는 힘'이라고 오해해서는 안 됩니다. 전능하신 하느님은 우리 마음을 존중합니다. 우리 마음의 문은 안에서만 열 수 있습니다. 그 누구도 바깥에서 억지로 열어젖힐 수 없습니다. 〈요한계시록〉에 기록된 그대로입니다. "보라, 내가 문밖에 서서 두드린다. 내 음성을 듣고 문을 열면 내가 그에게 들어가겠다."〈요한계시록〉 3:20 하느님은 억지로 밀고 들어가지 않습니다. 그렇게 하는 것은 쉐히나의 본질에 어긋납니다.

:

스키 여행 당시, 아버지 같은 친구들 앞에 내 생각을 털어놓았을 때, 그들은 나를 축복해 주었습니다. 우리에게 하느님의 복이 작용할 때마다 우리는 사랑을 '요구'가 아닌 '선물'로 경험하게 됩니다. 인간의 힘으로 측량할 수 없는 자비의 근원을 경험하게 됩니다. 그것이 바로 사랑입니다. 언제나 변함없이 우리를 두르고 있는 사랑, 존재의 매 순간 자신을 내주는 사랑입니다. 사랑은 우리의 근원이자 우리가 돌아갈 귀착지입니다.

그러니 마음의 문을 닫지 마십시오. 우리 마음의 실망, 쓴 뿌리, 몰이해, 두려움 등의 상처가 치유될 때, 우리에게서 '생수의 강이 흘러나올 것'〈요한복음〉 7:38 입니다. 사랑 어린 치유로 삶을 변화시킬 때 우리는 선하고 복된 사람이 됩니다.

6
에로스
: 생명에 대한 사랑

믿음을 논할 때, 사람들은 대개 에토스ethos: 도덕를 이야기합니다. 올바른 행동에 관하여 이야기하지요. 그러나 에토스 못지않게 에로스eros: 사랑도 중요합니다. 에로스는 삶을 행복하게 하는 요소입니다.

이번 장에서는 하느님에 대한 잘못된 이해를 바로잡는 일에 관하여 내 경험을 이야기해 보려 합니다. 병든 믿음은 주로 자신이 무엇을 해야 할지 묻곤 합니다. 그러나 자신이 어떤 존재인지는 파악하려 하지 않습니다. 믿음의 에로스는 자신이 어떤 존재인지를 깨닫게 합니다. 에토스와 에로스가 균형을 이루는 믿음은 자신이 하느님의 사랑을 받는 존재라는 사실을 아는 데서 출발합니다.

: 묻는 믿음

더러 우리의 기도는 짧은 문장에 그치기도 합니다. 그러나 그것이 가슴에서 우러나온 말이라면, 하느님은 우리의 기도를 들으실 것입니다. 하느님은 우리 입술의 움직임이 아니라, 마음의 움직임을 보십니다. 성 아우구스티누스의 말을 빌리자면 '혀가 침묵할지라도 마음은 계속해서 기도하는'[34] 상태이지요.

마음을 하느님께 내드리는 만큼 우리는 그분께 더욱 가까이 다가가 하나가 될 수 있습니다. 하느님은 우리에게 자신의 존재를 알리고 싶어 하십니다. 우리는 '묻는 기도'를 통해 그분을 더 알아 갈 수 있습니다. 질문하지 않으면 하느님이 어떻게 대답할 수 있겠습니까? 우리의 물음을 통해 우리가 마음으로 구하는 것이 무엇인지 드러납니다.

우리는 하늘을 스승으로 삼을 수 있습니다. 열정적으로 물음으로써 하늘로부터 삶의 신비를 얻어낼 수 있습니다. 모두 우리가 하기 나름입니다. 묻는 마음이 없으면 배우지 못합니다.

장자는 "나무와 풀은 막 생겨날 때는 연하다. 그러나 죽을 때는 딱딱하게 말라서 버석거린다."[35]고 했습니다. 묻는 가슴만이 연합니다. 물음이 속사람을 불안정하게 하기 때문입니다. 굳어 버린 흙으로는 아무것도 빚을 수 없습니다. 부드러워야만 빚을 수 있습니다. 우리의 굳은 믿음으로 어떻게 하늘이 형상을 만들 수 있을까요? 굳은 흙으로 형상을 만들기 위해서는 깨뜨릴 수밖에 없을 것입니다. 그런 믿음은 하느님을 잃어버릴 위험이 있습니다. 교리나 전통에 의지하다가 위기를 만나면 의심에 압도당합니다. 그의 지식은 스스로 체득한 것이 아니기 때문입니다. 그런 사람은 대화의 기쁨을 모르고, 탐구하고 묻는 마음의 행복을 알지 못합니다.

: 당돌한 사랑

스웨덴의 스톡홀름에서 열린 음악음향학 국제 학회에 참가했을 때의 일입니다. 강연을 듣고 오랜 지인들과 좋은 시간을 보냈습니다. 진동 현상과 심리음향학 분야의 최신 연구 결과에 대하여 고무적인 토론이 이루어졌지요. 오후가 되어서야 자유 시간이 생겼습니다. 나는 구도심 한가운데 붐비는 광장의 가장자리에 앉아 있었습니다. 그 당시 미국 국가안보국의 도청 스캔들이 언론에 공표되어 세상이 상당히 시끄러웠습니다. 곳곳에서 이 어마어마한 사건에 대한 분노가 들끓었지요.

광장 한편에 앉아 지나가는 사람들을 바라보다가 다소 당돌하고 뻔뻔한 생각이 들었습니다. 이 일을 '후츠파chutzpah'라고 칭할 수 있을까요? 히브리어에서 유래한 후츠파라는 말은 약간 뻔뻔하고 당돌할 정도로 담대하게 권위에 얽매이지 않고 지적으로 도전하는 일을 말합니다. 미국 국가안보국의 스캔들을 생각하다가 내가 후츠파의 형태로 제기한 의문은 다음과 같았습니다.

'우리가 상상할 수 있는 최대의 도청 스캔들이 있다면, 그 주인공은 하느님, 당신이 아니신가요? 정말이지 그 규모를 파악할 수도 없겠군요. 끊임없이 내 마음을 꿰뚫어 모든 걸 듣고 계시니 좀 그런데요? 〈시편〉에서 이야기하듯이 당신은 우리 입술에 담긴 모든 말을 알고 있잖아요? 그것도 우리가 말을 꺼내기도 전에 말이에요. 우리 마음속 생각을 다 알고 계시니까요. 어떤 마음의 비밀도 당신께는 숨길 수가 없어요. 〈시편〉에도 "주는 마음의 비밀을 아십니다."〈시편〉 44:22 라고 적혀 있잖아요. 우리를 계속 살피고, 엿듣고 계시니 이건 좀 너무하지 않아요? 상당히 무안한 일 아닌가요? 당신 앞에서는 사생활도 보장되지 않나요? 나의 사적 영역을 보장해 주지 않으시고, 내 생각을 다 들으면서, 나의 존엄을 깡그리 무시하시니, 당신은 정말 배려가 없군요. 어떻게 내 안에서 일어나는 모든 걸 다 들을 수 있죠?'

이렇게 기도하는 동안 은밀한 기쁨이 밀려왔습니다. 하느님이 대답하실 것이 느껴졌기 때문이었습니다. 나는 호기심을 품고 대답을 기다렸습니다. 그저 농담 삼아 이런 질문을 한 것이 아니었으니까요. 화가 나서 그런 것도 아니었습니다. 이런 생각이 적절한 물음이라고 느꼈습니다. 나는 광장 가장자리에 놓인 벤치에 앉아 있었습니다. 거리 음악가들이 드럼을 연주하고 있었고, 아이들은 아이스크림을 먹고 끈적거리는 손가락을 분수에 닦고 있었습니다. 그때 내 마음의 눈에 가시덤불이 보였습니다.

내 질문의 당돌함에 스스로 놀라고 있을 때, 하느님이 미소 지으며 이렇게 말하는 것 같았습니다. "이 가시덤불을 보려무나. 네가 손으로 이 가시덤불을 잡으면 나는 굳이 네 손이 하는 말을 엿듣지 않아도 네 아픔이 느껴진단다. 너도 자연스럽게 아픔을 느끼잖니. 손의 아픔이 네게 전달되니까. 마찬가지란다. 나는 너희를 도청할 필요가 없어. 너희를 느낄 뿐이지. 너희의 삶이 내게 전달되거든."

: 축복하는 조직

그 순간 감동이 밀려와 눈물이 글썽거렸습니다. 우리는 끊임없이 하느님과 연결된 존재이며, 그 연결이 얼마나 민감하고 예민한지 느꼈기 때문입니다. 나는 우리가 생명이신 하느님께 깊이 접속해 있는 존재임을 깨달았습니다. 하느님은 우리를 도청할 필요가 없습니다. 우리의 삶이 저절로 전달되니까요. 모든 것이 전달되고 두 세계에서 상호작용합니다. 우리의 사랑은 사랑이신 하느님께 접속되어 있습니다.

또한, 그 순간에 나는 하느님과 이어져 있는 거대한 공동생활의 조직을 보았습니다. 그 조직은 두뇌의 시냅스를 연상시켰습니다. 어마어마한 영적 조직이었습니다. 조직의 어떤 부분은 하늘과 자연스럽게 연결되는 진한 믿음의 순간들로 이루어져 있었고, 어떤 부분은 텅 비고, 또 다른 부분은 헐겁고 힘이 부족했습니다. 하느님과 함께하는 어마어마한 공동생활의 조직은 아름답고 민감했습니다. 세심한 주의와 경외가 필요하다는 인상을 받았습니다.

나는 우리가 살아 있는 영적 유기체를 이루고 있는 것을 보았습니다. 우리 몸에 여러 기관이 있고 저마다 맡은 소임이 있듯이, 우리도 영적 유기체 안에서 모두 다른 재능, 과제, 의미를 지닙니다. 그것은 나 하나만을 위한 것이 아니라, 전체를 위한 것입니다. 우리 모두의 삶은 서로 이어져 있습니다. 우리는 하늘과 땅 사이의 끊임없는 상호작용 가운데 연결되어 있고, 촘촘하게 짜여 있습니다. 하늘은 물질적 우주와 끊임없이 상호작용하는 영적 우주입니다. 하늘은 우리 눈에 보이지 않게 참예하고 있으며, 우리를 두르고 있습니다. 하늘은 저편에 있는 것이 아니라, 이편에도 있습니다. 멀지 않고 가깝습니다. 하늘은 모든 세계에 현존합니다.

"우리는 하느님 안에서 살고 움직이며 존재한다."〈사도행전〉17:28 성서의 이 말은 우리가 영적 조직에 함께 속해 있음을 의미합니다. 이런 조직은 끊임없는 사랑으로 모든 인간과 모든 사건을 서로 연결하고 결합하는 창조적인 지혜와 힘입니다. 모든 일이 두 세계의 상호작용을 통해 일어납니다. 알록달록하게 눈에 보이는 삶의 실과 보이지 않는 은혜의 실이 씨실과 날실이 되어 신뢰의 베틀에서 아름다운 짜임을 만들어 냅니다.

보이지 않는 은혜의 날실들이 우리 삶을 관통합니다. 은혜의 실은 우리의 삶을 가능하게 하고, 떠받치고, 엮어 줍니다. 우리는 공감하고, 함께 고민하고, 타인을 위해 기도하고, 챙겨 주는 등 다양한 방식으로 은혜의 힘에 참예합니다. 그렇게 우리는 하느님께 연결됩니다. 함께 느낌으로써 우리의 마음은 하느님의 마음에 접속합니다. 이성은 함께 생각함으로써 하느님께 접속되고, 영은 기도로써 하느님께 접속합니다. 행동은 세심하게 배려하고 챙겨 주는 태도를 통해 하느님께 접속됩니다. 그렇게 우리는 축복하는 조직의 일부가 됩니다.

이런 조직을 통해 하늘과 땅이 연결됩니다. 축복하고 창조하는 힘이 계속 작용하면서, 우리로 하여금 하늘의 일에 참예하도록 권합니다. 우리는 도청당하는 것이 아니라, 하느님과 접속해 있습니다. "하나뿐인 하느님은 만유의 아버지다. 만유 위에 있고 만유를 관통하고, 만유 가운데 있다."〈에베소서〉 4:6, 4:15 참조 인간들 사이에서 일어나는 일은 모두 하느님과 연결됩니다. 모든 일이 민감하게 살아 있는 상호작용을 통해 일어나기 때문입니다.

이렇듯 우리 삶을 세상과 연결된 조직으로 이해하면 우리는 다르게 살 수 있습니다. 모든 것이 변합니다. 우리는 저마다 따로 흐르고, 분열되고, 유리하는 자아들이 아닙니다. 우리는 영적이고, 지속적인 구조를 통해 서로 연결되어 있습니다. 우리 마음속에서 일어나는 생각들이 기도로써 하늘에 드려지고, 하늘을 통해 다시 우리에게 작용하는 것은 신비로운 일입니다. 우리가 서로를 위해 소망하고 믿는 것들은 그렇게 서로 연결되어 우리 삶의 관계에 변화를 일으킬 것입니다.

:

이 같은 관계와 행동의 합일은 우리 안에, 그리고 우리를 통해 나타나는 '하느님의 존재 증명'입니다. 안과 밖, 마음과 행동, 축복과 섬김이 하나가 됩니다. 우리 안에서 일어나기에 우리를 통해 일어나며, 우리를 통해 일어나므로 우리 안에서 일어납니다. 바로 '근원'과 '흐름'입니다.

그날 이러한 사실을 깨달은 뒤, 나는 하느님을 '네 안에서'만 찾고, '너를 통해서'는 찾지 않는 거짓된 영성을 주의하라고 나 자신에게 당부합니다. 세상을 축복하는 생각과 생명을 북돋는 행동을 통해 인간은 자기 삶의 아우라를 키워 갑니다. 이 같은 아우라는 우리 자신을 위해 존재하는 것이 아니라, 우리가 축복하는 대상을 위해 존재합니다.

우리를 화나게 하는 많은 일은 우리 안에서 축복하는 생각이 일어나지 못하게 방해합니다. 우리가 하느님 안에 안식하지 못하게 합니다. 부정적인 잠재력을 깨닫고 그 일과 관련 있는 사건이나 사람들을 축복할 때까지, 우리는 계속 방해받을 것입니다. 그러나 그 가운데에서도 기도를 통해 신뢰로 나아갈 수 있습니다. 기도는 우리가 방해에 맞설 수 있게 힘을 주는 샘물과 같지요. 힘들 때 스스로를 지킬 수 있는 방법은 그 상황과 관련된 사람들을 축복하는 것 말고는 없습니다. 축복하는 생각은 우리를 본연의 모습으로 되돌려 놓는 내면의 연장입니다.

마음의 생각은 우리의 내면생활을 빚는 힘이라고 성서는 말합니다. 그 생각들이 우리의 능력이며, 그 생각을 통해 하느님이 우리에게서 발산됩니다. 하느님이 우리를 통해 무엇이 될 것인지는 우리의 축복하는 마음에 달렸습니다. 태양이 광자를 방출하는 것처럼, 우리 마음은 저마다의 빛을 발산합니다. 이 빛을 통해 우리는 삶을 발산하고, 이 빛이 우리를 통해 하느님을 선사합니다. 하느님을 실현하는 삶에서 하느님 자신보다 더 커다란 보상은 없습니다.

: 바이올린과 순례자

:

우리가 하느님을 보는 만큼 우리의 존재는 거룩해집니다. 그래서 성서는 이렇게 말합니다. "그가 나타나면 우리는 그와 같아질 것이다. 그의 참모습 그대로를 볼 것이기 때문이다."〈요한1서〉3:2 우리가 하느님을 얼마만큼 볼 수 있는지는 우리 안에서 하느님에 부합하는 것이 얼마나 발견되느냐에 달렸습니다. 삶에서 거룩함을 허락하는 만큼만 거룩한 자를 볼 수 있습니다.

이것은 참으로 놀라운 사명입니다. 우리는 하느님을 실현하고, 하느님은 우리 안에서 자신을 실현합니다. 하느님과 협주하는 삶은 진정 가치 있는 삶입니다.

"하느님은 전능한데, 우리가 무엇을 위해 기도해야 하죠?" 이렇게 묻는 것은 사랑의 상호작용을 무시하는 태도입니다. 우리는 종종 "더 쉽게 이루어질 수 없나요?" 하고 묻습니다. 그러면 하느님은 아마도 이렇게 대답하실 것입니다. "안 된다. 너희를 통해서 이루어져야 한다. 깨끗해져야 하고 거룩해져야 하며 너희를 통해 일어나야 한다. 나는 너희를 넘어서지 않는다. 나는 너희가 나와의 협주를 통해 배우도록 이 세계에 너희를 보냈다. 이것이 너희에게 맡겨진 삶이다."

그날, 광장에서 하느님의 대답을 들은 뒤로 나는 모든 일을 다른 방식으로 이해하게 되었습니다. 하느님이 우리의 삶을 느끼지 못할 것이라는 생각은 우리에게 의식을 주신 분에게 의식이 없다고 여기는 것이나 마찬가지입니다.

가시에 손을 찔리면 그 즉시 머리가 고통을 감지합니다. 우리는 고통에 함께 참여합니다. 하느님도 우리의 삶을 느낍니다. 그리고 우리 역시 하느님과 함께 나아갑니다. 하느님의 열정과 하느님의 마음으로 나아가고, 헌신과 믿음 속에서 하느님의 뜻을 좇습니다. 그러므로 사랑을 통해 참여하는 공동생활의 특별함을 깨닫지 못하고, 자기 자신만이 특별한 존재라고 생각하는 것은 죄가 됩니다.

우리는 공동생활에 참여함으로써 존재의 의미를 찾을 수 있습니다. 우리는 한 몸을 이루고 있는 조직의 일부이니까요. 그 안에서 작용하는 힘들은 정맥과 동맥으로 구성된 신체의 혈관계와 같습니다. 끊임없이 주고받지요.

:

축복하는 삶은 저절로 이루어지지 않습니다. 우리가 해야 할 일을 등한시하고, 불평하고, 부정적으로 말하고, 반목하는 태도는 우리 안에서 축복하는 마음이 일어나지 못하게 방해합니다. 상처받은 경험들을 내려놓지 않고, 그것들을 자꾸 마음에 새기고 있지는 않은가요? 서로 용서하지 않음으로써 서로 옭아매고 있지는 않은가요? 이런 마음에 관하여 예수는 다음과 같이 말했습니다. "누구의 죄든 너희가 용서하면 그가 용서받을 것이고, 그대로 두면 그대로 남아 있을 것이다."〈요한복음〉 20:23 "무엇이든지 너희가 땅에서 묶으면 하늘에서도 묶일 것이고, 무엇이든지 땅에서 풀면 하늘에서도 풀릴 것이다."〈마태복음〉 16:19, 18:18

이런 말들은 누구든지 자신이 속한 영적 조직에 스스로 책임을 다해야 한다는 메시지를 전해 줍니다. 만사를 신의 책임으로 돌리려고 하는 값싸고 편협한 믿음과 결별하십시오. 위에서 언급한 성서 구절은 우리가 하늘에 영향을 미칠 수 있다고 이야기합니다. 보이지 않는 세계와 보이는 세계의 민감한 상호작용을 다시금 일깨워 줍니다.

세상에는 우리를 아프게 하는 것이 많습니다. 가령 우리가 다른 사람의 죄나 잘못을 느낄 때, 이는 우리에게 아픔으로 다가옵니다. 우리가 하나의 조직으로 연결되어 있는 까닭입니다. 그렇기에 모두에게 책임이 따릅니다.

용서가 없는 곳에서는 사랑이 싹트지 못하고, 그러면 제대로 된 삶을 영위해 나갈 수 없습니다. 사랑은 삶을 이룹니다. 사랑을 거부하는 태도는 곧 하느님과 연결되기를 거부하는 것입니다. 용서하지 않는 태도는 '악에서 구원받기'를 거부하는 것입니다. 우리에게 상처 입힌 사람들의 죄를 용서하면 변화가 일어납니다. 용서한다고 해서 죄가 죄이기를 중단하는 것은 아니지만, 용서된 죄는 더 이상 우리를 상처 입히지 못합니다. 용서된 죄는 오히려 우리 삶을 하느님을 향해 열어 줍니다. 우리 삶을 거룩하게 합니다. 감사와 용서는 삶의 조직을 지탱하는 가장 강력한 영적 힘입니다.

: 새로운 신중함

나는 광장의 그 벤치에서 나의 일에 관해서도 생각했습니다. 바이올린 제작자로서, 나는 악기를 도청할 필요가 없습니다. 바이올린이 나에게 왜 자신을 도청하느냐고 묻는다면, 정말이지 말도 안 되는 일일 것입니다. 나는 바이올린을 만들었고, 내 안의 모든 것이 바이올린의 좋은 울림을 찾습니다. 좋은 울림이 바이올린의 존재 이유입니다.

여러 공명 가운데 진폭의 한도를 벗어나는 것이 하나만 있어도 전체 스펙트럼의 조화가 깨집니다. 나는 좋은 바이올린이 어떻게 울리는지 압니다. 악기가 이상한 소리를 내면 그 소리를 들으려고 굳이 애쓰지 않아도 저절로 내 귀에 들립니다. 이는 설명이 필요한 일이 아닙니다. 바이올린은 자신의 소리를 들려줍니다.

:

하느님이 우리를 듣는다는 말의 의미를 바울은 이해하기 어려운 말로 설명했습니다. 성령이 "말할 수 없는 탄식으로 우리를 위해 친히 간구하신다."〈로마서〉8:26 성령은 우리의 마음뿐 아니라, "하느님의 깊은 비밀까지도 통찰한다."〈고린도 전서〉2:10 그렇습니다. 우리의 마음은 하늘의 일부입니다. 그것은 우리의 소유가 아닙니다. 또한, 성령이 하느님의 깊은 비밀까지도 통찰한다는 말은 우리가 어떤 방식으로 하느님과 연결되어 있는지 잘 보여줍니다. 우리는 생명에 의해 통찰됩니다.

우리는 하느님에게 우리의 형편이 어떤지를 느끼게 합니다. 그래서 신약 성서는 우리가 성령을 '슬프게'〈에베소서〉4:30 할 수도 있고, 성령을 '소멸할'〈데살로니가 전서〉5:19 수도 있다고 말합니다. 일반적으로는 '슬프게'라고 번역되지만, 이 말을 나타내는 고대 그리스어는 한 여인의 산통을 표현할 때 쓰는 말입니다! 그만큼 큰 고통을 안겨줄 수 있다는 뜻입니다. 이에 관하여 〈이사야서〉에는 다음과 같이 기록되어 있습니다. "나는 오랫동안 입을 다물고 조용히 참아 왔다. 이제 나는 해산하는 여인처럼 부르짖으리니, 헐떡이며 숨을 내쉬리라."〈이사야서〉42:14 〈이사야서〉의 이 구절은 하느님이 우리에게서 느끼는 아픔을 출산하는 여인의 고통과 동일시한다는 것을 뚜렷이 보여 줍니다. 모든 순간에 우리의 세계가 하느님으로부터 태어나기 때문입니다.

'성령을 소멸하지 말라'는 문장에서 소멸이라는 뜻을 담고 있는 단어는 원래 '소리를 약하게 한다'는 뜻으로, 울림에 관하여 이야기할 때 자주 쓰는 단어입니다. 소리를 죽이는 것, 성령을 약하게 하는 것은 음이 이상한 악기가 된다는 뜻입니다. 잘못된 영적 태도가 마음을 흐트러뜨립니다. 마음이 흐트러진 상태로 방치하는 것은 성령에 대한 무관심입니다. 하느님의 성령을 약하게 하는 사람은 그에게 약속된 가능성을 물거품으로 만들고 맙니다. 성령에게 순종할 때 치유적인 일이 일어납니다. 그러기 위해서는 내면생활을 방치해서는 안 됩니다. 방치하는 태도는 진리를 잃어버린 상태, 진리를 소멸하는 행동과 같습니다.

하느님은 우리를 감시하지 않습니다. 하느님은 우리의 공동생활이 그를 영화롭게 하는지, 더럽히는지, 왜곡하는지를 그냥 아십니다. 〈욥기〉는 이처럼 전지적인 하느님을 시적으로 묘사하는 데 한 장 전체를 할애했습니다. 하느님의 지혜가 생명을 살핍니다.〈욥기〉 28장 이것이 바로 우리가 존재하는 이유입니다. 이처럼 가늠할 수도 없는 하느님의 친밀함을 우리가 마음으로 깨닫는다면, 하느님과 더불어 새롭게 주위를 살피는 삶을 배우게 될 것입니다. 우리 자신이 어떻게 지내는지를 물을 뿐 아니라, 하느님이 우리와 더불어 어떻게 지내는지를 묻게 될 것입니다.

민음의 에토스가 우리의 행동에 관하여 묻는다면, 믿음의 에로스는 우리가 어떤 존재인지 묻습니다. 이 말은 에토스를 비하하는 것이 절대 아닙니다. 하지만 나는 에로스 없이 에토스만으로 살기를 거부합니다. 에토스가 하느님으로부터 소명을 받는 것이라면, 에로스는 하느님으로부터 사랑을 받는 것입니다. 하늘은 우리의 거짓된 행동을 받아들이지 않습니다. 그러나 하늘은 우리의 존재 자체를 변함없이 사랑합니다. 우리는 죄를 지을 수 있습니다. 그러나 우리는 죄인이 아닙니다. 우리는 자신의 흠결 때문에 괴로워하기도 합니다. 그러나 우리는 흠이 있는 존재가 아닙니다.

:

그날, 광장 벤치에서 경험한 생각은 우리가 서로 어떻게 연결되어 있는지 깊이 가르쳐 주었습니다. 나는 메모를 마친 뒤 일어서서 눈물을 닦고 보이지 않는 가시덤불과 작별한 뒤 발걸음을 옮겼습니다.

: 바이올린과 순례자

조금 가다가 어느 밤나무 그늘에서 쉬었습니다. 밤나무는 무성한 잎으로 마당의 거의 절반에 그늘을 드리우고 있었습니다. 그곳에는 젊은 부모가 막 걸음마를 배우는 아이를 보며 즐거워하고 있었지요. 아이는 뒤뚱거리며 장난감 자동차를 쫓아다녔습니다. 하느님도 이 부부와 더불어 아이를 보며 즐거워할 것이라는 생각이 들었습니다. 나도 흐뭇한 마음으로 밤나무 그늘에 앉아 있었습니다. 이런 순간에 는 아무것도 먹고 마실 필요가 없습니다. 하느님을 마시기 때문입니다. 나는 공기를 들이마시며 성령을 함께 들이마셨습니다.

〈시편〉의 한 구절은 "당신의 현존은 이슬과 같습니다."〈시편〉133:3 라고 말합니다. 또 다른 구절은 "하늘이 물이 되어 당신 앞에 쏟아졌 습니다."〈시편〉68:9 라고 말하지요.

7
신비
:힘의 원천

이번에는 힘의 원천에 관하여 이야기하고 싶습니다. 고요, 자연, 기도, 성서, 친구, 휴식, 의식리추얼, 기적 등은 모두 삶의 단편적인 요소입니다. 하지만 이것들이 합쳐져서 우리가 살아갈 힘의 원천이 됩니다. 기도는 기다리고 머무는 행위입니다. 하느님과 더불어 침묵하며 시간을 초월하여 사랑하는 일입니다.

게네사렛갈릴리 호수 북쪽에 있는 타브가이스라엘 북쪽에 있는 해안 도시로, 오병이어의 기적이 일어난 곳으로 전함에서 아침을 맞이했습니다. 여명 속에서 게네사렛 호수를 바라봅니다. 아침노을에 구름이 분홍빛으로 물듭니다. 시냇물이 호수로 흘러들며 졸졸거리는 소리가 경쾌하게 들려옵니다. 밤새 비가 내렸기 때문입니다. 새들은 이미 한참 전에 깨어났습니다. 가마우지 떼가 대열을 갖추고 호수를 가로질러 서쪽으로 날아가고 있습니다. 깨어나는 자연이 인간의 삶을 경축합니다. 우리 삶에 고요와 평온이 없다면, 마음은 세상의 압력을 견디지 못할 것입니다.

: 고요

가장 근사한 기도는 침묵으로 기도하는 것이라고 생각합니다. 아무 말도 하지 않는 것이 아니라, 말없이 하느님께 우리의 마음을 기울이는 것입니다.

　하느님 앞에서 침묵한다는 것이 어떤 의미인지 알고 있나요? 거룩한 고요는 아무것도 바라지 않는 마음으로 하느님 안에서 쉬는 것입니다. 그곳에서 우리의 마음은 아무 바람 없는 신뢰의 공간으로 인도됩니다. 애써 비우거나 내려놓지 않아도 됩니다. 고요에 잠긴 공간은 비어 있지 않고, 채워집니다. 거룩한 고요에 잠기면 '마음을 다하고, 성품을 다하고, 힘을 다하여 하느님을 사랑하는' 상태가 어떤 것인지 알 듯합니다. 하느님의 현존이 이런 고요 가운데 우리를 감싸면, 나는 더 바라는 것이 없습니다. 그러면 내 마음은 이렇게 말합니다. "나는 아무것도 바라지 않습니다. 모든 것을 가졌으니까요."

　그 순간, 유일하게 일어나는 일은 사랑하면서 하느님의 현존을 느끼는 것입니다. 그곳에서 영혼은 깊은 고요에 잠겨 쉽니다. 아무런 바람도 없고, 그 무엇도 부족하지 않은 행복 가운데 모든 것이 고요합니다. 모든 것을 감싸는 사랑하는 현존으로 인하여 마음이 평온해집니

〈거룩한 침묵〉, 12.2×16.2cm, 2010

다. 〈시편〉은 "내 영혼아, 주께서 너에게 잘해 주셨으니 평온으로 돌아가라."〈시편〉116:7 하고 말합니다.

: 이미지와 통찰

욕심이 지나치면 우리의 영은 자연스러움을 잃어버립니다. 나에게는 오래전부터 마음이 흐트러질 때 잠시 마음속으로 떠올리는 이미지들이 있습니다. 그 모습을 현재에 받아들이고 나면 언제나 그 이미지를 긍정하고 감사하는 마음이 뒤따릅니다. '네, 맞습니다. 그래야지요!' 하는 생각이 듭니다. 감사는 우리 마음을 다스려 주는 커다란 힘 중 하나입니다. 이성은 지식으로 만족하지만, 마음의 통찰에는 감사가 동반됩니다.

내 영혼에 안식을 가져다주는 이미지에는 쳇바퀴와 물레방아가 등장합니다. 나는 기도하는 도중에 쳇바퀴를 돌리는 남자를 보았습니다. 그는 무척 분주했으며, 안간힘을 다해 쳇바퀴를 돌리고 있었습니다. 바퀴를 움직이는 일이 전적으로 자신에게 달렸다고 믿었습니다. 그러나 사실 자신을 몰아가고, 뛰게 하는 것이 바퀴임을 그는 깨닫지 못했습니다. 바퀴는 저절로 돌아갔고, 바퀴를 돌리는 일에는 아무런 유익도 없었습니다. 그의 힘만 소진할 따름이었습니다.

그러다가 갑자기 쳇바퀴의 이미지가 흐릿해지더니 물레방아로 바뀌었습니다. 물의 흐름에 따라 성실히 돌아가는 커다란 물레방아였습니다. 나는 내가 물레방아임을 알아차리고는 초조한 마음으로 이렇게 말했습니다. "더 빨리 돌았으면 해."

그때, 나는 예수의 목소리를 들었습니다. "아니야, 더 빨라질 수는 없어. 너무 조바심 내지 마. 네 힘으로 더 빠르게 할 수 있는 일이 아니란다. 더 멀리 갈 필요도 없어. 더 빨리 갈 필요도 없고, 더 잘할 필요도 없단다. 내가 구하는 건 너의 성실함이야. 흐르는 물을 따라 그저 성실히 돌아가는 물레방아처럼 말이다. 절구를 보렴. 절구는 곡식을 찧는단다. 이 곡식은 인간의 생명을 이어 주지. 물속에서 돌려무나. 성령의 흐름과 속도를 맞추어서 돌아라. 더 빠르지도 않게, 더 느리지도 않게."

나는 일상 속에서 때때로 이런 이미지를 떠올립니다. 산책할 때도 이런 흐름을 존중하지요. 그러면 걸음을 약간 늦추고 나의 길을 하느님과 함께 걷는 믿음의 길로 이해하게 됩니다. 그렇게 일의 흐름과 속도를 존중하는 법을 배웠지요. 이후에 나는 안겔루스 질레지우스의 시를 만났습니다.

"불안과 초조는 그대에게서 나오는 것,
아무것도 그대를 움직이지 않는다네.
그대 자신이 바퀴라네.
스스로 돌고 도느라
안식을 누리지 못하는 바퀴라네."

일상의 소음 속에서 우리가 너무나 분주할 때, 성령은 다그치지 않고 우리에게 내려앉을 적당한 때를 기다립니다. 히브리어로 성령을 '루아흐Ruach'라고 합니다. '거룩한 호흡, 생기, 바람'을 뜻하는 단어지요. 우리가 경험해야 하는 영감과 힘은 숨 가쁘게 돌아가는 이 시대와 부합하기가 쉽지 않을 것입니다. 하지만 우리는 쳇바퀴에 갇혀 있지 않습니다. 삶을 다르게 이해하고, 매일의 묵상과 경청에 더 많은 여지를 선사하는 연습을 할 수 있습니다.

끊임없이 새로운 이미지와 새로운 통찰을 발견하는 것보다 자신에게 이미 주어진 이미지와 통찰에 충실하게 사는 것이 중요합니다. 하늘이 우리에게 선사하는 통찰은 오랜 세월 또는 일생 동안 우리와 함께하며, 마음을 인도할 것입니다. 이런 이미지와 통찰은 내면생활의 보물입니다. 우리는 이 같은 보물을 하늘로부터 선사 받습니다.

: 평정

독일어로 평정을 뜻하는 단어 'Gelassenheit'를 처음 사용한 사람은 마이스터 에크하르트였습니다. 마이스터 에크하르트는 평정에 관하여 다음과 같이 말했습니다.

"한 사람이 길고 긴 방랑길에 고독한 산중 호수에 이르렀다. 호수의 수면이 거울처럼 매끈해서, 하늘을 완벽하게 비추고 있었다. 호수가 그토록 고요한 까닭은 오직 한 가지였다. 아무것에도 방해받지 않았기 때문이다. 그곳에는 호수를 들쑤시거나 휘젓는 존재가 아무도 없었다. 이것이 바로 평정의 토대이다. 호수는 고요한 상태를 용인받았다. 평온해졌다."

우리는 중요한 것들을 적극적으로 '만들어 낼' 수 있다는 거짓 믿음에 익숙합니다. 그러나 평정은 억지로 만들 수 있는 것이 아닙니다. 고요하게 하려고 호수를 들쑤시는 사람은 없겠지요. 호수와 마찬가지로 마음도 들쑤셔서는 고요하게 할 수 없습니다. 마음은 가만히 내버려 둘 때, 그 무엇에도 방해받지 않을 때 고요해집니다. 마음을 들쑤시지 마십시오. 마음에 대고 이 세상과 우리의 삶이 어때야 하는지 주입하지도 마십시오. 무엇이 어떠해야 한다는 생각은 우리 내면을 들쑤시고 휘젓습니다. 어떤 일이 어떻게 되어야 하는지를 어떻게 정확히 알 수 있단 말입니까? 모든 것을 적극적으로 만들어 내려 하는 태도로는 평정을 찾을 수 없습니다.

반대로 모든 것을 포기하는 태도에도 평정은 깃들지 않습니다. 우리를 하느님의 지혜와 인도에 기꺼이 내맡길 때, 평정이 찾아옵니다. 내맡김, 바로 이것이 평정의 근원입니다. 마이스터 에크하르트가 가르쳐 주는 삶의 기술은 "내버려 두어라. 그리고 하느님께 맡겨라."라는 말로 요약할 수 있을 것입니다.

: 자연

숲의 바닥은 비탈지고, 잣나무는 뒤로 약간 기우뚱하게 서 있습니다. 나는 이 나무에 등을 기대고, 나뭇잎들 사이로 하늘을 쳐다봅니다. 이 잣나무는 고요의 친구입니다. 잣나무들을 보노라면 내 영혼이 고요해집니다. 그의 평화가 마음에 와닿고, 복잡한 생각들이 가지런해집니다.

슬픈 밤을 거의 지새운 다음 날의 늦은 오후입니다. 이미 가을이 왔습니다. 고요한 잣나무 숲에 햇살이 가득 들어찼습니다. 숲의 숭고함과 고요가 내 마음을 침범한 불안을 몰아냅니다. 그 상태로 얼마간 있었습니다. 슬픔은, 그것이 우리를 불행하게 하지 않는다면 그 자체로서는 나쁘지 않습니다. 숲에서, 나는 어느새 위로받고 강해져서 작업장으로 되돌아갑니다. 작업장에는 다음 바이올린으로 탄생할 나무판들이 나를 기다리고 있습니다.

그룹밀러펠트에 작업장이 있던 시절, 열한 그루의 커다란 참나무 고목에 손을 댈 때마다 나는 정말로 하느님의 오묘함을 느꼈습니다. 내 손에서는 죽은 나무가 아니라, 살아 있는 나무들이 느껴졌습니다. 나무들 안에는 우리와 같은 생명이 깃들어 있지요. 나의 힘줄처럼 고목의 무수한 헛물관에도 생명이 깃들어 있습니다. 거대한 생명의 형제, 생명의 자매들입니다. 나는 그들의 힘을 느끼고 만집니다. 그것은 하느님에게서 나온 생명입니다. 나는 만지고 느끼면서 생명을 찬미합니다. 생명에 대한 경외심을 느낍니다.

하느님을 만나고자 한다면, 이 세계에 존재하는 것들 안에 있는 그를 만나십시오. 새들의 노래를 듣고, 봄에 돋아난 너도밤나무의 싱그러운 초록 잎들을 쓰다듬어 보십시오. 하느님이 허락하신 생명에 사로잡혀 보십시오. 살아 있는 모든 생명은 하느님을 보여 줍니다.

인간의 눈을 들여다보지 못한다면, 새들의 노래에 귀 기울이고 봄에 돋아난 나무를 보며 경탄하지 못한다면, 생명에 감동하지 못한다면, 그런 사람에게 과연 하느님을 구할 자격이 있을까요? 경탄하고 감사할 줄 모르는 사람은 믿고 사랑할 줄도 모르게 될 것입니다.

하느님을 만나고 싶다면 자연의 품으로 들어가 생명에 사로잡혀 보십시오. 5분, 아니 2분만이라도 시간을 내서 대자연을 누리십시오. 나무에 가만히 손을 대고 눈을 감은 채 생명을 느껴 보십시오. 그동안 안달복달하던 자신의 삶이 위대한 자연 앞에서 아주 작게 느껴질 것입니다. 그저 보잘것없이 작게 느껴지는 것이 아니라, 건강하고 긍정적인 방식으로 전전긍긍하던 일을 털어낼 수 있을 것입니다.

: 성서의 신비

요즘 나는 손을 펴서 손바닥이 위로 향하게 하고 성서를 읽습니다. 마치 신선한 생수를 기다리듯이 말입니다. 때로는 나보다 더 큰 원천으로부터 받고자 하는 소망을 담아 무릎을 꿇고, 펼친 손에 성서를 얹습니다. 그런 다음, 한 문단 혹은 한 구절을 읽습니다. 신선한 물을 마시는 기분으로 성서를 읽지요. 그렇게 나는 말씀을 마십니다.

성서를 읽을 때도 악기의 울림을 들을 때처럼, 나의 머리는 마치 두 개의 커다란 귀로만 이루어져 있는 듯한 기분이 듭니다. 우선은 생각하는 것보다 듣는 것이 중요합니다. 나는 오로지 듣기만 합니다. 생각하기에 적당한 때는 따로 있습니다.

자기 생각으로 성서의 지혜를 가리지 않아야 합니다. 생각이 앞서면 성서의 구절은 침묵합니다. 모든 일을 설명하는 것보다 더 중요한 것은 자신을 맑게 하는 것입니다. 우리 마음의 방에 쓰레기와 더러움과 고정관념만이 가득하고, 성서에 담긴 지혜의 보물은 없다면, 성령이 어느 자원을 활용할 수 있겠습니까? 우리가 받는 말씀은 마음의 벽에 새겨집니다. 성령은 그것을 읽고 적시에 삶으로 가져오지요.

나는 성서 구절을 의도치 않게 흥얼거리면서 읽기도 합니다. 수피 Sufi: 이슬람교의 신비주의자 시인 루미의 표현대로 우리는 꿀벌처럼 부지런히 윙윙거리며 성서에 담긴 지혜들을 흡수하지요. 그러면 성령은 우리 속에서 그것을 재료 삼아 꿀을 만들어 냅니다. 이제 그 꿀은 우리와 관계 맺는 사람들의 마음을 북돋고, 기쁘게 하고, 치유합니다. 우리 안에 받은 말씀이 없으면, 성령이 우리를 통해 할 수 있는 일도 제한됩니다.

: 바이올린과 순례자

: 이해하지 못한 채 이해하는 신비

나는 성서를 대할 때 신비로움에 나 자신을 맡깁니다. 성서를 이해하지 못한 채 이해하는 신비라고 할까요? 우리는 두뇌의 시냅스가 어떤 방식으로 작동하는지 몰라도 적절하게 생각할 수 있습니다. 바이올린을 훌륭하게 연주하기 위해 악기의 공명을 줄줄 열거하고, 그 재료가 되는 나무를 속속들이 알아야 할 필요는 없지요. 모든 신비의 근원을 파악하고, 세상에 던져진 모든 질문의 정답을 아는 것은 중요하지 않습니다. 본질적인 모든 질문에 대답을 찾았으니 더 물을 것이 없다고 생각한다면 그것보다 교만한 일도 없을 것입니다.

영국 배우 니겔 굿윈과 함께 식사를 한 적이 있습니다. 그는 많은 예술가의 영적 아버지이지요. 굿윈은 식사 도중에 이런 말을 했습니다. "예술은 대답보다 질문과 관계가 깊어요." 그리고 한마디 덧붙였습니다. "하느님은 우리의 대답보다 질문에 더 관심이 많답니다."[36]

그렇습니다. 대답은 질문을 가로막습니다. 체험만이 우리의 마음에 변화를 일으키고, 체험만이 우리를 깨닫게 합니다. 하느님은 우리가 얼마나 많은 대답을 알고 있는지 묻지 않고, 어떤 삶으로 대답했는지 물을 것입니다.

: 하느님이 내려보낸 말씀

몇 년 전, 예배 시간에 기도를 하다가 강력한 이미지를 만났습니다. 눈을 감고 있었는데도, 영화 속 한 장면처럼 아주 밝고 명확한 이미지가 보였습니다. 나는 곧바로 내가 본 것을 기록했습니다.

당시, 교회에 모인 모든 사람이 열정적으로 찬양하고 있을 때였지요. 사실 나는 찬양과 노래보다는 침묵과 고요를 동경할 때가 많습니다. 하지만 거침없이 찬양하고 노래하는 사람들의 믿음도 존중하며, 그들과 기꺼이 함께합니다. 그런데 그날 사람들이 부르던 찬양 중에 이런 가사가 있었습니다. "주 다스리시네! 주께서 다스리시네!"

이 문장이 내 마음을 찔렀습니다. 마치 내면의 외침 같았습니다. "나의 하느님, 당신은 어떻게 다스리십니까? 무엇이 당신의 주권과 영광을 보여 줍니까? 어떻게 내가 이런 가사를 전혀 거리낌 없이 찬양할 수 있겠습니까? 우리 세계에는 고통스러운 일이 수없이 일어나고 있지 않습니까? 당신을 찬양하기만 하고 이런 무거운 사건에 대해서는 침묵해야 할까요? 나는 방금 들은 찬양의 가사를 믿고 싶습니다. 당신이 사랑으로 다스리시는 것을 보고 싶습니다. 하지만 나는 볼 수가 없습니다!" 이 같은 내적 고통은 내 안에서 기도가 되었습니다. 마치 하느님과 씨름하는 것 같았지요.

그때, 내 안에 강렬한 이미지가 나타났습니다. 하느님이 보좌에서 일어나 이렇게 물으시는 것 같았습니다. "이런 시대에 내가 어떻게 다스리면 좋겠느냐?"

이 물음은 하늘을 채웠고, 한순간 커다란 고요가 공간을 뒤덮었습니다. 이어서 대답이 들렸습니다. "당신의 말씀을 가진 자들의 가슴을 통해서, 당신의 말씀을 가진, 구원받은 자녀들의 마음을 통해서."

그러자 하느님은 팔을 들어 자신의 말씀을 깨지지 않는 석판에 새겨 내려보냈습니다. "나의 말은 힘을 지녔으며 불멸한다. 나는 그것을 너희 가슴에 넣어 주고자 한다."

하느님은 두 장의 석판을 땅으로 던졌고, 석판은 땅으로 내려오는 도중에 새의 날개로 변했습니다. 새는 넓게 원을 그리고는, 하느님 말씀을 넣어줄 수 있는 마음을 찾았습니다. 새는 이렇게 물었습니다. "주의 말씀을 지니고자 하는 가슴이 어디에 있느냐? 받아서 먹어라. 말씀은 너희 마음 벽에 새겨져야 한다. 받아서 먹어라. 나는 너희 마음에 나의 법을 쓰고자 한다. 받아서 먹어라. 너희는 살아 있는 메시지가 될 것이다."

:죽은 말씀 우려먹기

성서는 하느님의 도구입니다. 성서는 우리 안에서 공명판을 찾습니다. 우리가 듣는 가슴을 지니지 못하면 성서는 입을 다뭅니다. 듣지 않는다는 것은 우리가 그의 신비를 더는 사랑하지 않는다는 뜻이기 때문입니다.

중국 문헌 중에 생명이 없는 죽은 문자들에 달라붙어 있는 문화를 빗댄 이야기가 있습니다. 공자가 노 나라 제후에게 이야기한 것이라고 합니다.

"명을 받고 주 나라로 가는 길에 죽은 어미의 젖을 빠는 돼지 새끼들을 보았습니다. 한참이나 그러고 있었을까요? 새끼들은 어미를 가만히 바라보더니 모두 사체를 버리고 달아났습니다. 어미가 새끼들을 쳐다보지 않았기 때문이었지요. 더는 어미가 어미처럼 보이지 않았던 것입니다. 새끼들이 사랑한 것은 어미였지, 어미의 몸이 아니었습니다."[37]

이 이야기는 우리를 돌아보게 합니다. 우리는 오래전에 우리 문화를 크게 키워 준 말들에 달라붙어 아직도 우려먹고 있습니다. 기존의 견해들을 두고 끝없이 논쟁하고, 해석상의 세밀한 뉘앙스에 집착합니다. 그러나 우리는 그 구절들을 지금 우리 삶에 어떻게 적용해야 하는지를 묻지 않습니다. 우리는 죽은 지식을 우려먹지만, 그 지식은 아무런 양분이 되지 못합니다.

어느 틈엔가 성서는 우리에게 죽은 말씀이 되었습니다. 우리가 마음의 귀를 일깨우기를 게을리 한 탓입니다. 우리를 진리로 인도하는 성령을 사랑하기를 게을리한 탓입니다. 우리는 한동안 죽은 말씀을 더 우려먹을 수 있고, 돼지 새끼들처럼 그것을 두고 옥신각신할 수도 있습니다. 그러나 우리가 아는 것이 너무 적어서 안타까운 것이 아닙니다. 우리가 아는 것으로 우리를 변화시키지 못하는 것이 안타깝습니다.

지식은 악보일 뿐입니다. 악보에 그려진 음표들을 연주할 때 들리는 울림, 그것이 깨달음입니다. 지식과 깨달음을, 즉 죽은 지식과 산 지식을 구분할 줄 알아야 합니다.

:

깨달음이 우리를 통해 어떤 형상을 얻게 될지 결정하는 것은 지식이 아니라 사랑입니다. 모든 것을 똑똑하게 논할 수 있지만, 그 지식이 우리 안으로 녹아들지 않는다면, 우리는 실패할 수밖에 없습니다. 마음과 머리가 사랑과 구도求道 속에서 하나 되지 않는다면, 우리가 하는 일은 생명을 낭비하는 것에 지나지 않을 것입니다. 그런 곳에서는 우리가 모든 것 위에 있습니다. 세상에서 벌어지는 일들, 혹은 같은 세상을 살아가는 사람들을 위해 깨닫지 않고, 오직 자기 자신을 위해서 깨닫습니다. 우리가 그런 상태로 손대는 것에는 하느님이 함께하지 않습니다.

사랑으로 깨달은 사람은 어떤 상황 위에 있기보다, 그 상황으로 들어갑니다. 그럴 때 우리는 한 가지 진리를 분명히 알게 됩니다. 어떤 일이 우리를 변화시킬 때만 우리는 그 일의 본질을 깨달을 수 있습니다. 즉, 마음을 다해 뛰어들어 보지 않은 일에 대해서는 본질을 깨달을 수 없다는 진리가 분명해집니다. 관련 지식이 아무리 풍부해도 그 상황 속에서 살아 보지 않았다면 아무것도 깨닫지 못한 것입니다.

고요의 시간, 사랑으로 경청한 뒤에 세상으로 되돌아오는 것은 음악회에서 마음을 충전하고 홀을 떠나는 것과 비슷합니다.

: 친구

한편, 음악회에서 마음을 충전하는 것과 같은 만남도 있습니다. 나는 근 20년째 일주일에 한 번씩 이른 아침에 여덟 명의 친구를 만납니다. 이런 만남이 변함없이 이어질 수 있었던 까닭은 처음부터 이 모임의 성격을 뚜렷이 정해 놓았기 때문입니다. 우리는 두서없이 서로의 근황을 이야기하는 모임은 원치 않았습니다. 마찬가지로 함께 기도하거나, 그 밖의 경건한 활동으로 모임 시간을 가득 채우기도 원치 않았습니다. 우리는 만나면 잠시 커피를 마신 뒤 함께 성서 한 장을 읽습니다. 그런 뒤에는 15분간 침묵했다가 남은 30분간 읽은 것에 대하여 마음의 이야기를 나눕니다. 다른 것은 하지 않습니다.

이렇게 모임의 성격을 분명히 규정했음에도 세월이 흐르면서 우리는 점점 긴밀한 사이가 되어 갔습니다. 물론 멤버 중 누군가가 잘 지내지 못하는 것 같으면 모두 그것을 느낍니다. 그러면 그에 관하여 이야기를 나누지요. 기도가 필요하면 그를 위해 함께 기도합니다. 이런 예외는 예정에 없는 특별한 일이기에 매력과 힘을 발휘합니다.

우리는 오랫동안 성경의 여러 부분을 함께 묵상해 오면서 서로 깊이 알게 되었습니다. 이 과정에서 우리가 가장 소중하게 여긴 것은 다양성입니다. 우리에게는 다른 사람의 시각이 필요합니다. 배는 자신이 정박할 장소에 스스로 이르지 못합니다. 모든 것을 스스로 알아서 판단하는 사람은 엉뚱한 곳으로 흘러가기 쉽습니다. 나는 친구들의 솔직한 말을 좋아합니다. 저항할 수 없는 진리는 가치가 없습니다. 저항은 닻줄이 느끼는 힘과 같습니다. 바람과 물결이 배를 뒤흔들 때, 저항이 없으면 닻이 바다를 찾을 수 없습니다. 지금 우리의 상황이 어떠한지 아무도 말해 주지 않는다면, 우리 삶은 엉뚱한 방향을 향해 흘러가 버릴 것입니다.

사람들은 다양한 은사와 견해로 말미암아 서로 부대낍니다. 다른 사람들의 저항을 느끼지요. 하지만 바로 그 저항 속에 커다란 힘이 있습니다. 독일의 신학자 본회퍼는 "자기 마음에 있는 그리스도는 형제의 말 속에 있는 그리스도보다 약하다."라고 했습니다. 우리는 신학적 논의를 위해 모여서 이야기 나누는 것이 아니라, 말씀 속에 담긴 영적 힘을 발견하기 위해 만납니다. 성격상 혼자 있는 시간을 좋아하는 나에게 이런 만남은 정말 소중하고 꼭 필요한 시간입니다.

: 변화

진정한 자기 인식은 우리의 타성에 저항하고 우리를 불편하게 하는 진리를 통해서만 가능합니다. 그것이 진리의 가치입니다. 우리의 죄된 본성을 뒤흔들어 주지 못하는 진리라면, 그것이 무슨 가치가 있겠습니까? 이 점은 성서의 신비와 일맥상통합니다. 성서는 우리를 불편하게 함으로써 자신을 인식하게 하니까요. 〈도마복음〉에는 이런 구절이 있습니다. "너희가 자기 자신을 알면, 하느님이 너희를 알게 될 것이다." 〈도마복음〉 3:4

나무가 변화되지 않고는 바이올린으로 태어날 수 없듯이, 인간이 변화하지 않고서는 하느님 말씀이 울릴 수 없습니다. 우리가 들으려는 마음으로 성서를 대할 때만 그 안의 구절들이 하느님의 말씀으로 변합니다.

우리가 사랑하는 마음으로 말씀을 읽고 말씀이 주는 평온을 누리면, 성서는 힘을 발휘해 우리를 정화합니다. 이때 우리는 마음에서 무엇인가가 일어나는 것을 느낍니다. 성서가 우리 안에서 하느님의 말씀이 될 때, 성서는 모호한 일들을 분명하게 하고, 영감을 주고, 위로하고, 권고하고, 고쳐 주는 창조성과 힘을 발휘하는 듯합니다. 그럴 때 우리 안에서는 새로운 것이 만들어집니다. 생각이 침묵하고, 영이 들을 준비를 마쳤을 때만 가능한 일이지요. 마음이 열려서 말씀 속에 머물 때만 그렇게 될 수 있습니다. 그러면 우리를 악기처럼 연주하고 변화시키는 힘을 경험할 수 있습니다. 그 힘이 주는 행복을 누릴 수 있습니다.

: 기도하면서 글쓰기

나의 첫 책《울림 *Der Klang*》은 대부분 작업장에서 탄생했습니다. 나는 그 책을 7년에 걸쳐 썼습니다. 막판에 이르러, 아마 집필을 끝내기 1년 전쯤이었던 것 같습니다. 원고를 쓰는 중에 마음속에 이런 권고가 들려 왔습니다. "진리를 위해 싸우지 말아라!"

깜짝 놀란 나는 어리둥절한 상태로 이렇게 물었습니다. "주님, 당신이 말씀하시기를 당신이 바로 진리라고〈요한복음〉14:6 하셨잖아요. 그런데 진리를 위해 싸우지 말라고 하시다니요?" 그분은 대답했습니다. "진리를 위해 싸우면 너는 내가 너에게 주고자 하는 모든 것을 파괴하고 말 것이다." 나는 물었습니다. "주시려고 하는 게 뭔데요?" 그러자 그분이 대답했습니다. "지혜로부터 탄생하는 것들이지."

그때 나는 진리와 지혜가 떨어질 수 없는 자매임을 깨달았습니다. 진리가 지혜와 절교하고 독단적으로 나가면 안 된다는 것을 말입니다. 지혜를 저버린 진리는 하느님에 대한 거짓말이 될 것입니다. 하느님은 진리입니다. 그러나 진리가 하느님은 아닙니다.

∶

생각하는 방식 중에 하느님에 관하여 생각하는 것이 아니라, 하느님과 더불어 생각하는 방식이 있습니다. 이것이 바로 가슴으로 듣기, 즉 경청입니다. 글쓰기는 경청과 같습니다. 〈지혜서B.C. 1세기〉에 그런 만남에 관한 이야기가 있습니다.

"지혜는 빛을 발하고, 시들지 않는다. 지혜를 사랑하는 자들은 지혜를 쉽게 발견한다. 지혜는 지혜를 구하는 자들에게 발견된다. 지혜는 지혜를 열망하는 자들에게 가서 스스로 자신을 알린다. 지혜를 구하고자 일찍 일어난 자는 힘들지 않을 것이다. 그런 자는 자기 집 문 옆에 앉아 있는 지혜를 발견할 것이다. …… 지혜는 스스로 자신에게 합당한 자들을 찾아 나선다."〈지혜서〉6:12

지혜의 문장이 마음에 찾아옵니다. 그럴 때 우리는 아주 특별한 방에 들어간 듯한 경험을 하게 됩니다. 우리는 그 방을 한동안 둘러볼 수 있고, 본 것을 묘사할 수도 있습니다. 그 방에서 생각은 고요히 안식합니다.

이런 안식은 글 쓰는 과정에서 누리는 가장 아름다운 순간들이지요. 마음이 안식의 방에 머물러 있을 때면 애써 머리를 굴리며 이성적으로 글을 써 내려가지 않습니다. 나는 '고대하고 듣기' 시작합니다. 때로는 시간이 멈춘 듯 한 문장과 다음 문장 사이에 몇 분이 지나가기도 합니다. 자연스러운 과정입니다. 오래 걸리지만 전혀 힘들지 않습니다.

:

하느님이 말씀하시는 것을 어떻게 알 수 있을까요? 나는 마음에 기쁨이 느껴지는 것으로 그 순간을 알아차립니다. 그런 일은 하느님 안에 머무는 것이 글쓰기보다 더 중요할 때만 가능합니다. 글을 쓰는 행위는 이런 농밀한 체험으로 가기 위한 핑계이자 견인추일 뿐인지도 모릅니다. 고대 스토아학파의 철학자 세네카는 "글을 쓰는 영은 생각하는 영과는 완전히 다르다."라고 했습니다. 나는 보고 들은 것을 씁니다. 나는 거의 매일, 일을 시작하기 전에 무엇인가를 써야 합니다. 우리가 매일같이 먹고 씻고 하는 것과 마찬가지입니다.

우리는 마음에 있는 것만 듣습니다. 뭔가를 '마음에 둔다'는 말은 '믿는다'는 표현과 상통하는 아름다운 말입니다. 마음에 둔다는 말은 깨달은 것들에 방을 마련해 준다는 의미입니다. 무언가를 마음에 두면, 그것이 우리 마음의 귀를 더 활짝 열어 주어서 우리가 들어야 할 것을 듣게 합니다. 마음에 둔다는 것은 '마음의 고향을 내주는' 일이기 때문입니다. 우리가 마음에 받아들인 손님이 우리에게 이야기할 것입니다.

듣는다는 것은 생각하는 행위가 아니라, 내면에서 이루어지는 만남을 뜻합니다. 길 한쪽에서 저편으로 소리를 지르는 것이 아닙니다. "그는 거리를 향해 소리치지 않을 것이다."〈이사야서〉 42:2 우리가 내준 내면의 장소에서 일어나는 만남, 그것은 단순히 생각이 떠오르는 것이 아니라, 접속하는 것입니다.

:

《울림》[38]의 5장을 쓰는 동안 나는 앞서 이야기한 특별한 방에 계속해서 머무를 수 있었습니다. 다른 일을 할 때도 말입니다. 지금은 당시에 본 것만 기억날 뿐, 더는 그 방에 들어갈 수 없을 것입니다. 아무것도 새로 생겨나지 않을 것입니다. 그 방은 이제 더는 움직이지 않는 정지 영상이 되었습니다.

7장을 쓸 때 또 다른 방식으로 그런 일이 일어났습니다. 마음 아픈 비유를 통해서 탄생했지요. 그 경험을 한 뒤로 5년간, 나는 언제나 그 순간에 본 것을 쓰려고 했습니다. 그러나 쓸 수 없었습니다. 쓸 때마다 이건 아니라고 느꼈지요. 내가 본 것을 표현할 적절한 단어가 내 안에 없었기 때문입니다. 나는 그것을 보았으나 제대로 체화하지 못했고, 그래서 아직 여물지 못했던 것입니다.

그러나 그 5년의 세월은 나의 믿음을 단련시켰고, 근본부터 바꾸어 놓았습니다. 그 뒤 나는 독일의 생태철학자 한스 요나스의 〈아우슈비츠 이후의 신 개념 *Der Gottesbegriff nach Auschwitz* 〉을 만나면서 한순간에 내적으로 해방되었습니다. 그 역시 나와 비슷한 것을 보았기 때문이었습니다. 그 뒤로 나는 50쪽 정도를 그냥 술술 써 내려갔습니다.

아직 여물지 않았음을 아는 것이 중요할 때가 더러 있습니다. 어떤 대상을 제대로 이해하고 표현하려면 그런 깨달음과 더불어 우선 그 속에서 살아야 합니다. 이를 아는 것이 중요합니다.

: 기도

내가 무엇을 기도해야 할까요? 나는 기도를 말로 시작하지 않는 법을 배웠습니다. "기도를 시작하지 말고, 우선 하느님 사랑의 기쁨으로 들어가라. 마음으로 하느님의 현존에 기꺼이 거하라. 그러면 첫 마디를 떼기 전에 네 입술은 미소를 머금을 것이고, 호흡은 고요해질 것이며, 네 마음은 사랑하는 현존을 느끼게 될 것이다." 그러니 주절주절 말을 늘어놓으면서 기도를 시작하지 마십시오.

하느님을 기뻐하는 마음이 곧 기도의 공간입니다. 그 안에서 안식을 얻고 사랑하는 현존을 통해 하느님과 원만한 관계를 맺기 시작하십시오. 그렇게 당신은 하느님을 알아가게 됩니다. 그의 존재, 그의 말, 그의 침묵 속에서 말입니다. 예수는 다음과 같이 말했습니다. "기도할 때 너희는 이방인처럼 말을 많이 하지 말아라. 그들은 말을 많이 해야 하느님이 들으실 것으로 생각한다." 〈마태복음〉 6:7

: 신뢰

대화기도 역시 놀라운 기도입니다. 그러나 영적 경험을 추구할수록, 경험은 위축되고 열매가 없어집니다. 진정한 기도는 경험이 아니라 만남이기 때문입니다. 하느님 안에 깊이 잠기면 기도 속에서 친밀함을 느끼게 되고, 기도에 더욱 몰입하게 됩니다. 이런 집중은 전혀 수고롭지 않습니다. 오히려 기쁨이 되지요. 그럴 때 기도는 감사와 고요로 가득 채워집니다.

:

어느 날 아침 〈마가복음〉에서 "아침, 아직 날이 밝지 않은 여명에 예수가 일어나서 밖으로 나갔다. 그는 한적한 장소를 찾아 그곳에서 기도했다." 〈마가복음〉 1:35 라는 구절을 읽었습니다. 익히 알던 구절이지만 그날따라 새롭게 다가왔습니다. 나는 예수가 그 새벽에 정확히 어떻게 기도했을까 하고 자문했습니다. 어떻게 기도했을까? 그때 무슨 일이 일어났을까? 예수는 기도하는 내내 말을 하면서 하느님의 귀를 피곤하게 하지는 않았을 것입니다. 그러자 내게서 "예수님! 나도 당신처럼 기도하고 싶습니다!"라는 기도가 터져 나왔습니다.

그 순간, 나는 기도하는 가운데 간혹 일어나는 특별한 경험을 했습니다. 말을 많이 할수록 대답을 듣기는 더 어려워집니다. 그러나 가슴 깊은 곳에서 나도 모르게 터져 나오는 몇 마디 안 되는 말은 즉각 응답을 받습니다.

"내 기도는 완전한 신뢰다."라고 대답하는 예수의 음성이 들려 왔습니다. 복음서에서 예수가 한적한 곳으로 갔다고 했을 때, 예수는 하느님의 현존에 자신을 내맡긴 것입니다. 하느님의 현존에 자신을 내주고, 신뢰로 가득 찬 상태에 이르렀습니다. 예수께서 다음과 같이 말씀하시는 것 같았습니다.

"믿음으로써 평온해지면 너는 나와 같이 기도하게 될 것이다. 하느님이 너를 신뢰로 가득 채우시게끔 하여라. 그런 다음 나가서 일을 하면, 일 역시 또 다른 형태의 기도가 될 것이다. 이런 신뢰 가운데 사람들을 만나면, 모든 만남이 제각기 기도가 될 것이다. 믿음과 평온을 지니면 삶의 모든 순간을 하느님과 함께하게 될 것이다. 이것이 바로 기도가 지닌 참뜻이니, 일어나라, 믿음 속에서 살아라!"

:

힘들게 억지로 하는 연습은 중요하지 않습니다. 기도는 온전히 자연스러운 것입니다. 우리 안의 믿음을 그러모으는 시간, 그것이 기도입니다. 그런 순간에는 모든 것이 기도가 됩니다. 믿음으로 우리 안팎의 모든 일을 하느님께 올려드립니다. 하느님께로 나아가는 삶이 바로

〈기도의 홍수〉, 14.9×16.8cm, 2014

기도입니다. 기도하며 우리가 배우는 것은 특별한 무엇이 아닙니다. 잠시 잊고 있었던 자연스러운 일을 배웁니다. 아기가 울기 위해 애써 연습해야 할까요? 목마른 자가 마시는 법을 다시 배워야 할까요? 사랑하는 자가 사랑하는 법을 배워야 할까요?

: 간구기도

예수는 제자들에게 하느님께 간절히 구하라고 가르칩니다. 간구는 기도의 한 가지 형태입니다. 그런데 많은 사람이 간구기도의 중요성에 의문을 품습니다. 그리고 간구기도를 가장 수준 낮은 기도로 치부합니다. 그런 사람들은 우리가 애써 구하지 않아도 하느님은 우리에게 무엇이 필요한지 다 아시기 때문에 간구할 필요가 없다고 덧붙이지요. 예수 역시 제자들에게 기도할 때 말을 많이 하지 말라고 권고하기도 했습니다.

예수는 다음과 같이 말했습니다. "하느님은 너희가 구하기 전에 너희에게 필요한 것을 아신다."〈마태복음〉6:8 그렇다면 무엇 때문에 간구기도가 필요할까요? 하느님께 무엇인가를 구하는 행위는 하느님을 자신의 공간에 초대하는 것과 같다고 생각합니다. 하느님은 우리의 동의 없이 함부로 우리 마음을 점유하지 않습니다. 그러니 우리의 동의가 필요한 공간에 하느님을 정중히 초청하는 일이 바로 간구기도가 아닐까요?

: 휴식

아무리 바빠도 마음이 끌리는 일에는 시간을 내게 마련입니다. 의무감으로 의지를 동원해 무엇인가를 하는 것이 아니라, 마음이 좋아하는 것을 하며 시간을 보낼 때, 그 시간은 농밀하고 충만해집니다. 이것이 진정한 여가가 선사하는 행복입니다. 좋은 활동으로 내적 욕구를 채움 받을 때, 우리는 온갖 구속과 얽매임과 중독에서 떨어져 나올 수 있습니다. 도덕적 의무감은 내적 긴장을 만들어 낼 뿐, 힘을 만들어 내지는 않습니다.

　나는 일을 잠시 중단하고 산책하는 시간을 좋아합니다. 강아지를 데리고 숲에서 보내는 시간은 얼마나 아름다운지요. 안식을 누리는 것이 얼마나 좋은지요. 바이올린 칠감을 활용해 무심코 추상적인 형상들을 그려 보는 시간은 얼마나 즐거운지요. 그런 그림은 잘 그려야 한다는 의무감과 거리가 멀기에 더욱 큰 즐거움이 됩니다. 나는 듣는 마음으로 기도하기를 좋아합니다. 또, 사랑하는 마음으로 생각하기를 좋아하며, 맛있는 커피를 마시며 기도하는 마음으로 글 쓰는 시간을 좋아합니다. 습관과 의무의 한가운데서 마음의 기쁨을 일깨울 수 있을 때, 우리 안에 마음의 고향이 생깁니다. 그것이 바로 영적인 휴식입니다.

:

믿음은 의무감이 아니라 기쁨 속에서 생깁니다. 몇 년 전, 한동안 영적 침체기를 겪으며 힘들어하던 때가 있었습니다. 하루는 문간에 서서 엉겁결에 "나의 하느님, 왜 자꾸 의심이 들지요? 왜 이렇게 헷갈리는 겁니까?" 하고 기도한 적이 있습니다. 그때 나는 하느님의 응답을 직접 들었습니다. "네가 마음을 돌보지 않기 때문이란다."

영적 침체는 대부분 믿음의 문제가 아니라, 지칠 대로 지친 마음의 문제입니다. 지친 마음을 돌보지 않으면 어느새 믿음이 난파하고 맙니다. 그런 상황을 우리는 흔히 믿음의 위기, 영적 침체기라고 여깁니다. 그러나 우리가 제대로 쉼을 누리지 못한 탓에 마음이 지쳐 스러진 것입니다. 영적 침체기를 겪을 때, 우리는 "하느님 아버지, 용서해 주세요!" 하고 기도합니다. 그러면 하느님은 이렇게 대답할 것입니다. "마음을 돌보지 않는 잘못을 저질렀구나. 너는 너 자신에게 죄를 지었다. 나에게 기도하지 말고, 네 마음에 용서를 구하여라. 그리고 어머니의 마음처럼 자비롭게 네 마음에 다가가거라."

믿음이 위기에 처하면 이 문제는 믿음으로 풀 수 없습니다. 영은 믿으려 하지만, 마음이 말을 듣지 않기 때문입니다. 우리가 자신을 착취할 때, 마음은 하느님이 우리를 착취한다고 여깁니다. 그래서 하느님을 의심하게 되지요.

우리가 의무감으로 중요한 일들을 해치우느라 자기 자신을 힘들게 하는 동안에는 사랑을 바탕으로 한 깊은 믿음에 이를 수가 없습니다. 쉼을 게으름과 혼동하지 마십시오. 게으름이 방향을 잃고 표류하는 상태라면, 휴식은 소명을 사랑함으로써 자신을 보호하는 행동입니다. 하느님과 동행하며 사랑의 삶을 살기 위해서는 힘을 잃지 말아야 합니다. 영적 휴식이 필요합니다.

사랑 없이 의무감이나 유용성에 얽매인 믿음은 커다란 돛만 있고 용골이 없는 배와 같습니다. 그런 배는 빠르게 전진할 수는 있겠지만, 폭풍우를 만나면 쉽게 뒤집히고 맙니다. 믿음은 사랑으로 깊이와 무게를 더할 때만 지켜나갈 수 있습니다. 사랑은 전혀 쓸데없는 것처럼 보이지만, 사실은 우리가 살아가는데 힘을 주는 모든 것이 사랑에서 나옵니다.

: 의식

우리는 때로 의무감으로 자기 자신을 몰아붙입니다. 지금 당장 급한 일, 시간의 압박 앞에 마음을 무릎 꿇립니다. 물론 그래야 할 때도 있습니다. 대신 그렇게 한 다음에 곧바로 마음을 회복하는 의식을 치르겠다고 마음과 약속하는 것이 중요합니다. 그리고 반드시 약속을 지켜야 합니다.

나는 마음을 회복하는 의식의 하나로, 매주 짧은 순례를 나섭니다. 레히강 상류의 오래된 너도밤나무 숲을 지나 한 예배당까지 가는데, 마지막에는 송어 양식장에 자리 잡은 식당에서 풍성하게 식사도 하지요. 나는 일요일마다 예배를 마치고 아내와 함께, 또는 친구들과 함께 이 길을 걷습니다.

순례길 끝에 있는 예배당은 8세기에 기초가 놓였습니다. 단순하고 고요한 이 예배당은 언제나 나에게 힘을 줍니다. 나는 같은 길을 반복해서 걷기를 좋아합니다. 특별히 볼 일이 있어서 걷는 것이 아니라, 목적 없이 걷는 자유로운 시간을 보냅니다. 걷다 보면 생각은 종종 지난 한 주 동안 있었던 일들로 기울고, 우리는 황급히 처리할 수밖에 없었던 일이나 실수에 관하여 이야기 나누기도 합니다. 이런 과정을 통해 다친 마음은 자연스럽게 회복됩니다. 이같이 마음을 회복하는 형식을 일정한 의식으로 만들어 두면 매번 새로운 형식을 고안하지 않아도 되니 짐을 하나 더는 셈이지요.

우리 강아지도 매일 이러한 의식을 함께 치릅니다. 강아지와 나는 우리가 사는 도시의 동쪽 경사진 언덕을 거쳐 칼바리엔산예수가 십자가를 지고 오른 십자가의 길을 재현하고자 18세기에 인공적으로 쌓아 올린 언덕을 함께 오릅니다. 그곳도 잠시 머무르기 좋습니다. 특히 칼바리엔산에 아무도 없을 때면 나는 십자가 아래에서 그릇처럼 손을 벌리고, 위대한 고요를 호흡합니다.

나는 이렇게 산책하는 동안 나를 압박하거나 힘들게 하는 일들을 떨쳐버립니다. 특별히 날씨가 좋은 날에는 칼바리엔산에서 알프스가 보입니다. 나는 편안한 마음으로 저 멀리 펼쳐진 풍경을 감상합니다. 그런 다음 작업장으로 돌아와 일과를 시작합니다.

:

회복하는 의식이 없으면 마음은 메마릅니다. 마음을 회복하는 의식은 꼭 필요할 때 급하게 마련하기보다 잘 지낼 때 미리 마련해 두는 것이 좋습니다. 너무나 목마른 나머지 저만치 떨어져 있는 샘물을 향해 팔을 뻗을 힘조차 없다면 목을 축일 수 없겠지요. 지친 마음도 이와 같습니다. 회복이 필요한 상황에 부닥치기 전에 미리 회복해야 합니다. 때로 돌이킴회심은 일의 순서를 거꾸로 뒤집는 것을 의미하기도 합니다. 삶이 우리를 갈기갈기 찢기 전에 미리 힘을 공급받는 것이지요. 그렇게 하면 삶에서 맞닥뜨리는 과제 앞에서 지쳐 쓰러질 일이 없습니다. 과제를 해결하느라 피로해질 수는 있겠지만, 그것은 우리의 진을 빼는 피로가 아니라 마음을 채우는 충만한 피로이기 때문입니다.

: 유익한 휴경

이전 작업장으로 출퇴근할 때는 늘 들판을 지나다녔습니다. 너른 보리밭이었는데, 농부는 3년간 보리를 재배한 뒤, 땅을 놀렸습니다. 휴경을 맞이한 땅에는 야생 보리 싹들 사이로 온갖 풀과 꽃들이 자라났습니다. 한들거리는 개양귀비, 빽빽한 덤불 엉겅퀴, 그 밖의 관목들도 마음껏 자랐지요. 농부에게는 씨를 뿌리고 수확하는 것이 농경지를 소유한 이유이겠지만, 때때로 땅이 충분히 쉬면서 스스로 내고 싶은 것을 내고, 자라게 하고 싶은 것을 자라도록 허용하지 않으면 그 땅은 금세 지력이 다하고 말 것입니다.

우리 삶의 신비도 이와 같습니다. 우리 마음의 밭에 필요한 것만 획

일적으로 자라게 한다면 이는 자기 자신을 착취해 고갈시키는 것이나 마찬가지입니다. 당위적인 것만 추구하면 마음이 망가집니다.

최근에 나는 작업장에서 이틀 동안 혼자만의 은밀한 휴가를 보냈습니다. 악기를 만드는 대신 칠감을 이용해 목판에 그림을 그렸습니다. 그림은 내 마음의 거울과 같습니다. 나는 그림을 잘 그리는 일에는 관심이 없습니다. 그럴 필요가 없으니까요. 나는 바이올린을 만들 때 사용하는 여러 재료를 가지고 아무런 목적 없이, 판단과 기대에서도 벗어난, 오롯이 자유로운 시간을 보내며 힘을 얻곤 합니다. 이 같은 휴식은 무엇과도 바꿀 수 없는 기쁨입니다. 내가 지닌 힘이 고갈되지 않도록 휴경하는 기쁨입니다.

땅이든 마음이든 체력이든 쉬지 않으면 고갈될 수밖에 없습니다. 우리가 무엇을 해야 하는지 귀 기울여 듣는 일도 중요하지만, 자신이 하고 싶은 일이 무엇인지 느끼는 것도 그에 못지않게 중요합니다.

: 마음이 믿음에 이르도록

물결이 밀려와 바위에 부딪히듯이 하느님이 당신에게 다가오게 하십시오. 소금기 머금은 공기처럼 하느님을 호흡하십시오. 하느님이 당신에게 될 수 있는 모든 것이 되도록 허락하십시오. 모든 것에서 하느님을 인식하면서 마음이 믿음에 이르도록 허락하십시오.

깨달음이란, 당신이 주체적으로 인식하는 것이 아니라 파도처럼 당신에게 밀려오는 것입니다. 우리는 생각이 아니라 깨달음을 통해 진리에 이릅니다. 하늘이 당신에게 선사하는 것을 받아들이십시오. 그러면 기도했던 일들이 구현되는 것을 발견하게 될 것입니다. '믿음'은 보고 받아들이는 것입니다. 기도하면서 보는 것입니다.

　의무감으로 기도하지 마십시오. 하느님 사랑을 의무로 만들지 마십시오. 기도는 의무가 아닙니다. 기도는 사랑하는 마음으로 하느님을 궁구하는 것입니다.

: 대화기도

기도란 겨우 자신의 앞가림이나 하고자 종종거리는 것을 의미하지 않습니다. 오히려 하느님의 관심이 무엇인지 묻는 것이 기도의 참된 의미입니다. "당신의 관심사가 무엇입니까? 당신이 내게 보여주려 하는 것이 무엇입니까? 내가 무엇을 듣고 이해해야 합니까? 당신은 나의 어디에 간섭하고자 하십니까? 무엇이 당신의 마음을 움직입니까?" 이 같은 물음이야말로 '주의 뜻이 이루어지리라'는 말과 상통하는 기도입니다.

　성서는 마리아에 관하여 "그녀는 이 모든 말을 마음에 두었다."〈누가복음〉 2:19라고 했습니다. 바로 그것이 하느님의 말, 의지, 지혜와 함께하는 대화 방식입니다.

: 기적

고통을 거부하는 믿음은 이렇게 말합니다. "별로 기대하지 마. 그러면 별로 실망할 일이 없거든. 곤궁 가운데 기적을 바라지만, 쓰디쓴 실망을 하는 사람이 얼마나 많은데!" 하지만 지혜는 상처받은 믿음에 사랑의 한 형식으로 아픔을 받아들이라고 합니다. 이를 악물고 기적이 반드시 일어나기를 기대하지도 말고, 반대로 기적이란 처음부터 불가능한 것이라고 체념하지도 말라고 다독입니다.

믿음을 간직하십시오. 믿음은 선물입니다. 억지로 믿으려고도 하지 말고, 믿음을 거부하지도 마십시오. 그저 마음을 열고 당신이 받는 것, 당신에게 주어진 것을 향해 깨어 있으면 됩니다. 믿음이 당신의 공로가 아니듯, 믿지 못하는 것 역시 당신 책임이 아닙니다. 그 무엇도 당연하게 여기지 말고, 어떤 것도 불가능하다고 여기지 마십시오. 단지 고요함 속에서 하느님을 가까이하십시오.

지혜는 상처 입은 마음에 이렇게 말합니다. "용기를 잃지 말라. 실망을 하느님 사랑의 고통스러운 형태로 받아들여라. 그것은 네가 할 수 있는 가장 강한 사랑이다. 희망을 잃지말고 성실하게 묻는 사랑으로 하느님을 탐구하라."

이해할 수 없는 일 앞에서 우리는 괴로움을 느낍니다. 하지만 그러한 괴로움을 감수할 마음이 없다면, 그 믿음은 자신의 마음에 부합하지 않는 모든 것을 무시해 버리는 편협한 승리주의에 불과할 것입니다.

고통을 받아들일 힘이 없는 믿음은 나약합니다. 믿을 능력이 없는 고통도 마찬가지입니다. 그러므로 나는 기대하지 않음으로써 고통을 회피하는 반칙을 거부합니다. 실망하기 싫어 믿음을 포기한다면 이는 자신을 배반하는 것이나 다름없습니다.

:

기적은 변하지 않는 법칙이 아닙니다. 음악으로 치면 그것은 주제의 변주입니다. 나는 주일 아침 예배와는 별도로 몇몇 친구와 함께 정기적으로 주일 저녁 예배를 드렸습니다. 대부분 소수의 인원만 모였지만, 나쁘지 않았습니다. 저녁 예배를 꾸준히 드린 것은 그 시간이 우리에게 힘이 되었기 때문입니다. 우리는 저녁 예배 시간마다 기도로써 축복하는 의식을 행했습니다. 힘든 일이 있는 사람을 초대해, 두명의 '기도 도우미'가 그를 축복해 주었지요. 이따금 아내와 나에게도 기도 도우미를 할 차례가 돌아오곤 했습니다.

어느 날 저녁, 한 의사가 우리에게 기도 봉사를 요청했습니다. 그는 며칠 전부터 심한 이명에 시달리고 있다고 했습니다. 그 소리가 마치 세탁기 돌아가는 소리처럼 크게 들려서 며칠째 잠을 못 자고 있다며, 자신을 위해 기도해 줄 수 있는지 물었지요. 그 말을 들었을 때 나는 속으로 상당히 위축되었습니다. 마음이나 영적인 문제라면 일반적인 축복기도를 해 줄 수 있을 텐데, 병을 고치는 것은 다른 문제니까요. '어쩌지? 그런 기적은 일어나지 않을 텐데…… 나에게는 병을 고치는 은사가 없는데……' 이렇게 생각하고 있는데, 하느님이 "이곳에 그런 은사를 지닌 사람은 없다. 기도하라!" 하고 말씀하시는 듯한 느낌이 들었습니다.

아내 역시 그 부탁을 들어주기로 마지못해 승낙한 상태였습니다. 아내의 목소리에도 이런 난감한 상황에서 믿음의 편에 서야 할지, 불신의 편으로 나아가야 할지 모르는 양가감정이 묻어 있었지요.

잠시 침묵이 흘렀습니다. 이윽고 나는 속으로 탄식하며 하늘을 우러러, 내가 가진 작은 믿음을 싹싹 끌어모아 그 의사의 손에 내 손을 얹었습니다. 그리고 그를 치료해 달라고 간구했습니다. 그는 침착했고, 기도 뒤에 짤막하게 "감사합니다." 하고 말한 뒤 조용히 물러났지요.

며칠 뒤, 그의 아내가 소식을 전해 왔습니다. 그날 함께 기도한 뒤로 남편의 이명이 사라졌고, 재발하지도 않았다고 말입니다.

:

때때로 우리는 믿기 어려운 일을 경험하곤 합니다. 그러나 기도할 용기가 나지 않을 때가 많지요. 물론 축복기도를 통해 늘 치유가 일어나는 것은 아닙니다. 이 사실을 잘 알기에 나는 치유를 부탁하는 기도를 피하고 싶습니다. 하지만 대부분의 경우 우리가 기도하지 않는다면 치유도 일어나지 않을 것입니다. 기도하기를 망설이는 내 모습을 발견할 때면 나는 용기 없는 내 모습에 놀라곤 합니다. 대체 손해 볼 게 무엇이란 말입니까?

당장 병이 낫지 않는다 해도 우리의 축복은 상대방에게 힘을 주고, 우리가 표현한 관심과 애정은 그에게 감동을 줄 것입니다. 그러니 믿

〈통곡의 벽 앞에서 기도하는 랍비〉 12.8×19.6cm, 2014

음이 없다면, 최소한 사랑으로라도 기도해 주어야 하지 않겠습니까? 스스로 웃음거리가 되거나 실망할지도 모른다고 생각하면 두려움이 앞서게 마련입니다. '사랑에는 두려움이 없다'〈요한1서〉4:17 는 말씀을 잊지 말아야겠습니다.

기적은 평범한 일이 아닙니다. 그렇다고 불가능한 일도 아니지요. 믿음은 자명한 사실 앞에서 역설적인 힘을 발휘하기도 합니다. 이제 나는 또 하나의 가능성을 열어두려 합니다.

:

설명할 수 없는 것. 나는 하느님의 영이 이 세계에 개입할 수 있음을 믿습니다. 성령의 임재가 우리 삶에 내적으로 개입할 수 있다는 것을 믿습니다. 그러기 위해 세계 질서를 근본적으로 바꿀 필요도 없고, 자연법칙을 없앨 필요도 없습니다. 그렇게 하지 않아도 부인할 수 없는 놀라운 일들이 일어납니다.

바울은 '말, 행동, 기적'이라는 세 가지 울림을 통해 우리가 세상 안에서 그리스도를 들을 수 있다고 이야기합니다. "그리스도가 나를 통해 행한 일 외에는 내가 감히 이야기할 것이 없습니다. 그 일은 말과 행동으로, 기적의 힘으로, 하느님의 영의 힘으로 이루어졌습니다."〈로마서〉15:18 나는 비겁한 믿음으로 그리스도의 일을 말과 행동업적으로만 제한하고 싶지 않습니다.

기적은 이 세상에 속한 현상입니다. 물론 그것은 특별한 일이지만, 우리 앞에 실재하는 선택지입니다. 우리가 사는 현실에는 물리학적 법칙으로 설명할 수 없고, 연속성에서 벗어나는 상황들이 있습니다. 그렇다고 모든 법칙이 의미를 잃는 것은 아닙니다. 다만 물리학적으로 설명할 수 없을 뿐입니다. 특별한 것, 유일한 것, 설명할 수 없는 것, 기적적인 것들이 모두 그와 같은 맥락을 지닙니다.

기적은 세상이 시작될 때부터 이 세계에 주어진 자연스러운 선물입니다. 나는 믿음의 힘과 기적 사이에 은밀한 상호작용이 일어난다고 확신합니다. 성령 안에서 활동하는 은혜의 힘을 신뢰하느냐 그렇지 않으냐에 따라 살아 있는 믿음과 종교 철학이 구분됩니다.

: 거룩한 삶의 기술

예수는 "믿는 자에게는 모든 일이 가능하다."〈마가복음〉9:23 라고 했습니다. 불가능해 보이는 일이 정말 불가능하다고 어떻게 확신할 수 있겠습니까? 이 세계를 둘러싼 보이지 않는 힘을 모르십니까? 기꺼이 내맡기면 은혜가 당신 안에서 신적인 힘을 펼칠 텐데, 은혜에 굴복하기를 거부하고 있지는 않나요? 이 세상의 일들을 가능하게 하는 것은 이론적인 세계관이 아닙니다. 믿음으로 그 일들이 가능하도록 조력해야 합니다.

나는 바이올린 제작자로서 울림을 만들어 내는 것이 아니라, 울림의 가능성을 만듭니다. 바이올린은 연주되어야 울립니다. 누군가가 연주하지 않으면 바이올린은 울리지 않습니다. 어쩌면 하느님도 우리의 믿음을 통해 연주되어야 하는지도 모릅니다. 하느님은 숨 막히는 겸손함으로 우리가 하느님을 연주하도록 허락합니다. 하느님은 당신이 무엇을 믿을 준비가 되었는지 묻습니다. 기꺼이 하느님의 조력자가 되고자 하는 사람을 물색하는 것이지요. 하느님의 영광은 이 세상에서 저절로 이루어지지 않습니다. 그 영광이 이루어지게 하려면 우리가 하느님의 조력자가 되어야 합니다.

:

믿음은 허락하는 것입니다. 나는 기적이 일상이 되기를 바라지 않습니다. 하지만 매일 기적을 허락할 수 있을 만큼 깨어 있고 싶습니다. 우리가 매일 애쓰는 일들에 은총이 덧입혀지고 거룩한 힘의 인도를 받기를 원합니다. 특별한 일이 일어나는걸 당연하게 여길 때 삶은 아름다움을 잃게 됩니다. 반대로 예외적인 일은 절대로 일어날 수 없다고 믿을 때, 우리 삶은 빛을 잃게 됩니다.

　믿음을 통해 무엇을 이룰 수 있는지, 어떤 일이 일어나게 할 수 있는지 궁구해 나가고, 사랑을 통해 그것을 연습해야 하지 않을까요? 기적은 사랑의 실험입니다. 우리가 모든 것을 이해할 수는 없겠지요. 하지만 이해하지 못하는 상태에서 우리를 통해 이루어지는 일도 많이 있습니다.

　나는 어떤 경우에도 내 믿음이 너무 약하다고 이야기하지 않기로 했습니다. 설령 내 믿음이 겨자씨만큼 작다 해도 '하느님과의 만남은 동경하는 인간을 위한 선물이지, 가장 경건한 사람을 위한 보상이 아님'을 알기 때문입니다.《마이스터 에크하르트-신을 찾는 자*Meister Eckhart-der Gottessucher*》중에서

: 하느님을 기대하기

내게는 용감한 친구가 있습니다. 그는 다른 사람들과 함께 눈물로 기도하는 하느님의 강력한 조력자입니다. 결과는 하느님께 맡기고, 그는 치유를 위해 기도합니다. 듣는 가슴으로 다른 사람들을 축복하고자 애씁니다. 그는 기적을 위해 기도하고, 행여 실망하더라도 그다지 신경 쓰지 않습니다. 그를 통해 기적과 치유, 인도가 일어납니다.

하느님은 어차피 마음대로 하시니까 공연히 기도로 하느님을 귀찮게 할 필요가 없다고 말하는 사람은 하느님을 모르는 사람입니다. 하나님은 믿음의 대상이 되기로 작정하셨고 우리는 믿음을 통해 하늘의 일을 허락합니다. 기적은 초자연적인 것이 아니라, 자연스러운 일입니다. 이 세상의 다른 것들과 마찬가지로 기적 역시 하느님이 창조한 세상의 구성 요소이지요. 하지만 기적은 믿음과 사랑이 그것을 가능하게 할 때만 나타납니다. 사람의 마음은 하늘이 보내는 메시지를 받아들이는 수신 기관이며, 마음의 상태에 따라 수신 여부가 정해집니다.

기대에 찬 믿음의 불꽃이 없을 때 "하느님은 모든 걸 하실 수 있어."라는 말은 뻔뻔한 문장일 뿐입니다. 그렇다면 왜 하느님의 아들은 모

든 것을 할 수 없었을까요? 그러면 왜 성서에서 하느님의 아들과 관련하여 "사람들의 불신 때문에 예수는 그곳에서 많은 일을 할 수 없었다."〈마태복음〉13:58, 〈마가복음〉6:5 라고 했을까요? 하느님은 혼자서 모든 일을 알아서 하지 않고 상대방과 조력하기로 했음이 틀림없습니다. 그것이 사랑의 본질이니까요. 여기서 말하는 상대방은 사랑과 신뢰와 기대로 가득한 믿음을 뜻합니다.

:

하느님의 말씀은 듣는 가슴을 찾습니다. 하느님의 활동은 축복하는 손길을 찾습니다. 하느님의 가능성은 믿음을 찾습니다. 불가능해 보이는 일을 위해 기꺼이 애쓸 준비가 된, 간절한 믿음을 구합니다.

나는 언제까지나 하느님의 기적을 기대할 것입니다. 내가 이해할 수 없을 정도로 하느님이 침묵하더라도, 안달이 나서 견딜 수 없을 만큼 하느님이 숨으시더라도, 그런 상황이 나의 믿음을 파괴할 수는 없을 것입니다. 하느님과 싸우고 그에게 굴복하는 일은 유익한 일입니다. '하느님과의 만남'이라는 봉우리를 오르는 것 또한 유익한 일입니다. 호되게 넘어지고 미끄러지기도 하겠지만, 결코 추락하지 않는 존엄을, 나는 간직할 것입니다.

이 같은 존엄은 나의 삶이 될 것이고, 나는 하느님이 가능하게 하시는 것들을 추구할 것입니다. 안전하고 따뜻한 베이스캠프에 마냥 머물러 있지 않을 것입니다. 베이스캠프에만 머물러 있는 태도는 "하느님이 뜻대로 하시겠지. 나는 그를 방해하고 싶지 않아."라고 말하는 것과 다름없습니다. 하지만 천만의 말씀입니다. 그런 믿음은 오히려 하느님을 방해합니다. 믿음 없음이 하느님을 방해합니다! 하느님은 이 세계를 창조할 때 우리의 믿음을 넘어서지 않기로 했기 때문입니다. 하느님은 우리가 믿을 수 있기를, 믿음의 힘으로 기적이 일어나기를 기다리고 계십니다.

:

우리는 하느님의 창조력에 참예합니다. 이것이 이 세상의 본질입니다. 하느님의 말씀이 우리 입술에 있습니다. 그러나 용기 내어 하느님의 이름으로 말하기 전에는 그 사실을 알지 못합니다. 그러니 그냥 자족하지 마십시오. 자신의 믿음이 미약하다고 스스로 깎아내리지 마십시오. 하느님의 사랑이 믿음의 삶을 통해 실현되도록 하십시오. 곤궁한 상황에 탄식만 하지 말고, 하느님의 힘이 이처럼 곤궁한 곳까지 다다를 것을 믿으십시오.

믿음은 "대단하게 되어라!" 하고 말하지 않습니다. 그 대신 "일어나서 고개를 들라!" 하고 말하지요. 사랑하고 일으켜 세우는 힘을 불러일으키십시오. 당신의 의지가 아니라, 당신의 믿음이 하느님의 뜻을 구현하는 진정한 힘이니까요. 하느님의 예비하심에 협력하십시오. 귀 기울여 듣고, 잘 살펴보면서 예비된 삶의 의미에 자신을 여십시오. 〈시편〉과 〈예언서〉는 "마음을 낮추십시오." 하고 권합니다. 발을 씻기시는 하느님을 눈높이에서 만날 수 있도록 마음을 낮추십시오.

: 수직적인 삶의 기술

전능한 하느님을 믿는다고 하면서도 일상 가운데 초월적인 힘을 믿지 않고 살 때가 얼마나 많은지요. 믿음은 하느님을 위해 무방비로 열려 있는 삶입니다. 믿음은 불가능을 가능하게 하는 기술이며, 놀라운 가능성의 열쇠입니다. 예수가 '믿는 자에게는 모든 일이 가능하다'고 한 까닭은 믿음이 수직적인 삶의 기술이기 때문입니다. 하느님이 우리 세계에 입장하도록 허락하는 데는 거창한 믿음이 필요 없습니다. 하지만 가진 것을 모두 주십시오. 하느님과 상호작용하는 사람이 되십시오. 우리가 하느님과 접속되어 있으면, 하느님의 뜻을 구현하는 일에 참예할 수 있습니다.

:

성 아우구스티누스는 무언가를 진정 이해하고자 한다면 사랑하는 마음으로 자기 자신을 여는 것이 중요하다고 지적했습니다. 수학자이자 철학자인 파스칼도 믿음에 관한 일에서는 '알고자 한다면 사랑해야 한다'고 했지요. "신적인 일을 알기 위해서는 신적인 일을 사랑해야 한다. 하느님에 대한 사랑이 아니고서는 진리의 문으로 들어가지 못한다."[39]

훗날 실용주의 철학의 대표자들은 어떤 사실에 대한 믿음이 그 사실을 구현하는 데 영향을 미칠 수 있음을 보여 주었습니다.[40] 미국의 심리학자이자 철학자인 윌리엄 제임스는 한 걸음 더 나아가 이렇게 말했습니다. "보이지 않는 세계의 실존은 부분적으로 종교적 부름에 대한 개인의 반응에 좌우되는 것으로 보인다. 다시 말해, 하느님은 우리의 성실을 통해 더 강하고 충만하게 이 세상에 자신의 존재를 펼치는 듯하다."[41]

"믿는 대로 되리라." 그리고 "믿음이 너를 구원하였다." 예수의 이 말은 여러 복음서에 반복해서 등장합니다. 대표적으로 〈마태복음〉 8:13, 9:22 이는 하느님이 하시는 일에 영향을 미칠 수 있는 권리가 믿음 속에 들어 있음을 말해 줍니다. 믿음이 하느님의 현존을 만들어 낼 수는 없습니다. 하지만 믿음은 하느님의 일에 협력합니다. 이것이 소명입니다. 캐나다 출신 철학자 찰스 테일러도 이를 구분합니다. "드러나는 것은 하느님 또는 영원한 무엇이 아니라, 이런 본질적인 것들에 대한 특정한 이해와 조력이다. 이런 조력은 믿음 안에서 마음을 열지 않으면, 결코 우리에게 주어지지 않는다."[42]

:

예수는 우리에게 다음과 같은 '엑소시아Exousia', 즉 권능을 부여합니다. "아멘, 너희에게 이르노니, 나를 믿는 사람은 내가 하는 일을 할 것이고, 나아가 이보다 더 큰 일도 할 것이다." 〈요한복음〉 14:12 믿음은 불가능한 것을 탐험하는 일이며, 믿는 자는 불가능한 것을 가지고 실험하는 사람입니다. "너희가 겨자씨 한 알 만큼의 믿음을 지니면, 불가능한 것이 아무것도 없을 것이다. 이 산들에 '저기로 옮겨 가라' 하면, 옮겨 갈 것이다." 〈마태복음〉 17:20

: 베이스캠프에 머문 믿음

믿음은 탐험을 떠나는 일입니다. 철학적 사색만으로는 충분하지 않습니다. 이를 울림과 음향의 차이로 설명해 보겠습니다. 음향과 달리 울림은 우리가 들을 때 비로소 탄생합니다. 듣는 귀가 음향의 영역에 잠길 때 비로소 울림을 경험하고 느끼게 됩니다. 듣는 과정을 거치지 않은 소리는 청각적 음파일 뿐, 울림은 아닙니다. 비유하자면, 음향이 물리학적 자극의 크기라면 울림은 심리음향학적 느낌의 크기라 할 수 있습니다. 울림의 잠재적 매체인 소리는 생명이 없어도 존재합니다. 그러나 울림은 듣는 자에게만 구현됩니다. 울림은 생명을 필요로 합니다. 신학과 믿음의 차이도 이와 비슷합니다.

독일의 철학자 페터 슬로터다이크는 "베이스캠프를 떠나지 않는 철학자는 마치 탐험의 목적지가 베이스캠프에 있는 듯이 행동한다. 위쪽으로의 여행은 시작하기도 전에 끝이 난 것이다."[43]라고 했습니다. 그렇습니다. 베이스캠프에만 머물면 캠프 생활에 익숙해져서 더 높은 곳을 직접 탐험하러 나서지 않게 됩니다. 경험하지 않은 탐험은 언어유희가 되고 맙니다. 캠프에만 머물면 새로운 것이 보이지 않습니다. 기억은 점점 빛바래고, 사람들에게는 산도 목표도 보이지 않습니다. 슬로터다이크는 다음과 같이 말을 잇습니다. "베이스캠프에서는 그곳까지 도달한 업적이 '문화 수호'라는 명목으로 당위성을 얻고, 더 높이 오르는 탐험 프로젝트는 죄악으로 여겨진다."

조용한 베이스캠프 생활에 유일하게 활기를 불어넣는 것이 있다면 산을 오르려는 내적 열망을 아직 잃지 않은 사람들에 대한 혐오입니다. 타성에 젖은 사람들은 열망을 잃지 않은 사람들을 미워합니다. 타인을 미워해야 자기 상처의 아픔을 견디기가 쉬워지기 때문입니다. 그들의 상처를 치료하려면 아픔에서 정체성을 찾는 어리석은 짓을 중단해야 합니다. 하지만 그들은 치유를 경험하는 대신에 화를 냅니다. 그렇게 스스로 치유를 방해합니다. 실망_{환멸}을 놓아 버리지 않고 오히려 계속 키워 가는 것만큼 치유를 방해하는 것은 없습니다.

삶에 환멸을 느끼는 자들에게는 길 떠나는 사람들의 희망이 더 아프게 다가옵니다. 그들에게 희망은 유치하게만 보입니다. 그들은 비판적 이성의 가장 저속한 모습이 냉소주의라는 것을 깨닫지 못합니다. 이제 하늘로부터 아무것도 오지 않고, 베이스캠프에 안주한 사람들은 실망의 문화를 가꾸어 가지요.

〈히브리서〉는 "이제 우리 성문 밖으로 그에게 나아가자."〈히브리서〉 13:13라고 말합니다. 캠프의 권위자들이 이전의 탐험 보고들을 가지고 어떤 해석이 맞는지 옥신각신하며 더 이상 탐험하지 않는 자신들을 합리화하는 동안, 순례자들은 벌써 서로를 알아봅니다. "그들에게 베이스캠프는 점점 더 높은 미지의 봉우리를 향해 탐험을 떠나는 출발점입니다."[44]

하느님의 나라가 많은 면에서 역설적이므로 여기서 가장 높은 봉우리는 삶의 가장 낮은 곳일 것입니다. 순례자는 미지의 세상을 향해 기꺼이 떠납니다. 그들은 심연을 건너면서 그를 인도하는 분의 심장 박동 소리를 듣습니다.

8
아가페
: 삶의 울림

마지막 장에서는 사랑의 경험이 아니라 사랑의 계명에 관하여 다루려고 합니다. 앞에서 사랑에 관하여 많은 이야기를 했으니 이쯤에서 총정리를 하는 것도 좋을 듯합니다. 고대 그리스어에는 사랑을 뜻하는 단어가 여러 개 있습니다. 물론 조금씩 개념이 다르지요. '필레오 phileo'는 우애 또는 형제애를 뜻합니다. '에로스'는 감각적 아름다움에 대하여 기쁨을 표현하는, 갈구하고 욕망하는 사랑을 말합니다. '아가페'는 상대를 존경하고, 그에게 생명을 누리게끔 해 주는 헌신적인 사랑을 말합니다. 성서에서 말하는 사랑은 바로 아가페입니다. 이것이 하느님 사랑의 신비입니다.

:

사랑의 계명은 토라의 핵심입니다. 토라는 구약 성서의 율법서를 이르는 말이지만, '지혜' 또는 '삶으로의 인도'라고 번역할 수도 있습니다. 토라에는 이런 구절이 있습니다. "너는 이웃을 사랑해야 한다. 이웃이 너와 같기 때문이다."〈레위기〉19:18

히브리 성경에서 이 구절은 여러 가지 뜻으로 해석되었습니다. 그러다가 그리스어로 번역되면서 비로소 우리가 잘 아는 대로 '이웃을 너 자신처럼 사랑하라'는 구절이 되었지요. 그런데 〈히브리서〉로 읽으면 이 문장이 '너 자신을 사랑하는 것처럼 이웃을 사랑하라'는 뜻도 되고, 위에서 말했듯 '이웃은 너 자신과 같으니 이웃을 사랑해야 한다'는 뜻도 됩니다. 이런 뜻으로 읽으면 이 계명이 갖는 울림이 달라집니다.

단지 '이웃을 너 자신처럼 사랑하라'고 해석한다면 여기에는 얼마든지 핑계를 끌어다 붙일 수 있습니다. "아, 그렇군요. 일단 자기 자신을 먼저 사랑해야 하는군요. 그렇지 않고서 어떻게 이웃을 사랑할 수 있겠어요? 불쌍한 이웃이여! 나는 스스로를 사랑하는 데도 애를 먹고 있어요. 그러니까 내가 당신을 사랑하지 못해도 좀 이해해 주세요! 우선 나 자신에게 좀 더 집중해야 하니까요. 먼저 나 자신을 사랑하는 데 성공하면 그다음에 당신을 사랑할게요."

이런 핑계 앞에서 나는 스스로를 자기 사랑의 중심에 두면 안 된다고 논박할 수밖에 없습니다. 인생은 너무 짧습니다. 자기 자신에게만 몰두하고, 부족한 자기 사랑을 먼저 해결하는 데는 큰 어려움이 따릅니다. 자신을 넘어서서 다른 사람에게 관심을 기울일 만큼 충분히 성숙하게 되기까지 마냥 기다릴 수는 없는 노릇입니다. 그렇기에 나는 자기 사랑을 먼저 해결하려고 하지 않습니다. 나 자신이 사랑의 무게 중심이고자 하지 않습니다. 불완전하고 연약하지만 이웃에게로 향하는 사람이 되고 싶습니다.

:

'너를 사랑하듯 이웃을 사랑하라'고 말하는 데 그치지 않고, '이웃을 사랑하라, 그가 너와 같기 때문이다.'라고 이야기하는 히브리어의 다의성은 사랑의 계명에 상반된 의미를 부여합니다. 하지만 두 가지 의미 모두 치유력을 지녔습니다. 곰곰이 생각해 볼까요? 당신은 상처받을 수 있는 존재입니다. 이웃도 마찬가지이지요. 그렇기에 당신은 이웃의 형편이 어떤지 잘 압니다. 혹시 배가 고픈가요? 이웃도 당신과 같습니다. 어떻습니까? 당신이 정말 그의 형편을 잘 알고 있지요? 이는 당신의 배고픔이 이웃의 형편을 당신에게 가르쳐 주었기 때문입니다. 혹시 모욕당하고, 상처받고, 수치를 당했나요? 그 역시 그렇습니다. 그러므로 당신은 그가 어떤 기분일지, 그에게 무엇이 필요할지 알 수밖에 없습니다. 바로 이러한 연유로, 당신은 이웃을 사랑할 수 있습니다. 그가 당신과 같기 때문이지요.

당신은 다른 사람에게 무엇이 필요한지 알고 있습니다. 자신의 필요와 곤궁을 알고 있기 때문이지요. 토라에는 이 계명이 등장하고 몇 문장 뒤에 좀 더 현실적인 명령이 나옵니다. "너희와 함께 사는 이방인을 원주민처럼 여기고, 그를 너 자신처럼 사랑하라. 너도 이집트에서 이방인이 되지 않았더냐." 〈레위기〉 19:34

하지만 '연민'보다 '연대'가 중요합니다. 사랑은 자신의 상태를 살피는 데에서 그치지 않고, 필요한 공의公義를 실현하는 것입니다. 치유가 일어나는 순간은 대개 비슷합니다. 자기 자신을 중심으로 뱅뱅 도는 삶을 중단할 때, 비로소 치유가 이루어집니다. 자기 자신을 사랑하는 일이 가장 어렵습니다. 그런데 왜 하필 가장 힘든 일로 사랑을 시작하려 합니까?

다의적인 울림을 지니십시오. 자신의 마음뿐 아니라, 이웃의 마음에도 관심을 기울이십시오. "굶주린 자에게 음식을 나누어 주고, 집 없이 떠돌아다니는 빈민을 네 집으로 맞아들이며, 헐벗은 자를 보면 입히고, 도움이 필요한 친척이 있으면 외면하지 말고 도와주어라. 그리하면 너의 빛이 아침 햇살 같이 퍼져 나갈 것이며 네 상처가 속히 치료되고, 영원자의 영광이 너와 함께할 것이다." 〈이사야서〉 58:7~8

나를 필요로 하는 사람에게 관심을 기울여 주는 것은 얼마나 소중한 일인지요. 이런 관심은 내가 제법 거룩하고 근사하고 건강하게 생활하면서도 자신을 먼저 사랑한 다음에야 이웃을 사랑할 수 있다고 평계를 대는 것보다 훨씬 낫습니다.

: 불명확성

우리는 모르는 것이 많습니다. 많은 것이 아직 불명확합니다. 그러나 우리가 파악한 삶을 살아 내는 것만으로도 충분합니다. 다의성을 띤

〈자아〉, 11.4×13.8cm, 2012

히브리어 성서처럼 모호한 해석이 오히려 명확한 정의보다 생명을 더 존중하게 합니다. 때로는 덜 명료한 것이 더 유익합니다. 불확실한 만큼 현실을 조심스럽게 대하고 존중하게 되니까요. 반대로 명료한 설명이 오히려 우리를 속이는 경우가 많습니다. 경직된 정의는 삶에 부적합한 방식으로 현상을 규정하기 때문입니다.

한 랍비는 히브리의 토라가 그리스어로 번역되면서 '유다라는 사자가 서커스의 사자가 되었다'고 질타했습니다. 명료하지 않은 것은 위험하게 느껴지기도 하지만, 그 덕분에 사람들은 더욱 주의를 기울이고 신중하게 고민합니다. 그러므로 무엇이든 섣불리 정의함으로써 망가뜨리기보다 그것의 불명확함을 허락해야 합니다. 그것이 무엇인지 예감하는 것만으로 충분합니다. 불명확한 부분을 우리의 진정한 삶으로 보완하는 것이 더 중요하지 않겠습니까? 그래서 나는 진리를 사상적으로 가두고 교리적으로 박제하는 것이 싫습니다.

: 관심

이웃을 사랑하라는 계명에는 또 하나의 불명확성이 있습니다. '이웃을'이라는 말이 히브리어 문장에서는 '이웃에게'로 해석되기도 합니다. 즉, '이웃을 사랑하라.' 대신 '이웃에게 사랑을 베풀어라.'라고 해석할 수도 있다는 뜻입니다. 이웃이 사랑스럽고 호감을 주는 존재이기 때문에 사랑하는 것이 아니라, 우리가 이웃에게 관심을 기울이고 도움이 되는 존재가 되어야 한다는 말입니다.

예수도 자비로운 사마리아인과 강도를 만난 사람의 비유에서 "내 이웃이 누군가?"라는 질문을 마지막에 "네가 누구에게 이웃이 되었느냐?"〈누가복음〉10:25~37 라는 질문으로 바꿉니다. 불쌍히 여기고, 관심을 기울이고, 기름과 포도주를 붓고, 짐승에 태우고, 주막으로 데려가고, 돌보아 주고, 돈을 내주고, 자기 갈 길을 지체하면서도 기꺼이 시간을 내어 주는 이런 이야기는 바로 '우리가 이웃에게 사랑이 되어야 한다'는 메시지를 담고 있습니다.

이웃이 호감을 주는 존재인지는 중요하지 않습니다. 그저 이웃에게 관심을 기울이고 사랑을 베풀라고만 이야기합니다. 사랑을 베풀기 전에 사마리아인이 자기 자신을 충분히 사랑하는 상태였는지도 묻지 않습니다. 사마리아인은 오직 상대방의 상황만 염두에 두었을 것입니다. 이야기의 마지막은 단순합니다. "가서 너도 이처럼 하라." 유대교에서 유명한 말을 빌리자면 '인간이 있어야 할 자리는 행동하는 자리'인 것입니다.

:

매일 일어나는 평범한 일들이 사랑의 내적 진실을 보여 주는 비유가 되기도 합니다. 나는 원래 염료를 칠하는 데 쓰는 커다란 솔로 니스 통에 남은 열간접착제hot glue를 닦아 냅니다. 가늘고 빽빽한 모가 달린 그 솔은 놀라운 도구입니다. 솔은 이렇게 사용됨으로써 깨끗해집니다. 이는 원래 의도한 것이 아니라, 부수적인 효과입니다. 이렇듯 우리가 행하는 사랑의 일들이 '부수적으로' 우리를 깨끗하게 합니다. 교만하거나 경건한 '자기 점검'이 아니라 '사용됨'을 통해 우리는 깨끗해집니다.

사랑의 계명과 관련하여 감정은 중요하지 않은 것 같습니다. 우리의 말과 행동이 바로 이웃에게 줄 수 있는 사랑의 양식糧食입니다. 이웃이 당신을 통해 경험하는 것이 중요합니다. 이웃에게 호감을 느끼는지에 상관없이 사랑의 계명에 대한 공감으로 말미암아 이웃을 세워 주고 도와주어야 합니다. 거룩한 불안은 당신이 올바른 일을 하도록 인도합니다.

: 대비

아가페에 관하여 이야기하는 이번 장은 신비를 다룬 앞 장과 대조를 이룹니다. 하지만 모순이 아니라, 대비입니다. 앞 장에서는 우리에게 힘을 주는 원천을 다루었고, 지금은 소명과 부르심에 관하여 이야기하려 합니다.

우리가 힘을 얻지 못하는 까닭은 우리에게 고요와 안식이 없기 때문입니다. 그러나 우리가 소명을 행하지 못하는 까닭은 우리가 고요와 안식만을 원하기 때문입니다. 그렇기에 우리에게는 거룩한 고요와 거룩한 불안이 둘 다 필요합니다. 명상과 행동, 힘을 모으기와 내주기, 은혜와 업적, 약속과 계명 역시 이와 같습니다. 이 모두가 우리 안에서 조화를 이루어야 합니다.

우리는 내적으로 힘을 모으고, 스스로를 북돋워야 합니다. 그러나 그렇게 뒤로 물러나 충만한 고독을 누리는 것은 일시적인 국면이어야지, 지속적인 상태가 되어서는 안 됩니다. 내적으로만 몰두하면 삶의 현장에서 하느님을 찾는 대신, 하느님을 향한 동경 안에만 머물게 됩니다. 이 경우 하느님을 향한 동경이 현실 도피 수단이 될 위험이 있습니다. "어찌하여 서서 하늘을 쳐다보느냐?"〈사도행전〉1:11 하늘로 승천한 스승을 쳐다보던 제자들은 그런 질문을 받습니다. 이 말은 '하느님을 하늘이 아니라 땅에서 찾아야 하며, 너희의 사랑으로 그를 알아가야 한다'는 뜻이겠지요.

: 하느님의 존재 방식

하느님의 임재를 손상될 수 있고, 상처 입을 수 있는 것으로 파악할 때만 우리는 그의 임재를 사랑할 수 있습니다. 그 누구도 하느님 '자체'에 대하여 이야기할 수 없습니다. 우리는 결코 초월적인 존재를 볼 수도, 이해할 수도 없기 때문입니다. 다만 우리에게 향하는 하느님의 한 단면에 대해서는 이야기할 수 있을 것입니다. 우리의 세계를 비추는 하느님의 한 단면, 그것은 바로 사랑입니다.

예수는 '하느님의 어린양'〈요한복음〉1:29으로 불렸습니다. 손상될 수 있는 민감한 현존, 이것이 우리 세계에서 찾을 수 있는 어린양의 본질입니다. '자기를 비워 종의 형체를 가진 것'⟨빌립보서⟩ 2:6~11에서 그리스도 를 비유한 말이 바로 이 세상을 탄생시키기 위해 하느님이 치른 희생입 니다. 자신을 내주지 않고는 안 됩니다. 하느님은 손상될 수 있고, 상 처 입을 수 있는 사랑으로 우리 세계에 내재합니다. 신비가들은 '하느 님을 지키는 일'이 얼마나 중요한 일인지 늘 강조했습니다. 여기서 말 하는 하느님은 초월적인 존재가 아니라 내재적인 존재이며, 사자가 아니라 어린양입니다. 이 세상에 임재해 있는 하느님입니다.

: 상처와 수용

내주지 않고는 받을 수 없고, 받지 못하고는 내줄 수 없습니다. 우리 는 받은 것만 삶으로 내줄 수 있고, 오직 주는 것만 받을 수 있습니다. 그러니 세상에 스스로를 내주십시오. 그러면 당신 자신을 받을 수 있 을 것입니다.

　모순되게 들리겠지만, 사랑은 손상 가능성, 다칠 가능성을 통해서 만 보호받을 수 있습니다. 아프고 실망스러운 경험이 사랑을 앗아가 도록 허락하지 마십시오. 더는 상처받지 않겠다는 결심은 더 이상 사 랑하지 않겠다는 뜻입니다. 그러니 믿음으로 사랑을 지켜 낼 용기를 지니십시오. 더불어 사랑으로 믿음을 지켜 낼 겸손을 가지십시오. 시 시비비를 가림으로써 믿음을 지킬 수 있는 것이 아니라, 사랑하는 자 로 남음으로써 믿음을 지킬 수 있습니다.

: 담담해짐

여러 도시를 포괄하여 거리의 아이들을 돌보는 일을 하는 지인이 있습니다. 언젠가 그가 이런 이야기를 한 적이 있습니다. 자신은 세계를 개혁하겠다고 야심 차게 나선 사람들이 아니라, 환상에서 깨어난, 좀 더 담담한 사람들하고만 함께 일할 수 있다고요. 여러 가지 쓰디쓴 경험을 통해 비현실적인 열광을 잃어버린, 그러나 사랑은 잃지 않은 사람들과 함께 일한다고 말입니다.

: 겸허함

'삶이 우리를 속일지라도……'라는 말로 시작하는 시가 있지요? 그렇습니다. 삶은 결코 우리의 기대대로 진행되지 않습니다. 삶은 우리를 계속해서 배신합니다. 그런 삶에 대하여 우리가 보일 수 있는 적절한 반응은 겸허함이 아닐까요? 여기서 겸허함이란, 많은 일이 우리의 바람과 다르게 전개되며, 삶이 반드시 우리가 원하는 대로 되는 것은 아니라는 깨달음입니다. 기대와 현실 사이의 간극은 우리의 오만함에 의문을 제기하고, 우리가 인생을 마음대로 좌지우지할 수 없음을 보여 줍니다. 겸손은 우리의 이해를 초월하는 지혜의 샘을 발견하고 삶을 인도받고자 하는 마음입니다.

겸손하지 못한 까닭에 우리 안에서 걱정이 그렇게 커지는 것이 아닐까요? 겸손한 사람만이 인생은 자기 뜻대로 진행되지 않을 수도 있음을, 바라는 것이 이루어지지 않을 수도 있음을 받아들일 수 있습니다. 그렇게 겸손해지면 걱정이 우리에게서 앗아갔던 힘을 조금이나마 돌려받을 수 있습니다.

유대의 속담은 이렇게 말합니다. "모든 일에는 정도가 있다. 오직 하느님의 겸손만 측량할 수 없다." 하느님의 겸손에 필적할 만한 것은 없습니다. 하느님의 겸손으로 인해 이 세상에는 신적인 강제성 대신 사랑의 부르심이 있습니다.

"보라, 세상의 죄를 지고 가는 하느님의 어린양이다!"〈요한복음〉1:29 세례 요한은 요단 강가에서 예수가 오는 것을 보고 이렇게 말했습니다. 이 말과 더불어 예수는 세례를 받습니다. 하느님의 어린양인 예수, 인간의 모습으로 오신 예수는 약간의 추켜세움"하느님은 위대하시다!" 도 허락하지 않습니다. "지금 십자가에서 내려오라. 그러면 우리가 믿겠노라."〈마태복음〉27:42 사람들은 그렇게 외쳤지만, 예수는 묵묵히 십자가의 죽음을 받아들였습니다.

나 역시 하느님과 함께 빛나는 자의 편에 서기보다 낙망한 자, 얻어맞은 자의 편에 서기를 원합니다. 고대의 종교들은 강한 자, 숭고한 자를 숭상했습니다. 그들은 완전함의 승리를 믿었습니다. 그러나 기독교가 관철될 수 있었던 까닭은 낭패당한 자, 약한 자에게 곁을 주고 가난한 자를 보호하고 과부를 돌보았기 때문이었습니다. 그리스도는 높아진 자가 아니라 내려온 자입니다.

〈셋째 날에〉, 12.8×19.6cm, 2014

:종교를 통해 신과 멀어지기

위대한 신을 초월적인 영역으로 너무 쉽게 밀어 버리는 사람들이 있습니다. 하느님을 경외한다는 명목으로 하느님을 추방해 버리는 것입니다. 자아는 하느님이 높은 곳에 있을수록, 그와 별 상관이 없이 살 수 있음을 잘 알고 있습니다. 빛에서 멀어질수록 방해받지 않고 살 수 있지요. 종교를 통해 하느님을 먼 곳으로 해방시키는 것입니다.

하느님은 우리가 생각하는 것보다 훨씬 더 많이 우리의 세계에 현존합니다. 그는 낯선 괴로움 가운데 있는 우리를 당신 곁으로 부르십니다. 우리가 하느님을 공동체의 삶 속에 함께 계시는 존재로 파악하면, 삶을 대하는 자세가 달라질 것입니다. 우리가 하느님의 현존을 손상시킬 수 있음을 알 때, 우리는 건강한 방식으로 하느님을 경외할 수 있을 것입니다. 우리는 하느님의 임재를 늘릴 수도 있고, 회피할 수도 있습니다. 이것이 우리에게 주어진 거룩한 선택지입니다.

어떤 마음이 하느님의 임재를 손상하거나 보호하는지, 또는 가로막거나 환영하는지를 파악한다면 우리의 믿음은 더 조심스럽고 부드러워질 것입니다. 우리에게 맡겨진 거룩한 영에 대한 경외심을 갖게 될 것입니다. "나는 무엇을 믿는가?"라는 질문에 더하여 "나에게 맡겨진 것이 무엇인가?"라는 질문을 자신에게 던져 보십시오. 그러면 어린 믿음에서 성숙한 믿음으로 나아갈 수 있을 것입니다.

이 두 질문은 상반된 방향에서 인간 존재를 이룹니다. 신뢰와 책임이 양극을 이루지요. 이 중 한 가지만 묻는다면, 우리 삶은 좁아질 것입니다. 두 질문은 우리의 믿음을 성숙하게 하고, 삶에 다의성을 부여합니다.

성숙한 믿음을 지닌 사람은 하느님이 초월적인 존재인 동시에 우리 안에 내재하는 존재임을 잘 압니다. 성숙한 믿음은 우리 안의 두려움이 아니라, 사랑에 말을 겁니다. 베들레헴에서 무방비 상태로 태어난 아기의 이미지는 우리 안에서 보호해야 하는 하느님의 성육신을 상징합니다. 골고다의 십자가에서 고통당하는 예수의 모습은 하느님 사랑이 손상될 수 있음을 보여 주는 이미지입니다.

: 하늘과의 상호작용

하늘은 멀지 않습니다. 하늘은 우리를 두르고 있는 영적인 장입니다. 하늘의 법칙은 모든 인간의 영혼에 효력을 미칩니다. 하지만 인간은 하늘의 사랑을 거부할 수 있습니다. 이 사실보다 존재의 내적 손상 가능성을 더 인상적으로 보여 주는 것은 없습니다. 사랑 안에서 하늘의 법칙에 순종하는 마음은 숭고해집니다. 반면 이를 거부하는 사람은 그의 행동을 통해 스스로 격하됩니다. 유대교에서는 '계명의 보상은 계명 자체이고, 죄의 징벌은 죄 자체'라고 말합니다. 도둑질은 도둑을 부유하게 하지 않고, 관대함은 베푸는 사람을 가난하게 하지 않습니다.

앞에서 에로스에 관하여 이야기할 때 '축복의 조직'을 언급했습니다. 우리를 둘러싼 세계에는 영적인 우주가 작용합니다. 이 우주가 물질적인 우주와 상호작용하지요. 이런 사랑의 상호작용은 굉장히 민감해서 손상되기 쉽습니다. 영적인 장을 성서에서는 하늘이라고 일컫습니다. 하늘에 다가가는 만큼 인간에게 거룩한 힘이 생깁니다. 인간이 하는 일이 '하늘에서처럼 땅에서도' 이루어집니다. 반대로 말과 행동을 통해 하늘에서 멀어지면 그만큼 힘을 잃게 되고, 소명의 삶을 망치게 됩니다.

믿음이란 기꺼이 하늘과 협력하고자 하는 마음입니다. 하늘의 활동이 자연스럽게 우리의 활동에 변화를 일으키고, 우리 마음은 하느님을 향해 점점 더 민감해집니다. '영과 진리로 하느님께 예배하는 것'〈요한복음〉 4:24은 '예배에서 마음을 올려드리며 하늘에 귀를 기울이고, 하늘이 우리에게 말하는 것을 행하는 일'입니다.

이 세상 모든 것을 떠받치고, 개인의 영에 생명을 주는 힘은 영적인 우주에서 나옵니다. 신뢰 가득한 태도로 우리는 그 에너지의 흐름을 받아들입니다. 그 힘이 바로 신약 성서에서 말하는 강력한 권위, 엑소시아입니다. 엑소시아의 강도는 계속해서 변합니다. 기도 가운데 상호작용을 허락하십시오.

:

이웃에 대한 존중을 통해 우리는 마음으로 하느님을 높입니다. 우리의 보살핌 속에서 하느님의 현존이 드러나고, 우리의 관계 속에서 하느님의 정의가 드러납니다. 우리의 태도에서 그의 진리가, 우리의 배려에서 그의 자비가 드러납니다. 하느님은 사랑하는 마음을 통해서 만 이 세상에 드러납니다. 마음이 하느님을 만들어 내기 때문이 아니라, 사랑하는 마음이 생명의 세계 한가운데 하느님이 현존하도록 허락하기 때문입니다.

한마디로, 믿음은 허락하는 것입니다. 믿음을 소유할 수 있는 대상인 것처럼 이해해서는 안 됩니다. 믿는다는 말은 동사입니다. 내적인 행위이며, 영의 행동입니다. '믿는다'는 것은 자신의 진리를 고집하는 것이 아니라, 진리가 이 세상에 구현되도록 삶으로 진리를 번역하는 것입니다. 하느님을 '가능하게' 하는 자가 되는 것입니다.

라틴어에서 믿음을 뜻하는 단어는 'Credere'입니다. 이는 신용credit 에 해당하는 단어이기도 하지요. Credere는 'cor'와 'dare'의 합성어로 '마음을 주다'라는 뜻을 내포하고 있습니다. 이 단어에 담긴 뜻이 믿음의 내적 활동을 분명하게 말해 줍니다. 우리는 믿을 수 있을 뿐 아니라, 믿음을 통해 일을 '가능하게' 할 수 있습니다. 하느님을 신뢰하는 마음은 가능성이라는 잠재적 장에 개입합니다. 하느님의 마음에 부합하는 일이 우리를 통해 가능하게 됩니다.

이런 일은 좋은 바이올린의 울림에 비유할 수 있습니다. 좋은 바이올린은 연주자를 완전히 사로잡고, 연주자에게 요구하는 동시에 적절히 부응합니다. 그런 악기는 저항할 수 없는 매력을 발산하지요. 연주자는 음에 잠겨서 울림을 빚어냅니다. 활 아래에서 저항을 느끼고, 왼손 손가락 아래에서 진동을 느낍니다.

바이올린을 손에 들고 울림을 느끼는 것은 행복한 일입니다. "아직 만족스럽지는 않아." 하는 생각이 들면, 뒤이어 울림에 부족한 것이 무엇인지, 악기에 무엇을 더 주어야 할지 새로운 아이디어가 떠오릅니다. 그런 뒤에 연주를 통해 모든 것을 초월하는 놀랍고 부드러운 음에 잠겨 깊은 만족을 느끼게 되지요.

삶의 울림도 그러합니다. 사람 속에 있는 선을 믿고 사랑으로 그것을 일깨우는 것은 깊은 행복입니다. 그러면 놀라운 연주가 가능하게 되지요. 모든 인간에게는 하느님의 속성이 들어 있습니다. 그것을 이끌어낼 수 있을 때, 삶은 한층 성숙하고 풍요로워집니다. 놀라운 일들을 가능하게 하는 착상은 늘 하늘로부터 비롯된 것입니다. 이 지점에서 삶은 내적 불꽃을 얻게 되고, 인간은 빛을 발하기 시작합니다. 하느님 현존의 '불꽃'이 피어오르게 하십시오. 우리를 갉아먹지 않고, 우리 안에서 이글거리는 그 불꽃을 간직하십시오.

바이올린이 막 완성되어 시험 삼아 처음 켜본 뒤, 천으로 바이올린을 문지를 때, 내 가슴은 하느님에 대한 찬양으로 가득합니다. 아름다운 칠이 그 불꽃을 펼치고, 만족스러운 울림이 귀에 들립니다. 해냈다는 기쁨에 사무칩니다. 바이올린을 문지르는 천 조각 아래 불타오르는 랙lac 칠의 아름다움! 이 순간이 내 삶의 가장 기쁜 순간입니다. 예배 때도 이런 기쁨을 맛보지는 못합니다. 하지만 나쁘지 않습니다. 내 삶의 가장 주된 예배 장소는 작업장임을 잘 아니까요.

하느님과 우리의 상호작용은 바이올린의 현과 활 사이의 대화와 같습니다. 무한한 영적 세계에서 우리가 직접 받을 수 있고 경험할 수 있는 은혜가 흘러나옵니다. 하느님의 손에 연주되는 것 외에는 아무것도 필요하지 않은 경험입니다. 하느님의 현존을 경험하게 되는 순간들! 기도하는 마음에서 불안은 평온으로, 산만함은 사랑의 임재로 바뀝니다. 우리는 하느님에 의해 연주되어 세상에 선물이 됩니다.

:

삶의 스케치. 나의 둘째 아들 로렌츠는 어려서 그림을 즐겨 그렸습니다. 한번은 휴가를 갔는데 난로에서 숯을 꺼내어 식혀서는 그것으로 스케치북에 그림을 그리는 것이었습니다. 몇 개 되지 않는 선으로 그린 그림은 꽤 인상적이었습니다. 로렌츠는 숯 그림을 그리기 전에 파스텔로 몇 장 연습을 했습니다. 그런 다음 난로에서 숯을 꺼내 왔지요.

숯으로 스케치를 하겠다는 생각이 신선했습니다. 우리의 삶 역시 스케치에 불과할지도 모릅니다. 끝내 완성되지 않을지도 모릅니다. 하지만 그렇더라도 용기 내어 스케치를 해야 할 것입니다. 작더라도 작품이 되기 위해 창조성을 발휘해야 할 것입니다.

멀리서 보고만 있지 않고, 하느님 사랑의 일부가 되는 데는 용기가 필요합니다. 하느님 사랑과 함께하는 자는 내면의 불꽃을 찾은 사람입니다. 도로테 죌레스의 말에 동감합니다. "관찰자의 위치에서는 아무것도 볼 수 없다. 하느님의 사랑은 그의 일부분이 되어야만 볼 수 있다."[45]

하늘과의 협연

이 책에 소개한 수많은 이야기와 경험대로 하느님이 우리가 사는 세계에서 활동하고 계신다면, 왜 그렇게 하느님의 사랑과 부합하지 않는 일들이 자주 일어나는 것일까요? 이 물음에 대한 답은 각자 궁구하고 경험해야 할 것입니다.

나는 나를 둘러싼 모든 상황 속에서 활동하시고, 모든 것을 통해 말씀하시는 하느님을 경험합니다. 이런 지고의 존재와의 부름받은 협연은 언제라도 손상될 수 있습니다. 인간은 이런 협연을 왜곡하고, 모독하고, 포기할 수도 있습니다. 그러나 하느님과의 협연은 결코 단순하지도, 진부하지도 않습니다.

우리는 때로 하느님이 하늘에서 내려와 전능한 손가락을 한 번 퉁김으로써 모든 일을 해결해 주었으면 하고 헛된 바람을 품기도 합니다. 그러나 하늘과 땅 사이의 관계는 그렇게 진부한 굴종의 역사로 이루어지지 않습니다. 하늘과 땅은 언제든 손상될 수 있는, 섬세한 소명으로 관계 맺고 있습니다. 우리는 묻고 귀기울이는 사랑의 삶을 살도록 부름받았습니다. 이런 사랑을 통해 우리는 자신이 알지 못했던 지혜, 활동, 힘과 연결됩니다. 하늘은 그 무엇도 억지로 열어젖히지 않습니다. 살며시 두드립니다. "보라. 내가 문밖에서 두드리고 있다. 누구든지 내 음성을 듣고 문을 열면 안으로 들어가 그와 함께 먹겠다." 〈요한계시록〉3:20 여기서 말하는 문은 내면의 문입니다. 열고 닫는 것은 우리의 선택에 달렸습니다. 아무도 억지로 열고 들어올 수 없습니다. 악기가 음악가의 목소리가 되어 주듯이, 하느님의 조력자가 되는 것은 우리에게 달린 일입니다.

:

악기와 연주자 사이에는 거룩한 동시성이 생깁니다. 진동하는 현과 활 사이의 접촉은 굉장히 섬세하고 민감합니다. 너무 큰 압력을 주어서도 안 되고, 접촉이 부족해도 안 됩니다. 양쪽 모두 진동을 망칩니다. 믿음도 그렇습니다. 믿음은 하느님과 함께하는 내면의 협연입니다. 너무 큰 압력을 주어서도, 너무 접촉이 적어서도 안 됩니다. 바로 이 접점에서 울림이 탄생하기 때문입니다. 섬세하며 언제든 손상될 수 있는 일에서 아름다움이 탄생합니다.

염료의 광채, 불룩한 굴곡의 아름다움, 니스 칠의 깊이, 형태의 완전함, 음의 따뜻함, 높은음의 화려한 광휘 등 작업장에서 탄생하는 이 모든 것이 마음을 일깨웁니다. 동시에 아름다움을 통해 마음이 본질적인 것에 기울도록 이끕니다.

악기와 연주자 사이에서 일어나는 일, 즉 마음과 성령 사이에서 일어나는 일을 이해하는 사람은, 진정한 하나 됨이 무슨 뜻인지 압니다. 연주자와 악기는 하나의 존재가 아닙니다. 그러나 공동의 울림을 창조해 낼 때, 그들은 하나가 됩니다. '하나가 된다는 것'은 둘이 서로 같은 것이라는 의미가 아니라, 연합한다는 의미입니다. 만일 악기가 말을 할 수 있다면 "나는 당신입니다."라고 말하지 않고 "나는 당신 것입니다."라고 말할 것입니다. 이것이 하느님께 순종하는, 사랑하는 마음의 말입니다. 이 같은 합일 속에서 영원자의 마음의 소리가 우리 귀에 전해집니다.

이 같은 합일을 굳이 분리하여 "울림의 이 부분은 연주자에게 속한 것이고, 저 부분은 악기에 속한 거야." 하고 말할 사람은 없을 것입니다. 우리 역시 하느님에게서 분리될 수 없습니다. 하느님의 일들을 경험하는 강도와 아름다운 정도만 다를 뿐이지요. 합일은 공동의 울림입니다. 모든 음은 연주자와 악기 사이의 거룩한 동시성입니다. 아름다움만 더하거나 덜할 뿐입니다. 이런 동시성만이 진정한 현존이고, 영원한 삶입니다.

연주자가 악기의 울림에서 고향을 찾듯이, 하느님은 그의 세상에서 고향을 찾습니다. 그가 찾는 고향은 인간의 귀입니다. 이 세계는 하느님께 순종하는 것을 배운 마음들의 합창 공간입니다.

어떻게 '하느님'이라고 말할 수 있는가?

이 책의 주인공은 하느님입니다. 지금은 완전히 잊힌 마르틴 부버의 책 《신의 일식*Gottesfinsternis*》에서 발췌한 강력한 글로 이 책을 마치고 싶습니다.

:

어느 날 아침, 나는 교정지를 읽기 위해 일찍 일어났다. 전날 저녁에 내가 쓴 책 서문의 교정지가 도착해 있었다. 그 글은 나의 신앙 고백이었기에, 인쇄되기 전에 다시 한번 꼼꼼히 읽어 볼 생각이었다. 나는 교정지를 들고, 원래는 공용 공간이지만 필요할 때마다 내가 사용하도록 허락받은 서재로 내려갔다. 이미 한 노인이 책상 앞에 앉아 있었다. 인사를 나눈 뒤 그 노인은 내 손에 들린 것이 무엇인지 물었다. 내가 쓴 원고라고 대답하자 노인은 그 글을 한번 읽어 줄 수 있겠느냐고 했다. 나는 기꺼이 읽어 주었다. 글을 다 읽고 나자 그는 약간 머뭇거

리더니 상당히 격정적인 목소리로 물었다.

"선생은 어찌 그리 번번이 '하느님신'이라는 말을 사용할 수 있소? 독자들이 그 단어를 선생이 생각하는 의미 그대로 받아들일 것 같소? 선생의 의도는 그 단어로 인간의 모든 이해를 뛰어넘는 높은 존재를 말하려는 것 아니오? 하지만 그런 존재를 입 밖으로 내면, 그 존재를 인간의 수하에 놓는 꼴이 된다오. 인간이 쓰는 말 중에서 이만큼 오용되고 능욕 당한 말이 또 있을까 싶소. 이 말 때문에 얼마나 많은 인간이 피를 흘렸는지 선생도 알지 않소? 무고한 피는 그 말에서 광휘를 앗아 갔고, 그 말을 빙자해 저질러진 온갖 불의는 그 존재의 속성을 지워 버렸소. 그래서 나는 지고의 존재를 하느님이라 칭하는 소리를 들으면, 그를 욕되게 하는 것처럼 느껴진다오."

노인의 천진하고 맑은 눈이 이글거렸고, 목소리도 끓어올랐다. 우리는 한동안 말없이 마주 앉아 있었다. 이른 아침의 햇살이 서재에 넘실댔다. 마치 그 빛이 내 안에 들어와 힘으로 변하는 듯한 느낌을 받았다. 노인의 물음에 내가 뭐라고 대답했는지 정확히 재현할 수는 없지만 대략 이러했을 것이다.

"맞습니다. 하느님이라는 말은 인간의 모든 단어 중 가장 혹사당한 말입니다. 그만큼 더럽혀지고, 갈가리 찢긴 말이 없지요. 하지만 바로 그 때문에 나는 이 단어를 포기할 수 없습니다. 우리 인간은 힘겨운 삶의 짐을 이 단어 앞에 던지고, 그에게 무거운 짐을 지웠어요. 그 이름은 먼지 구덩이 속에 뒹굴며 인간의 모든 짐을 지고 있어요. 인간은 종교라는 이름으로 편을 가르고는 그 이름을 갈기갈기 찢었고, 서로 죽이고 죽임을 당했지요. 그렇게 하느님이라는 단어는 인간의 손자 국과 피로 얼룩졌어요. 하지만 지고의 존재를 칭할 이만한 말을 어디서 찾을 수 있겠습니까! 물론 철학자들의 깊숙한 보물 상자에서 순수하고 빛나는 개념을 취할 수도 있어요. 하지만 그런 개념은 구속력이 없어요. 그런 개념은 내가 이야기하고 싶은 존재의 현실, 인간이 삶과 죽음으로 경외하고 짓밟아 온 지고한 존재의 현실과는 무관합니다.

어르신 말씀이 맞습니다. 인간은 신의 왜곡된 모습을 묘사하고 그를 하느님이라 칭해요. 서로 죽이고, 하느님의 이름으로 그랬다고 말하지요. 하지만 모든 광기와 기만이 허물어질 때, 고독한 어둠 가운데 인간이 그 존재 앞에 서서 그를 더 이상 'er'영어의 he에 해당하는 3인칭 대명사라고 부르지 않고, 'du'영어의 you에 해당하는 2인칭 대명사. 독일어의 2인칭 대명사는 두 가지로, Sie와 du가 있다. Sie는 형식적인 관계에서 쓰이고 du는 친한 사이에서 쓰인다. 바로 이 점에서 하느님을 du로 칭하는 것에 의미가 있다라고 부르며 탄식하고 부르짖을 때, du라는 말 뒤에 하느님이라고 덧붙일 때, 이것이야말로 그들 모두가 부르는 진정한 하느님, 살아 있는 하느님, 온 인류의 하느님을 칭하는 말이 아니겠습니까! 이것이 바로 인간의 말을 듣고, 그 말에 응답하는 존재를 칭하는 말이 아닐까요? 이로써 인간이 부르짖는 하느님이라는 단어는 시대와 언어를 초월해 불리는 이름이 된 게 아닐까요?

물론, 불의와 부정에 맞서기 위해 그 이름을 금기로 여기는 사람들을 존중해야 합니다. 그럼에도 불구하고 그 이름을 포기해서는 안 됩니다. 남발되고 오용되는 이 말을 구제하기 위해 현재 만연한 불의의 사건들을 입에 올리지 말아야 한다는 제안은 정말이지 수긍이 갑니다. 하지만 그렇게 해서는 이 말을 구할 수가 없습니다. 인간은 하느님이라는 이름을 깨끗하게 씻을 수 없습니다. 온전하게 만들 수도 없지요. 그러나 우리는 작금과 같은 걱정스러운 시대에 더럽혀지고 찢긴 그 이름을 바닥에서 건져 올려 곧추세울 수는 있을 겁니다."

　방이 환해졌다. 바깥에서 빛이 들어오는 것이 아니라, 그곳에 빛이 있었다. 노인은 일어서서 내게 다가오더니 내 어깨에 손을 얹고 말했다. "우리 서로 du라고 부르세나." 대화는 그렇게 끝났다. 두 사람이 진정으로 함께할 때, 그들은 하느님의 이름으로 함께한다.[46]

마르틴 부버, 1953

다시 뜨겁게 사랑할 용기를 주는 책

강성률
목사, 창천교회

무엇을 얼마나 사랑하는지가 삶의 의미와 행복을 결정한다고 믿는 저자의 신념은 그가 그토록 사랑하는 바이올린 제작 과정에서 얻은 교훈입니다. 열정과 희생의 출발이 하느님을 사랑하는 마음이라면, 우리가 하는 모든 일이 결국 삶의 참된 의미를 찾게 해 줄 것이라는 저자의 고백은 무덤덤한 제 심령에 한 줄기 빛을 비추어 주었습니다. 저자는 일상에서 경험하는 낙담의 자리에서 곧 경계를 넘어 행복으로 가는 방법을 알려 줍니다. 이 책을 읽는 독자 모두가 이런 경험을 하리라 생각하니 설렘으로 마음이 충만해집니다.

하나의 바이올린을 만들며 얼마나 많은 영적 지혜와 깨달음을 얻을 수 있는지를 저자의 섬세한 글을 통해 배웁니다. 살아가는 이유와 방법에 관하여 마음의 눈을 뜨도록 도와주는 이 책은 독자들이 하느님과 좀 더 가까워지고 그분의 임재를 경험하여, 행복하고 헌신적인 삶의 들판으로 기꺼이 나아가게 하리라 확신합니다.

아드리엘 김

바이올리니스트,
디토 오케스트라 지휘자

시종일관 영혼 깊은 곳을 향하고 있는 작가의 시선이 감동적이다. 악기를 제작하는 과정을 통해 장인이 이끌어내는 진심 어린 조언과 탁월한 지혜를 엿볼 수 있는 보석 같은 책이다.

:

김영란

서강대학교 법학전문대학원
교수, 전 대법관

인공지능이 많은 것을 대체하는 시대가 곧 도래한다는 예측은 많다. 그러나 막상 그런 시대를 어떻게 살아가야 하는지를 상상하기는 어렵다. 그렇다고 해서 애니메이션 〈월-E〉에 묘사된 사람들처럼 모든 것을 기계에다 맡기고 오락을 즐기고 일광욕만 하면서 살 수는 없는 일이다.

바이올린 마이스터인 작가는 울림의 토대가 되는 음향 법칙을 더 잘 이해하고자 도제 기간을 마치고 마이스터 시험을 보기 전에 대학에 가서 물리학을 공부했다. 작업장에 음향학연구 실험실을 갖추고 음향학 교수와 협업하여 음향학적 도구를 개발하기도 했다. 그런가 하면 열세 살 때부터 하루에 두세 시간씩 성서를 읽고, 일 년에 한 번 성서를 완독하기도 했다. 이 책은 그런 삶을 통해 건져낸 지혜를 써 내려간 것으로, 바이올린을 만드는 기술과 삶의 근원을 만나는 경험이 맞닿아 있음을 깨닫게 한다.

4차 산업혁명의 시대라지만, 이런 때일수록 우리에게 필요한 것은 섬세한 기술을 익힌 장인을 길러 내는 교육이 아닐까. 그리하여 삶의 울림을 스스로 느껴 볼 기회를 주어야 하지 않을까.

:

박 마리아 막달레나
수녀, 샬트르 성 바오로
수녀회 서울관구

책을 읽는 내내 저자의 영적인 깊이에 감탄하지 않을 수 없었습니다. 한 문장 한 문장 마음에 새기며 영적인 통찰을 놓치지 않으려고 집중해서 천천히 읽었습니다. 악기를 만드는 과정 하나하나에서 하느님과의 관계를 섬세하게 묵상하고 모든 것에서 의미와 가치를 발견하는 영적인 눈을 가진 저자에게 존경의 마음이 듭니다. 또, 자신이 하는 일을 소명으로 여기며 열정과 혼신을 다하는 모습을 통해 하느님께서 창조하신 목적대로 완성되어 가는 거룩한 여정을 느낄 수 있었습니다. 이 책을 읽게 될 많은 이들 또한 하느님의 사랑과 자신을 향한 하느님의 뜻을 발견하고 하느님 사람으로 변화되어 가는 기쁨을 누리기를 빕니다.

:

박종구
신부,
서강대학교 총장

책의 첫 장을 열고 첫 문단을 읽어 가는 마음이 쉽게 앞으로 나가지를 않았습니다. 몇 번을 거듭 반복한 뒤에 겨우 다음 문단으로 마음을 움직여 갈 수 있었습니다. 저자의 말처럼 듣고 쓰는 일이 기도라면, 읽고 듣는 일도 기도가 될 수밖에 없었던 것이지요. 독자가 바삐 앞으로 나가려는 속도를 제어하는 힘이 문장마다 배어 있습니다. 온몸과 마음으로, 걷어 낼 수 없는 힘으로, 흰 종이 위에 글자 하나하나를 치열하게 조각해 놓은 듯합니다.

　솔직히 이 책을 여는 첫 순간, 한 번에 다 읽을 수 없겠다는 생각이 들었습니다. 문장마다 배인 저자의 마음이 소리 없는 초대가 되어 마음을 안내했기 때문입니다. 초대장의 앞면을 들여다보면 다음 장으로 넘어가는 초대가 이어진 것을 알게 됩니다. 아마도 한 번의 초대로 끝나지 않겠구나 하고 단박에 느꼈던 것 같습니다.

　자주 옛 경전을 가까이하다 보면 생각할 시간을 많이 갖게 됩니다. 많은 책이 있지만 책의 성격에 따라 우리에게 오는 방식이 다름을 잘 압니다. 몇 번을 읽고 생각해도 거듭 신선하게 다가오는 책이 있다면, 그 까닭은 책이 이끄는 초대가 한 번으로 끝나지 않기 때문이겠지요. 이 책이 바로 그런 경험을 선사했습니다. 이 책은 독서라는 행위를 넘어 새로운 눈으로 세상과 삶을 바라보는 자리로 독자를 초대합니다. 세상을 보는 눈을 열어 줍니다. 그리고 세상을 대하는 눈을 창조의 신비로 이끌어 줍니다. 악기가 되기를 기다리는 마른 나무에서 살아 있는 생명을 발견하게 합니다. 마치 생명의 끝은 죽음이 아님을 보여 주는 듯합니다.

　그래서 우리는 이렇게 말할 수 있을 것 같습니다. 세상을 사랑의 눈으로 보고 계신 창조주가 우리 안에 살아 계시다는 사실, 이런 사실 때문에 우리는 그분의 일부가 되어 우리 자신을 변화시킬 수 있다고 말입니다.

서 스텔라

수녀,
라베르나 기도의 집

철학적이고 영성적인 이야기를 깊이 있고 담담하게 풀어 나가는 작가의 성찰이 예리하고 겸허합니다. 그의 글은 가슴 깊이 묻어 둔 하느님을 향한 그리움을 일깨워 줍니다. "우리 가슴속에는 영원을 사모하는 마음이 있습니다."라는 작가의 고백은 우리의 고백이기도 합니다. 악기를 제작하고 고치는 노동을 통해서, 매일 지나가는 들녘의 꽃 한 송이에서도 하느님을 생각하고 연관시키는 작가의 감성은 쫓기듯이 바쁘게 살아가는 현대인들을 불러 세웁니다. 잠시 멈추고 돌아보면 그곳에 하느님이 계시기에 용서와 치유와 사랑이 가능하다는 것을 작가는 글 전체를 통해서 간절히 전하고 있습니다. 이 간절함이 점점 무덤덤해져 가는 우리의 영혼에 다시 뜨겁게 사랑할 용기를 불어넣어 주리라 확신합니다.

:

손인경

바이올리니스트,
사랑 챔버 지휘자

저자의 이전 작품인 《가문비나무의 노래》가 핵심만 골라 담은 알찬 한 그릇 요리였다면, 《바이올린과 순례자》는 풍성하게 차린 코스 요리이다. 전작의 내용이 여러 면으로 살찌고 더 섬세해지고 풍부해지고 깊어졌다. 한 문장 한 문장 천천히 음미하고 싶다.

신앙과 바이올린은 저자와 나의 공통분모다. 처음에는 그 점에 호기심을 느껴 책을 펼쳤는데, 읽어 나갈수록 나는 점점 겸손해질 수밖에 없었다. 저자가 품고 있는 바이올린에 대한 사랑, 자신의 일에 대한 열정, 하느님을 향한 사랑, 하느님께 받은 소명이 너무나도 크고 존경스러웠기 때문이다.

그런가 하면 "신앙은 인간의 일방적인 굴종이 아니라 하느님과의 끊임없는 상호작용입니다." "작업장과 실험실에서 내가 하는 일은 기도 그 자체입니다."라는 저자의 말은 나를 도전하게 이끈다. 나는 이 세상에서 어떤 결을 지니고, 어떤 소리를, 어떤 울림을, 어떤 선한 영향을, 어떤 변화를 이룰 것인지, 하늘로부터 어떤 소명을 받았는지 내면을 점검하고 하느님의 음성을 구하고 듣고 도전받고 다짐하게 부추기는 책이다.

참고 문헌

1. Babylon. Talmud, Fol. 34b Berachoth V,v 155.

2. Martin Buber, Der Weg des Menschen nach der chassidischen Lehre. Gutersloher Verlagshaus, Gutersloh 2003, S. 41.

3. ebd. S. 14.

4. Johannes vom Kreuz, Samtliche Werke. Vollstandige Neuubertragung/Die Dunkle Nacht. Herder Verlag, Freiburg i. Br. 2013, S. 48, mit freundlicher Genehmigung des Verlags.

5. 다음 문헌도 참조할 만하다. Siehe dazu auch: Hans-Peter Durr, Auch die Wissenschaft pricht nur in Gleichnissen. Die neue Beziehung zwischen Religion und Naturwissenschaften. Herder Verlag, Freiburg i. Br. 2004; ders., Es gibt keine Materie! Crotona Verlag, Amerang 2012.

6. Tschuang-Tse, Reden und Gleichnisse. Deutsche Auswahl und Nachwort von Martin Buber © 1951 by Manesse Verlag, Zurich, in der Verlagsgruppe Random House GmbH, Munchen, S. 112.

7. Roland R. Ropers, personliche Mitteilung 2015.

8. Tschuang-Tse, Reden und Gleichnisse. Deutsche Auswahl und Nachwort von Martin Buber © 1951 by Manesse Verlag, Zurich, in der Verlagsgruppe Random House GmbH, Munchen, S. 109.

9. Einige Ergebnisse siehe: Martin Schleske, On the Acoustical Properties of Violin Varnish. Catgut Acoustical Society Journal Vol. 3, No. 6 (Series II),

November 1998.

10. Werner Heisenberg, Quantentheorie und Philosophie. Reclam, Stuttgart 1979.

11. ebd., S.106.

12. ebd., S. 110.

13. ebd., S. 112.

14. ebd.

15. Tschuang-Tse, Reden und Gleichnisse. Deutsche Auswahl und Nachwort von Martin Buber © 1951 by Manesse Verlag, Zurich, in der Verlagsgruppe Random House GmbH, Munchen, S. 39.

16. Die Benediktsregel, Kapitel IV, 75.

17. Tschuang-Tse, Reden und Gleichnisse. Deutsche Auswahl und Nachwort von Martin Buber © 1951 by Manesse Verlag, Zurich, in der Verlagsgruppe Random House GmbH, Munchen, S. 40.

18. 청소년 시절의 신앙에 대해서는 다음 책에 자세히 기록되어 있다. Martin Schleske, Der Klang – vom unerhorten Sinn des Lebens. Kosel Verlag, Munchen 2010, S. 203–227.

19. Martin Buber, Die Legende des Baalschem © 1955 by Manesse Verlag, Zurich, in der Verlagsgruppe Random House GmbH, Munchen, S. 45 – eines der wunderbarsten und zugleich verstorendsten Bucher, das ich von Buber kenne.

20. Botho Strauß, Der Aufstand gegen die sekundare Welt. Bemerkungen zu einer Asthetik der Anwesenheit. Carl Hanser Verlag, Munchen 2004, S. 42.

21. Christian Feldmann in: Teresa von Avila, Die Seelenburg. Anaconda Verlag, Koln 2012, S. 15.

22. Paul Rabbow, Seelenfuhrung. Methodik der Exerzitien in der Antike. Kosel Verlag, Munchen 1954, S. 109.

23. In epistulam Ioannis ad Parthos, tractatus VII, 8.

24. Martin Buber, Ich und Du. Reclam, Stuttgart 2006, S. 130.

25. Raniero Cantalamessa, Komm, Schopfer Geist. Betrachtungen zum Hymnus Veni Creator Spiritus. Herder Verlag, Freiburg i. Br. 1999/2007, S. 355, mit freundlicher Genehmigung des Autors.

26. Teresa von Avila, Die Seelenburg. Herder Verlag, Freiburg i. Br. 1999, S. 190.

27. Leo Baeck, Das Wesen des Judentums. Gutersloher Verlagshaus, Gutersloh 1998, S. 66.

28. Martin Buber, Die Legende des Baalschem © 1955 by Manesse Verlag, Zurich, in der Verlagsgruppe Random House GmbH, Munchen, S. 15.

29. ebd., S. 46.

30. Zadoq ben Ahron, Talmud Lexikon. Melzer Verlag GmbH, Isenburg 2006, S. 833.

31. ebd., S. 834.

32. Midrasch Rabba BaMidbar 13,2. Zitiert aus: Ernst Ludwig Ehrlich, Von Hiob zu Horkheimer. Gesammelte Schriften zum Judentum und seiner Umwelt. Walter de Gruyter GmbH & Ko KG, Berlin 2009, S. 35.

33. Babylonischer Talmud, Sanhedrin 39a. Vgl. Zadoq ben Ahron, Talmud Lexikon. Melzer Verlag GmbH, Isenburg 2006, S. 738.

34. Aurelius Augustinus, Sermo 80,7.

35. Tschuang-Tse, Das wahre Buch vom sudlichen Blutenland. China, um 300 v. Chr.

36. Tagung der christlichen Kunstlergemeinschaft Das Rad, Schwabisch Gmund, Februar 2009.

37. Tschuang-Tse, Reden und Gleichnisse. Deutsche Auswahl und Nachwort von Martin Buber © 1951 by Manesse Verlag, Zurich, in der Verlagsgruppe Random House GmbH, Munchen, S. 55f.

38. Martin Schleske, Der Klang – vom unerhorten Sinn des Lebens. Kosel Verlag, Munchen 2010.

39. Blaise Pascal, Die Kunst zu uberzeugen, Lambert Schneider, Heidelberg 1968, S. 86.

40. 다음을 참조하라. William James, "Der Wille zum Glauben", in: Philosophie des Pragmatismus. Reclam, Stuttgart 2009, S. 152.

41. William James, The Will to Believe, and other Essays in Popular Philosophy. Cambridge 1979, S. 55.

42. Charles Taylor, Die Formen des Religiosen in der Gegenwart. Suhrkamp Verlag, Frankfurt a. M. 2002, S. 45.

43. Peter Sloterdijk, Du musst dein Leben andern. Suhrkamp Verlag, Frankfurt a. M. 2009.

44. ebd.

45. Dorothee Solle, "Gott neu machen, erretten und beschutzen", in: Publik-Forum, Abenteuer Spiritualitat. Sonderausgabe 2006, S. 26.

46. Martin Buber, Gottesfinsternis. Betrachtungen zur Beziehung zwischen Religion und Philosophie © 1953, Gutersloher Verlagshaus, Gutersloh, in der Verlagsgruppe Random House GmbH, S. 12–14.

|옮긴이| 유영미

연세대학교 독문학과와 동 대학원을 졸업하고 전문번역가로 활동하고 있다. 《감정사용설명서》, 《왜 세계의 절반은 굶주리는가》, 《남자, 죽기로 결심하다》, 《고양이 철학자 루푸스》, 《인간은 유전자를 어떻게 조종할 수 있을까》, 《내 생의 마지막 저녁식사》 등 다수의 책을 우리말로 옮겼다.

가문비나무의 노래 두 번째 이야기

바이올린과 순례자

초판 1쇄 발행 2018년 8월 15일
초판 6쇄 발행 2022년 2월 15일

지은이   마틴 슐레스케
옮긴이   유영미
펴낸이   이혜경

발행처   니케북스
출판등록   2014년 4월 7일 제300-2014-102호
주소   서울시 종로구 새문안로 92 광화문 오피시아 1717호
전화   (02) 735-9515
팩스   (02) 6499-9518
전자우편   nikebooks@naver.com
블로그   nikebooks.co.kr
페이스북   www.facebook.com/nikebooks
인스타그램 www.instagram.com/nike_books

ⓒ 니케북스, 2018
ISBN 978-89-94361-92-5 03850